ハヤカワ・ミステリ文庫
〈HM439-9〉

三分間の空隙《くうげき》

〔上〕

アンデシュ・ルースルンド＆ベリエ・ヘルストレム
ヘレンハルメ美穂訳

早川書房
8556

三分間の空隙《くうげき》
〔上〕

登場人物

エーヴェルト・グレーンス………ストックホルム市警警部
スヴェン・スンドクヴィスト……同警部補
エリック・ウィルソン……………同犯罪捜査部部長
ラーシュ・オーゲスタム…………検察官

ピート・ホフマン（ペーテル・
ハラルドソン／エル・スエコ／
パウラ）…………………………潜入捜査員
ジョニー・サンチェス
（エル・メスティーソ）…………コロンビアのゲリラ組織PRCの一員
ソフィア…………………………ピートの妻
リバルド・トジャス………………富豪
カミロ……………………………殺し屋の少年

ティモシー・D・クラウズ………アメリカ合衆国下院議長
スー・マスターソン………………アメリカ麻薬取締局《DEA》長官
ルシア・メンデス…………………同特別捜査官。コロンビアでのピートのハンドラー

つねに、ひとりきり。

今日は、いい日だ。肌でそうとわかる、そういう日が、ときどきある。暑さはあいかわらずで、昨日も暑かったし、明日も暑いだろう。それでも息はしやすい。さっき雨が降ったのだ。ゆっくりと息を吸いこみ、空気をしばらく引き止める。のどのあたりでしばらく休ませてから、また吐き出す。少しずつ。

かつて赤く塗ってあった形跡のある市バスを降りる。いまから一時間前、コムーナ13、サン・ハビエルのバス停を出発した。高い建物がいくつかあって、低い建物がわりあいたくさんあって、奥のほうの建物は壁がところどころ欠けている、コムーナ13。見苦しい地区だと言う人もいるけれど、彼はそうは思わない。なんといっても、生まれてこのかた九年間、ずっと住んでいる地区なのだし。あの地区はまず、においからして独特だ。街の中心部である、ここと違っている。ここでは、なじみのないにおい、ワクワクするにおいが漂っている。たぶん大昔からここにある、だだっ広い市場。魚を売っている屋台も、肉を売っている屋台も、野菜を売っている屋台も、果物を売っている屋台も、三人、せいぜい四人しか座れない、小さな、小さな食堂も、きっと大昔からここにあるのだろう。でも、ここにひしめくたくさんの人たち、ぶつかり押しあいへしあいしている人たちはたぶん、大昔からいるわけではない。そうだろう？　だって、人は生まれて、死んで、そうして交換されていくのだから。いまここにいるのはこの人たちだけど、自分が大きくなるころには、この人たちの一部はいなくなって、ほかの人たちが現れているだろう。そういうものだ。

カミロは狭い通路を抜けて市場を横切り、〈ラ・ガレリア〉に入る。人がさらに増えた。中は少し汚い。でも、りんごとか梨とかバナナとか桃とかが山積みになっていて、色とりどりできれいだ。お年寄りにぶつかって罵られ、大きな紫ぶどうの房に近づきすぎてしまい、ぶどうが床に落ちる。急いで拾って口に詰めこんでいると、ママに似た女の人が大声を出す。さっきのお年寄りと同じ罵り言葉だったが、カミロには聞こえていない。もう次の屋台にいる。そこから次の、さらに次の屋台へ。最後のほう、とっくに融けた氷と魚の入った箱のそばを通ったら――ここだけは、ワクワクするにおいは漂っていない。死んだ魚は暑さをいやがるもので、昼食前に売れなかった魚はにおいでそう訴えかけてくる――目的地はもう目の前だ。ほんの何歩か進んだところ、みんなそこに座っている。木のベンチに、木の椅子に。彼らが向かっている重そうなテーブルは、物売りのものでも食堂のものでもなく、ただ単に市場の途切れたここ、いちばん奥のこの場所に、だれかが放置していったものだ。そうしてみんな、ここにいっしょに座って、待っている。カミロがここで待った回数は、まださほど多くはない。なんといってもまだ九歳だ。それでも、みんなと同じようにする――座って、待って、今日こそ、今日こそは仕事をもらえますようにと願う。カミロが仕事をもらったことはまだ一度もない。ほかのみんなのほうが年上で、十歳だったり、十一歳、十二歳、十三歳だったりする。十四歳になっているのも何人かいて、声変わりが始まっている。彼らが口を開くと、その声は空気を切り裂き、ときおり足場を失って、口からこぼれ出てはふらふらとあたりをさまよう。あいつらみたいになりたい、とカミロは思っている。あいつらみたいに金を稼ぎたい。ホルヘみたいに。ホルヘはカミロの兄さんで、七歳年上だ。いや、七歳年上だった。もう死んだのだ。警察の人がうちに来て、玄関の呼び鈴を鳴らして、ママと話していた。メデジン川で人が見つかった、と。たぶんホルヘだと思う、と。いっしょに来て、ほんとうにホルヘかどうか確かめてほしい、と。で、ほんとうにホルヘだった。水中に沈んでからあまり経っていなかったので、顔を見ればわかった。

「よう」

カミロは慎重に挨拶をする。慎重すぎて、みんな気づいてくれない。挨拶したことにも、そもそもカミロがいることにすら気づいていないようだ。カミロはベンチの端に座る。同じ九歳のやつらが何人か座っているベンチだ。カミロは毎日、学校が終わってからここに来る。もっと前からここに来ている、空気を切り裂く声の持ち主たちは、まったく学校に行っていない。だれにも行けと言われないから、代わりに一日中、ずっとここに座っている。待っている。それなりにおしゃべりもする。ときどき笑う。それでも、市場のいちばん端にある屋台——やわらかいサッカーボールみたいなカリフラワーやキャベツが山積みになっている一方の屋台と、大きな魚を売っていて、そばを通るとまるでその目がこっちを見ているような気のするもう一方の屋台、そのあいだの空間を、ひっきりなしに横目で見ている。どうでもいいようなふりをしながら、それでも横目で見ている。そして、みんなそのことをわかっている。演技だとわかっているのに、それでもなお、そっちのほうなど見ていない、見張っていない、というふりをする。ほんとうは、見張る以外のことなど、なにもしていないのに。だって、いつもあっちから来るのだ。すぐに応えられるようにしておかなくては。お客《クリエンテ》。みんな、そう呼んでいる。

カミロは深呼吸をし、腹の中で雲が生まれるのを感じる。白くて、ふわふわと軽く、体の中をあてもなく漂っていて、そのおかげで全身が心地よい。心臓のリズムが速まり、頬の赤みが濃くなっていく。

今日こそは。

絶対に、欲しい。

朝にはもう、なんとなくそんな気がしていた。今日こそ、初めての仕事をもらえるだろう。そうして経験者になるのだ。一度でも経験したら、そのあとはもう別人になれる。

さらに暑くなってきた。それでもまだ息はしやすい。この街の標高は千五百メートル、日帰りでここに来る人の大半は──お客はたいていそうだ──酸素が足りないと文句を言う。もっと酸素を取りこもうと、何度も、何度も空気をのみこんでいるうちに、肺が痙攣したようになることもある。

来た。来た。

お客《クリエンテ》。

カミロがその男に気づくと同時に、ほかのみんなも彼に気づく。全員が背筋を伸ばし、立ち上がり、男に駆け寄ってそのまわりに群がる。黒いスーツに黒い帽子を身につけ、鳥のように小さく鋭い目をした、禿げ頭の太った男だ。背伸びする少年たちの群れを見渡し、やがて——太鼓の音が轟いているかのような、密度の濃い十億秒のあと——真ん中にいるひとりを指差す。十一歳、もうすぐ十二歳になる経験者だ。ふたりは連れ立って去っていく。

くそっ。

カミロは涙かもしれないものをなんとかのみこむ。〝くそっ、くそっ、くそっ〟。いまのが今日唯一のお客かもしれないのに。

自分の番だと、信じて疑っていなかったのに。

さらに一時間が経つ。それからまた、一時間。カミロはあくびをする。まばたきをしないと決めてみたり、六十秒で左腕を何度上げ下げできるかかぞえてみたり、いったん歌いはじめたら頭にこびりついて離れない、馬鹿馬鹿しい童謡を歌ってみたりする。

やっぱり、今日もだめなのか。ただ待っているだけで終わるのか。

そこに、人が来た。

間違いない。

迷いのない足取り。まっすぐこちらへ向かってくる。

来た。

みんな、前回と同じことを、いつもと同じことを繰り返す。背筋を伸ばし、群がり、目立とうとする。

今回も男だ。恰幅はいいが、さっきの人みたいに太っているわけではなく、全体的に大柄でがっしりしている。先住民《インディオ》。いや、違う。混血《メスティーソ》。カミロの知っている男だ。前にもここで見かけたことがある。はるばるカリから来ている人で、パパより年上。たぶん。パパには一度も会ったことがないし、ママもあまりパパの話をしてくれないから、よくわからないけれど。この先住民《インディオ》、いや、メスティーソは、いつもエンリケに仕事を頼む。これまでに十七回やったことのあるエンリケ。でも、しばらく前からここに来ていない。

みんな期待でいっぱいだ。仕事を持ってくるお客はたいてい、一日あたりせいぜいふたりだから、これが今日最後のチャンスになる。これを逃したら、今日はひたすら待たされただけで、なにもせずに帰るしかない。みんながメスティーソを取り囲む。そうして実際より年上に見せようとしている少年たちを、メスティーソが眺める。

「全員、経験者か？」

みんな答える。全員、同時に。

「はい《スィ》！」

カミロは例外だ。カミロだけは、そう訊かれても、手を上げてはいと答えることができない。嘘をつくわけにもいかない。みんなが声をあげる。〝八回〟〝十二回〟〝二十一回〟。やがて男がカミロを見る。

「おまえは？」

「一回もありません……まだ」

どうやら勘違いではなさそうだ。仕事を持ってきたこのメスティーソは、いま、カミロのことしか見ていない。

「じゃあ、やってみろ。最初の仕事だ。いますぐ」

カミロはめいっぱい背伸びをしつつ、たったいま言われたことについて考える。ほんとうなのだ。ほんとうに、自分がやるのだ。今日。そして明日、ずらりと並ぶ屋台のあいだを縫って歩くころには、なにもかもが変わっているだろう。みんなが尊敬のまなざしを向けてくるだろう。あいつは経験者だ、と。

車は〈ラ・ガレリア〉の前、広場のそばに違法駐車されている。メルセデス・ベンツのGクラス。黒い、角張った車だ。屋根に大きなライトがついていて、かぞえてみると四つある。幅の広い、どっしりと重そうなライトで、いろいろな方向に向けることができる。窓も同じようにどっしりと分厚く、中が見えないようになっている。フロントガラスですらそうなのだ。きっと防弾ガラスだろう。中に入ると、動物のにおいがする。新車のにおいだ。座席は白い革張りで、座るとやわらかい。エンジンがかかっても、音はほとんどしない。車が走りだす。メスティーソは運転席に、カミロは助手席に座っている。カミロは相手の目を盗んで、その姿をちらりと見やる。背がとても高く、頭が天井にぶつかりそうだ。角張った顔、角張った体、いま乗っているこの車に少し似ている。編んでまとめてある硬そうな黒髪は、まるで焦げた食パンのようで、髪を留めているヘアバンドに目を向けると、そこに入った金糸がきらきら光る。ふたりはひとことも言葉を交わさない。目的地まで二十分、街を走り抜けていくうちに、ぼろぼろの街が姿を変えていく。汚い街になり、改装された街になり、金のかかっていそうな街になり、またぼろぼろの街になる。カレラ43Aを横切り、もっと狭い道路へ。カミロはこの通りの名前を知らない。そこで車が停まる。街路の標識を見てみると、いまいるのはカレラ32とカジェ10の交差点だとわかる。ここは金のかかっていそうな街だ。エル・ポブラドという名の地区。カミロはこれまで一度も来たことがなかった。品のいい界隈。ママがそう言っていた。確かに、ここの人たちは芝生のある一軒家に住んでいて、中心街からさほど離れていないのに、家の前には車が二台駐まっている。

ここからは目的の家が見えるが、向こうからはこちらの姿が見えない。メスティーソが指差す。

「あそこだ。窓辺に女がいるだろう、いちばん奥。あれが、おまえの仕事だ」

カミロは女の姿を認める。そして、うなずく。タオルを受け取ってまたうなずき、ひざに載せ、開く。拳銃。サモラナだ。ベネズエラ製、入れられる弾薬の数は十五発、九ミリ弾。そういうことを、カミロはよく知っている。ほぼ全部、ホルヘに教わったことだ。

「あとのことはわかるか？　やり方は？」

「わかってます」

「撃ち方も？」

「はい。撃つのはもう、何度もやってるから」

それはほんとうだ。ホルヘといっしょに練習したのだ。夜になると、これと同じ、だがもっと古い拳銃で撃ったものだった。ホルヘが知り合いから借りた拳銃で、カミロは結局そいつに会わせてもらえなかったけれど。ここからかなり遠い、ラ・マイアラの空き地で練習した。

「よし。二時間後に会おう。さっきの場所、市場のそばで。そこまでは自力で移動するんだぞ」

どくどくと脈打つ心臓。喜び、期待、緊張、恐怖、すべてが同じだけまじっている。

殺し屋《シカリオ》。

車が去ると、カミロは道路脇で背景となっている木立に向かい、そのうちの一本の下に腰を下ろす。ここからなら、あの家も、あの窓も、中でなにも知らずにいる女のことも観察できる。

緑色のワンピース。もっと歳のいった女を想像していたが、意外と若い。どうやらキッチンにいるらしく、なにかしている最中だが、なにをしているのかはよく見えない。カミロは、ホルヘに教わったとおりにサプレッサーを取りつけ、同じくタオルに包まれていた弾倉を入れる。弾薬の数は五発。与えられているのはそれだけだ。

集中しろ。

ホルヘがいつもそう言っていた。〝集中しろよ、ちびすけ、そのままゆっくり息をして、目をつぶって、なにか好きなものを思い浮かべるんだ〟。カミロは船を思い浮かべる。船が好きなのだ。帆を張った大きな船、風がゆっくり吹けばゆっくり進み、速く吹けば速く進む。実際に乗ったことは一度もないが、もう何度も思い浮かべているから、どんな感じかはだいたいわかっている、と思う。

そうして、数分。準備完了だ。

立ち上がる。拳銃をズボンのベルトに突っこみ、シャツがそこを覆っていることを確かめる。

鉄格子。メスティーソが指差した家の玄関へ向かう。

鉄格子。安全扉。ふつうより分厚い。こういう扉は、前にも見たことがある。

カミロは呼び鈴を鳴らす。

足音。人が近づいてくる。のぞき穴から外を見ている。こっち側にいても、そうとわかる。影が差したみたいになるから。

カミロはズボンに突っこんであった拳銃を抜き、トリガーガードの後ろのほうについている小さなスイッチを押して、女が防犯チェーンをはずす音が聞こえた瞬間、安全装置を解除する。

女が扉を開ける。のぞき穴から見えたのは、九歳の子どもだ。

カミロはホルヘに教わったとおり、女としっかり目を合わせてから、拳銃を構え、斜め上を狙う。女のほうが、カミロよりずっと背が高いから。

ホルヘに教わったとおり、両手で拳銃を握りしめる。

そして、引き金を引く。

二度。

一発目が女の胸郭に命中し、女がびくりと震える。軽く跳ねるように。びっくりした顔だ。そういう口を、そういう目をしている。カミロは二発目を撃つ。頭を狙って。

女がすうっと沈む。そっと木を離れていく落ち葉のように、扉の枠にもたれて、額の真ん中に血を流す穴をあけて。後ろや脇に吹っ飛ばされなかったのが、映画を見たりして想像していたのとは違っていた。

そのあと、カミロはバスに乗る。いちばん後ろの席。さっきと同じように、喜びと緊張で心臓がどくどく脈打っているが、それでいてまったく同じではない。恐怖がかけらも残っていない。ついにやり遂げたのだ。外見にもそれが表れるだろう。わかっている。みんなそうだから。

車は同じ場所で待っている。市場のそば。運転席には、角張ったメスティーソ。太い三つ編みの髪が肩にかかっている。カミロがサイドウィンドウをノックすると、助手席のドアが開く。

「できたか?」

「はい」

メスティーソは手袋をした手で拳銃を受け取り、弾倉を取り出す。銃弾は三つ残っている。

「使ったのは……二発?」

「はい。胸に一発、額に一発」

〝この僕が。シカリオだ〟

また、バス。後ろのほうの席が埋まっていて、カミロは空いている唯一の席、運転手の真後ろに座る。拳銃をタオルに包んで返したら、二百ドルもらえた。頬が火照って赤くなっている。二百ドル！　右のポケットに、二百ドルが入っている！　紙幣も頬と同じように火照っていて、腿に触れているところが熱くてしかたがない。まるで、ポケットから飛び出して、今夜このバスに乗っている人たちに、自分の姿を見せびらかしたがっているみたいだ。ポケットに二百ドルなど入っていない、全財産をかき集めたってそんな額にはならない人たちに。

メデジン川に沿って、六ゾーン。十六の地区《コムーナ》、二百四十九の街区《バリオ》。カミロが向かっているのは、コムーナ13の斜面を少し上がったところにある街区、サン・ハビエルだ。そこに家がある。この道は、もう何度も行き来している。ママといっしょに、ホルへといっしょに、あるいはひとりきりで。それでも、こんな気持ちになるのは初めてだ。腹の中に生まれた雲は、もうあちこちをさまようことなく、心臓のあたりに落ち着いている。ふわふわした感触が広がっても、それで胸が圧迫されることはなく、むしろ包みこまれている。カミロは硬い座席にもたれ、自分の家に思いを馳せる。狭くて、散らかっていて、いろいろな音のする家。終点に着いたらすぐに走っていって、家に駆けこんで、ママの姿も見えないうちから大声で叫ぼう。〝ママ、冷蔵庫！　言っただろ、僕がなんとかするって〟。そして、もらった金の半分を渡す。ママは誇らしげな顔になるだろう。そのあとは、寝室に行く。秘密の隠し場所に——昔見つけた、平たいブリキの箱。薄いチョコレートの入っていた、ほぼどんなところにでも隠せる箱——そこに、残った百ドル札一枚を入れるのだ。初めて稼いだ百ドル札を。

自分だけを信じろ。

第一部

夜明けが朝になるのなら。七月が八月になるのなら。

終わりが始まりになるのなら。

ピート・ホフマンはトラックの運転席と助手席の窓を両方開けた。風が入ってくる。まだ八時にもなっていないのに、暑さがこめかみを圧迫し、剃りあげた頭に光る汗が、そばを吹き抜ける風に乗って少しずつ蒸発していく。

終わりが始まりになり、そのせいで、けっして終わらないのなら。

この国に到着して、今日でちょうど三年になる。

逃亡。

真空地帯。

生きることが、生き延びることになった。

アクセルを少し緩める。時速九十キロ、決めておいたとおりの速度だ。前を走るトラックとの距離を確かめる。二百メートル、決めておいたとおりの距離だ。

真空地帯の中で生きるということはつまり、存在しないものの中で生きるということだ。そうじゃないか？　いや、これもある意味、存在するのかもしれない。周囲との関係の中で。

だが、その周囲すら存在しないとしたら？

国道六十五号線はとうの昔に離れた。何十キロとそれていき、いま走っている道路の左側では、すきまなく茂った灌木のあいだを縫って、プトゥマヨ県との境界線であるカケタ川がごうごうと流れている。ここ一時間はあの川が道連れだ。距離こそあれ、しつこく自動車道にまとわりついて離れない。ホフマンは頭が冴えるコカの葉を嚙み、穏やかな気持ちになれる白茶を飲む。そしてときどき、エル・メスティーソが輸送前にかならずしつこく勧めてくるドリンクを飲む。相当な量のキューバエスプレッソに、小麦粉、水、砂糖を混ぜた自己流コラーダ。ひどい味だが、効果はある。空腹も疲れも遠ざけてくれる。

これまでのあいだ、とりわけここ一年は、終わりがほんとうに終わりなのだと信じかけたことが何度もあった。突破口が開けたかもしれない、これで帰れるかもしれない。ヨーロッパへ。スウェーデンへ、ストックホルムへ。自分とソフィアとラスムスとヒューゴーにとっての、一家の世界そのものへ。だがそのたびに、突破口はあっという間に閉ざされた。真空地帯が広がり、逃亡が続いた。

今夜。今夜になれば、また会える。人を愛することなどできないと思っていた自分が、それでも愛している女。ひょっとしたらそれ以上に愛しているかもしれない、小さな人たちふたり。まぎれもなく自分の頭で考えている、まぎれもない人間ふたり。見上げてくる視線からは、父親がなにもかも知っていると思っていることが伝わってくる。昔は、子どもなどつくるまいと思っていたのに。いまとなっては、こうしたすべてがなかったころのことを思い出そうとしても、なにも浮かんでこない。記憶が間違っているように思える。

近づきすぎてしまったので、少しスピードを下げた。最大限の安全のため、距離を一定に。トラックを両方とも警護するのがホフマンの仕事だ。通してもらうための金はすでに払ってある。ここの子どもたちが、大きくなったら警察官や軍人になりたいと夢見るのは、悪いやつをつかまえたいとか、国を守りたいとかいったことではなく、なにより警察官や軍人なら賄賂をたくさんもらって大金を稼げるからなのだ。ここは、そういう場所だ。

警護。

昨日はそれが仕事だった。今日もそうだし、明日も同じだ。輸送トラックを守る。人を守る。だれよりうまくこなしているかぎり、だれにも疑われることはない。もしエル・メスティーソに、あるいはPRCゲリラに属するほかのだれかに、一瞬でも素性を疑われ、正体を暴かれたら、それは即座に死ぬことと同義だ。ホフマン自身の死、ソフィアの、子どもたちの死。毎日、毎秒、役割を演じつづけなければならない。

ピート・ホフマンは両側の窓を閉めた。いまのところ車内の暑さは和らいでいる。入ってきた風が、標準装備の下をほとばしる汗の激流をも追い散らしてくれた。標準装備とはまず、ポケットをふたつ自ら縫いつけた防弾ベスト。片方のポケットには、経路や目的地の正確な座標を記録するGPS受信機、もう片方には、ジャングルの中でも電波の届く衛星電話。それから、ショルダーホルスターで片方の肩に固定してある拳銃。ラドム、弾倉に入っている弾の数は十四発。スウェーデンの警察に給料をもらって、何年もポーランド・マフィアに潜りこんでいたころに携えていた、持ち慣れた拳銃だ。もう片方のホルスターには、両刃の狩猟用ナイフが入っている。木の持ち手を握った感触がとても気に入っているし、刃は両側とも研いだばかりだ。こちらのほうが歴史は古い。有罪判決を受けて刑務所に入る前、スウェーデン軍の特殊防衛グループ時代から持っている、〝ひと刺しで最大限の損傷をもたらす〟とされているものだ。助手席に置いてあるのは、ミニUZI。連射速度は一分あたり九百五十発、銃床の部分を折りたためばちょうどいい短さになる。加えて、トラックで護送するときにはかならず、荷台のいちばん前、キャビンに接しているところに、フックふたつで狙撃銃PSG90を固定しておく。どの銃もきちんと所持許可を受けたものだ。必要なだけ札束を積んで、ボゴタのエル・カーボ（「穴掘り」の意）に出してもらった。

あそこだ。道路のすぐそばに建っている、ペンキの塗られていないあばら家の先、とっくの昔に枯れ、裸の枝が永遠に来ないだれかを待っているかのような、二本の高い木の手前。あそこで右に曲がり、スピードを落とす。そこから目的地までの数十キロは、あまりにも狭くぬかるんだ、深さ五十センチはある水たまりだらけの未舗装路だ。まるでじゃがいも畑のようなありさまだった。時速三十キロ、それ以上のスピードは出せない。そこでピート・ホフマンは、前を走るトラックとの距離を少し縮めた。車間距離を半分にして、最大百メートルに。

今回のキッチン《コシーナ》に商品を運ぶのは初めてだ。とはいえ、キッチンのようすはどこもよく似通っているし、やっている仕事も変わらない――化学物質を使ってコカの葉を精製し、毎週百キロ以上のコカインを吐き出すこと。神にすら忘れ去られたかのようなこの道をあと一時間ほど進めば、PRCの勢力範囲に入る――かつてはFARCに制圧されていた地域だ。ここにはラボがいくつもあり、PRCがじかに所有しているものもあれば、PRC

に金を払って土地を借り、栽培や製造を行っている連中が所有するものもある。ホフマンはこの国に来たころ、マフィアがすべてを操っているのだと思いこんでいた。そう聞かされて育ったのだ。そうして神話がかたちづくられ、根を張っていた。が、いまの彼は、それが真実でないことを知っている。マフィアの連中は確かにコロンビアを牛耳り、大金を手にしているかもしれないが、彼らがやっていけるのは、ジャングルを所有する者たちのおかげだ。マフィア。国。民兵組織。ほかにもありとあらゆる組織があり、あちこちで争いを繰り広げている。だが、PRCゲリラの後ろ盾がなければ、権力を握ることはできない。コカインの製造には、森が、コカの葉が必要だ。その栽培は、ゲリラの所有する土地で、ゲリラの許可を得て初めて行うことができる。

「もしもし」

電話はあとにしようと思っていた。が、恋しくてたまらなくなった。頬に触れてくる彼女の手が。じっと目を合わせてくる彼女の瞳が。自分をいたわり、愛し、これまでずっと耐えてきて、いまだに信頼の輝きを放ってくれる、彼女の瞳が。

「もしもし」

もう七日間留守にしている。今回も、だ。そういう暮らしになっている。遠く離れて、ひたすら待つ、長い夜。耐えられるのは、彼女が耐えているからだ。ほかの選択肢があるわけでもない。ここにいなければ食べていけない。スウェーデンに戻れば閉じこめられる。演技をやめれば死ぬしかない。

「会いたい」

「私も、会いたい」

「今夜。ひょっとしたら、午後には帰れるかも」

「楽しみにしてる」

ホフマンも答えて会話を締めくくろうとした。〝俺もだよ〟。その瞬間、電話が切れた。ここではそういうことがままある。また電話しよう、あとで。

もともと狭い道路だが、ときおり獣道かと思わされるところがある。道幅は狭くなる一方、穴は大きくなる一方だ。適切な車間距離を保つのが難しい。前を走るトラックは、急カーブや丘の頂上の向こうにたびたび消えてしまう。クレーターにはまった右の後部車輪を、車体を揺らしてなんとか引き上げたところで、前方、道路の先でブレーキランプふたつが点灯し、強い日差しの中で赤い瞳のようにぎらりと輝いた。おかしい。いま、この場所で、あのトラックがスピードを落とす理由はないし、停まる予定もない。この輸送は、ホフマン自身が詳細にわたって、責任をもって計画した。どちらのトラックも時速二十五キロを下回らない、下回る場合には事前に知らせる、そうはっきり決めたはずだ。

《警戒態勢》

ピート・ホフマンの耳の中に、エル・メスティーソの声が響く。ホフマンはもっとよく聞こえるよう、銀色の丸い受信機の位置を直した。

《停まれ》

ホフマンもエル・メスティーソと同じようにスピードを落とし、やがて車を停めた。八十メートル、いや、九十メートルほど先だろうか。急カーブと灌木の陰になっているが、それでも見えた。ダークグリーンのオフロード車が、道路をふさぐようにして停まっている。その両側で、軍用車がさらに何台も待機していて、かぞえてみると四台あり、ずらりと並んで半円形を描いていた。まるで微笑む口のようで、道路の片側の木々からもう片側の木々まで届いている。

《まずは様子見だ、それから……》

大きな雑音。電子機器によくある、なにかを引っ掻いているような癇《かん》に障るあの音が、ホフマンの耳の穴に爪を立ててきて、言葉を最後まで聞きとることはできなかった。エル・メスティーソが、待ち針の頭ほどの大きさのマイクをシャツの襟に移し、送信モードで固定した音だ。

ホフマンは車のエンジンをかけたまま、道路をふさいでいる緑の車両を観察した。正規軍か？　金はすでに払ってあるのに。民兵組織か？　だとしたら厄介だ。民兵組織は、エル・メスティーソの支払い先リストに入っていない。

そうしているうちに、全車両の運転席のドアが同時に開いた。緑の軍服を着た男たちが車から降りてくる。自動銃を携えているが、発砲する態勢ではない。

それで、わかった。

民兵組織ではない。制服が違う。ホフマンの肩の力が少し抜けた。それはエル・メスティーソも同じだったようで、彼の声はさっきほどざらついていない。警戒心、疑念、彼という人物そのものであるそうした感情がふくらむと、いつもざらついた声になるのだ。

《知り合いだ。ちょっと待ってろ》

エル・メスティーソのトラックのドアも開いた。背が高く体格のいい、ずしりと重い男だが、それでもぬかるんだ地面にやわらかく着地する。あんなにも場所をとるのに、あんなにもしっかりまとまった体を、ホフマンはめったに見たことがない。

《バスケス大尉？　いったいどういうことだ？》

シャツの襟についた送信機は、もう雑音をたてない。音質はクリアで明瞭だ。やや長すぎる沈黙も、そのまま伝わってくる。

バスケスという名の男が両腕を広げてみせた。

《どういうこと、というと……？》
《この車。道路を封鎖しやがってるように見えるんだが》
《そりゃそうだろうな。封鎖してるんだから》
バスケスの声。ピート・ホフマンはこの声が気に入らない。なにかが欠けている。響きとか、深みとか、そういったものが。悪意のある人間は、無意識のうちに声道を締めつけるから、声の出し方にも影響が出る。ホフマンはそっと運転席を離れ、キャビンの後部窓を開けて、カバーのかかった荷台に這い出た。なんの変哲もないフックふたつで固定されていた狙撃銃をはずすと、二脚を広げ、荷台に伏せてボルトを引き、カバーにあけておいた穴から銃口を外へ出した。
《金は払ったはずだが》
《あれじゃ足りんよ》
スコープがホフマンを近くまで運んでくれる。ふたりのすぐそばに、そのあいだに立っているかのようだ。片側にエル・メスティーソ、もう片側にバスケス大尉。
《あんたが要求してきた額を払ったぞ、バスケス》
《だから、それじゃ足りないと言ってるんだ》
エル・メスティーソの顔の一部になれそうなほどの近さだ。ジョニーの顔、と言ってもいい。最近はそう呼ぶことが増えている。脂ぎった顔。カリやボゴタを離れてジャングルに入るときはいつもそうだ。張りつめた口元、獲物を睨みつけているような目。優しげかと思えば一瞬で冷酷になることがよくある目で、かつては恐怖を感じていたが、だんだん好ましく思えるようになってきた。そして、バスケスの顔――誇らしげにふさふさ生やした漆黒の口ひげ、行き場を失ったアンテナのように、あちこちへぼうぼうと伸びている眉毛。いつもと同じ顔だ。それでいて似ても似つかない。声だけでなく、動き方も、いつもと違っている。興奮ぎみにせかせかと動くのではなく、なんというかむしろ、そう、自信に満ちていて、ゆっくりと、大げさなほどにはっきりと動いている。相手に本気で耳を傾けさせようとしている、そういう態度だ。交渉のときはこんなふうではなかった。三回分の輸送を見逃してもらうため、フロレンシアの教会の裏にあるうす汚れた安食堂で、この男に支払いをしたときのこと。バスケスは私服で、見るからに緊張し、話し方も動き方もぎくしゃくしていた。封筒を開け、小声で紙幣を一枚ずつかぞえたところで、ようやく少し落ち着いたようだった。

《こんな規模の輸送だなんて聞いてないぞ。ほんとうのことを言わなかっただろう》

《取り決めは取り決めだ》

《価値を知らされてなかったからな。いま、やっと知った》

ピート・ホフマンはスコープを見つめ、エル・メスティーソの目に焦点を合わせた。わかっている。まさにこの瞬間、あの瞳がからりと変わるのだ。毎回、あっという間に瞳孔が広がる。攻撃にそなえて、力を得ようと、光を集めようとする。

《冗談のつもりか？　金は払ったぞ》

《前と同じ額を払え。もう一度》

バスケスは軍服をまとった肩をすくめ、斜めに駐車された軍用車数台を、その外で待機している若い男たち四人を指差した。すると全員が同時に、銃を上げはしなかったものの、右手の人差し指を引き金にかけた。

誤解しようのないシグナルだ。

ピート・ホフマンはスコープの倍率を上げると、十字線の中心をバスケス大尉の頭に移し、眉間の一点に狙いを定めた。

《決めた額はもう払った》

《あんたはそう思ってるんだろうがな、俺は違うんだよ》

《調子に乗るんじゃないぞ、隊長さんよ》

〝気温、摂氏二十七度〟。ホフマンは左手をスコープに当てる。〝無風〟。小さなつまみを、人差し指の先と親指でそっとはさむ。〝距離、九十メートル〟。まわす。一目盛り。

〝水平調整、右へ一。

標的、照準内〟

《気をつけろよ……あんたも知ってのとおり、ここジャングルの奥地では簡単に事故が起こる。だから、しっかり聞け、バスケス——あれ以上、金を払うつもりはない》

ピート・ホフマンはすぐそばにいる。スコープを通じて、薄い皮膚の一部となっている。眉を引き連れて中央に寄せられ、しわの寄った皮膚。バスケス大尉はたったいま、脅しを受けた。そして、反応した。

《そういうことなら》

さっきまで自信だったものが凶暴性に変わり、支配が攻撃に変わる。

《運んでるブツは没収させてもらおうか》

ホフマンには予感がある。自分たちがどこへ向かっているか。そこは、向かいたくない場所だ。

右手の人差し指をそっと引き金にかける。

けっして疑われないこと。

生き延びること。

ホフマンの表向きの任務は、警護だ。エル・メスティーソはそう思っている。これからもそう思ってもらわなければならない。

鼻から息を吸いこみ、口から息を吐き出す。落ち着き、それは、体内のどこかにある。

これまでに人を殺したことは七回ある。ここに来てからは五回だ。そうするしかない状況だったから。正体を暴かれることだけは避けなければならなかったから。

〝おまえか、俺か。〟

俺は、おまえよりも自分自身のほうが好きだ。だから、自分自身を選ぶ〟

だが、これまでに殺したのはみな、クスリで暴利を貪っている連中だった。そうして他人の命をじわじわと吸い取り、最終的には奪いきることで生活している連中だった。この男、バスケス大尉は、コロンビア軍に所属するごくふつうの軍人だ。ただ周囲と同じことをしているだけの人間。システムに適応し、賄賂を受け取って生活している。

《というわけで、あんたのトラックは俺のものになり……》

バスケスは武器を持っている。左肩に自動ライフル銃を提げているが、ズボンの右ポケットのあたりにホルスターがあり、彼はそちらのほうから銃を引き抜いた。リボルバーの銃口を、エル・メスティーソのこめかみに押しつけている。

《……あんたはたったいま逮捕された》

大尉の声が小さくなる。これは内密の話だとでも言いたげに。そのせいだろう、金属のカチリという音がやけに大きく響いた。撃鉄が引かれ、シリンダーがまわって新たな銃弾が発射の位置につく。

息を吸いこみ、吐き出す。

そうして、ピート・ホフマンはたどり着いた。計算によって予測できる場所に。いくつもの部分に分解して、また組み立てることのできる場所に。ここが彼の世界、安心できる世界だ。弾を放ち、命中させる。無駄な血は流さない。群れを率いる雌猪を一発で仕留めれば、いつでもそれでじゅうぶんだ。下っ端はみな、弾の出どころを探して右往左往し、あわてて隠れることになる。

《リボルバーを俺の頭に押しつけやがるやつは、だれであろうと許さない》

エル・メスティーソも小声で話している。ほとんどささやき声だ。同時に、頭の向きをかすかに変えた。こめかみの薄い皮膚に、リボルバーの銃口が押しつけられているにもかかわらず。あそこには赤く丸い跡がつくだろう。

《エル・スエコ（「スウェーデン人」の意）》

彼はいま、もう一台のトラックのほうに、ホフマンのほうに、まっすぐ目を向けている。

《いまだ》

弾を放ち、命中させる。

ピート・ホフマンは引き金にかけた指に少し力を込めた。

〝俺は、おまえよりも自分自身のほうが好きだ。だから、自分自身を選ぶ〟

銃弾がバスケス大尉の額に当たると、いつもどおりの結果になった。この銃弾を使うと、射入口は比較的小さく、一センチほどの幅にしかならないが、射出口は爆発を経て巨大になる。後頭部全体が吹き飛ぶ。

人が死ぬのを見たのは初めてだった。こんなふうに、生きている人間が突然死ぬところを見たのは。呼吸、思考、愛情、恋慕、そして——無。

死と向きあったことはもちろんある。意気地のない、見苦しい、クソみたいな死にさいなまれ、憎むことを覚えた。だがそれは、こういう死ではなく、べつの種類の死だった——娘を腕に抱いて別れを告げるとき、だれよりも愛する相手がじわじわと過ぎゆく一瞬ごとに失われるとき、どういう気持ちになるものかは、よく知っている。

ティモシー・D・クラウズは、自身の名を冠した部屋で、その壁一面を覆っているスクリーンを、じっと見つめている。たったいま、狙撃銃から放たれた銃弾が人の額に命中したところを撮影した衛星は、オペレーターのコンピュータによれば現在、高さ百六十キロメートルのところで地球を周回する軌道上に浮かんでいる。一周するのにかかる時間は八十八分だ。

一連の画像は、斜め上から撮影されていた。

軍服の男——おそらく上官だろう、同じように軍服を着たほかの四人と比べると、いかにもそれらしい動き方をしていた——が、拳銃を構え、トラックを運転していた男たちの片方の頭に当てた。軍用車四台が道路を封鎖していて、上官と運転手が言い争っていることは明らかだった。その上官の命がふっと消え、見ていた部下たちはどこから弾が飛んできたのかわからず混乱したようすだった。やがて彼らにも銃口が向けられた。四人の脇、前後に銃弾が当たる。上官の頭をあんなにも正確に撃ち抜いた狙撃手だ、わざと弾をはずしているのかもしれない。相手を怖がらせ、コントロールするだけでいいと考えているのだろう。四人とも地面に身を投げた。倒れたのではない。あわてて伏せようとしただけだ。トラックを運転していた大柄な男、角張った体型と顔をした、まとめた長い黒髪が太い鞭のように見える男は、銃弾が雨あられと降り注ぐ中、自分の銃を抜いて四人のほうへ走り、ひとりずつ後ろ手に縛り上げ、その顔をぬかるみに押しつけた。

ティモシー・D・クラウズは、スクリーンにのみこまれた。

動きが止まっている。中央に映っている大柄な男が、なにかを待っているようだ。いや、だれかを、か。クラウズにも見えた。狙撃手が右端のほうから走ってきて、ぬかるんだでこぼこ道で軽く足を滑らせた。手には銃を携えている。

「エディー……大丈夫か？」

殺人の生中継。視聴者はふたり。片方の椅子にクラウズが座り、もう片方の椅子には、シフト制でコロンビアの監視を担当している衛星オペレーターのひとりが座っている。

「大丈夫です、閣下《サー》」

「よかったら休憩したまえ。いまの、あれ……あんなものを見せられるのは負担だろう」

「問題ありません」

「では、エディー、私のほうがしばらく失礼するよ。新鮮な空気を吸わなくては」

クラウズはオペレーターの肩に手を置き、立ち上がった。いま見ていた画面に加えて、クラウズ・ルーム内にあとふたつある巨大スクリーンに、ちらりと目をやる。片方は、となりのオペレーターの机の前にあり、ラオス、ビルマ、タイのいわゆる黄金の三角地帯を監視している。もう片方は、黄金の三日月地帯──アフガニスタン、イラン、パキスタンに集中している。

コロンビアでは、コカ栽培地がコカイン・キッチンになる。アジアでは、ケシの畑がアヘン工場になる。そこから麻薬が輸送され、販売され、依存症を生む。死をもたらす。たったいま目にしたたぐいの死。あるいは、自分が親となり、着替えさせてやり、終わるところまで見届けた、そういうたぐいの死。

クラウズは鍵のかかった扉を自分のプラスチックカードで開け、果ての見えない廊下に出た。息の詰まりそうな、埃にまみれた空気。簡易キッチンは道の半ばにあり、願ったとおりだれもいない。水の入ったやかんがコンロに置いてあり、クラウズはそれが温まって湯気を出し、ピーッと大きな音を響かせるまで、じっと眺めていた。すぐに止めることはせず、湿った蒸気としつこい音にしばらく包まれるのが好きだ。NGAと記された陶器のマグカップに、インスタントコーヒーを何さじも、かなり濃くなるように入れる。ひと口飲んだだけで、胸の中で暴走が起きた。じっとりと湿った湯気の中で、喉から腹まで熱してくれるコーヒーを手に持って、このまましっとしていたい。死も、要求も、責任も逃れて、こうしてときおり真空空間へ沈みこんでいくのは、なんと心地よいことだろう。下院議長。アメリカ合衆国で、公式に、大統領と副大統領に次ぐ権力を握っている人物。その彼が、いま、ここに立っている。来ることの増えたこの建物の、狭い給湯室で。そうしてしばらくのあいだ、何者でもなくなる。

さらに廊下を進む。息苦しさはさっきより和らいだ気がした。作戦はすでに完了しているにもかかわらず、まだドアプレートの残っている部屋の前を通り過ぎる。ネプチューン・スピア作戦——ここからの情報をもとに、米軍はパキスタンのアボッターバードで、ウサマ・ビン・ラディンという名の男が潜んでいた邸宅に攻撃を仕掛けた。次に素通りした部屋のドアプレートは、イラクの自由作戦、だ——イラク侵攻以来、最重要指名手配者五十二名の追跡はいまも続いている。アラジン作戦と呼ばれている作戦のための真新しい部屋と、まだ始まっていないマーメイド作戦のための部屋も通り過ぎた。

そうして、果ての見えない廊下に、やっと果てがやってきた。

たどり着いたのは、この世界でも有数の広大な部屋だ。自由の女神がすっぽり入るほどに大きい、天井がガラス張りになった吹き抜けの空間。陶器のマグカップを手に、いちばん奥、階段のほうにベンチを探す。格調高さは微塵もないが、ここに座るほうがいい。コーヒーを飲みながら、ガラスの天井の上に広がる青空を、自分の仕事の大きなよりどころである人工衛星を隠しているあの青空を、ちらりと見上げる。

リズ。

毎日、会いたくてたまらなくなる。毎日、何度もだ。その気持ちは時を経ても消え去らず、弱くもならない。むしろ強まっている。そして、もうこれで限界だというのに、それでも明日にはさらに気持ちが強まるのだ。

死はかならず死を呼び覚ます。

クラウズはゆっくりと息をしつつ、建物の中を見渡した。八千人の職員を擁しながらも、一般にはほとんど知られておらず、NSAとよく間違われる機関。アメリカ国家地理空間情報局、略称NGA。米国の国家機関で、航空機や商業衛星、ほかの国々の衛星から送られてくる画像を分析している。

もちろん、自国の衛星もある。

そのひとつから送られてきた一連の画像が、ついさっき、彼を世界のべつの地域へ連れていった。そんな現実に、もうすぐ戻らなければならない。そこにとどまらなければならない。

「閣下《サー》？　このようなところにいらっしゃるのは、私としては好ましくないことなのですが」

「きみにそのような指摘をされるのは、私としては好ましくないことだ。今日も、またな」

クラウズは、背後にすっと忍び寄ってきた、背が高くがっしりした体格の男に笑いかけた。濃色のスーツ姿で、胸に掛けたホルスターに銃を携え、無線機も持っている。見かけはほかの連中と変わらないが、彼だけは特別だ。名前も覚えているし、下院議長としてだれより長い時間をともに過ごしている相手でもある。ボディーガードは何人もいるが、彼がいちばんの古参で、勤めはじめたのはクラウズが少数党院内総務に選ばれ、脅迫を受けるようになったときからだ。失望し、憤り、その感情をだれかにぶつけなければ気が済まない、そういう人間はいつだっている。

「クラウズ・ルームを出るときには知らせてくださる約束でしょう」

「ああ、ロバーツ、確かに知らせなかった。放っておいてほしかったからだ」

「私の仕事は、あなたのプライベートなコーヒー休憩の時間を尊重することではありません。あなたを生かしておくことです」

「そして、私は生きている。違うかね？」

ふたりは連れ立ってクラウズの来た道を戻り、ロバーツは今回〝クラウズ・モデル〟と記されたドアの前までついてきた。そこでようやく立ち止まり、待機の姿勢に入った。クラウズがふたたび出てくるまで、ずっとここに立っているだろう。

「閣下、映像は一分ほどで戻ります」

コロンビアデスクのオペレーターが、壁の巨大スクリーンを目で示す。画面は真っ黒だ。

「もうすぐ新たな窓が開きます。べつの衛星が彼らをとらえるはずです」

ティモシー・D・クラウズは、いつも使っていてもはや彼の椅子と化しているシンプルな木の椅子に、どさりと腰を下ろした。数年前、クラウズ・モデルが導入されたころ、壁のスクリーンにはこの黒い沈黙が映し出されていることがほとんどで、なんらかの解釈ができる解像度の画像はごくたまにしか映らなかった。いまは逆だ。一日にほんの数回だけ、短い空白が生まれる。偵察衛星はほかの衛星よりも地球に近いところを速くまわっているため、互いをうまく補えず、特定の場所を監視できなくなることがあるのだ。

「よし、と。すきまが埋まりました。またようすを追えます」

クラウズはスクリーンを見上げた。衛星画像は変化している。中心が変わったのだ。前に中心だったものが、もうなくなったから。ずらりと並んで突破できない壁をつくっていた軍用車四台のうち、半分が消えている。だが、軍服姿の四人はあいかわらず地面に伏せたままだ。後ろ手に縛られ、角張った男に見張られている。

「すぐそばまで行きますよ」

オペレーターが、電子ペンのように見えるものをつかんで机上のプレートに走らせ、大男を徐々にズームアップした。

「ふたりの素性がわかりそうなほど近くまで」

クラウズは男をじっと観察した。アマゾン川流域のジャングルの中、くねくねと蛇行する道にいる男。自分がいま観察されていることには気づいていない。たくましい体型で、地面に伏せた男たちのそばを行ったり来たりし、彼らが必要以上に動くたびに強烈なキックを見舞っている。さっきと同じように斜め上から、人工衛星の角度で撮影された画像だが、こちらのほうがはるかに細かいところまでよく見える。初めのころは、こんな画像は不可能だった。初めてここに座ったとき、偵察衛星が送ってきた画像シークエンスは、一ピクセルが十センチに相当する解像度だった。つまり、加工されていない画像を見てもなにもわからず、人物の特定などとても不可能だった。そのうち解像度三センチの次世代衛星が現れたが、それでもまだ足りなかった。いま使われている衛星の解像度は一センチで、それが〇・一センチとなる次世代衛星の開発を待っている状況だ。実現すれば、新聞の小さな文字すら問題なく読めるようになるだろう。

「もう少し鮮明な画像は得られるかい？」

「いいえ、残念ながら」

顔は色のないいくつもの四角形に分解されてしまっている。とはいえ、べつにかまわない。この男がだれか、クラウズはすでに察している。これまでに何度も観察したことのある男だ。こんなふうに、四千キロ離れたところで、さわれそうなほど近くで。

あの体格、動きのパターン。あいつだ。エル・メスティーソ——ジョニー・サンチェス。プロの殺し屋、脅し屋。FBIがPRCゲリラを調査した結果、第四の危険人物として特定した男だ。

だが今回、クラウズはその連れのほうに興味を惹かれた。もう一台のトラックを運転していた男。狙撃手。また走り寄ってきて、今度は左のほうから画面の端に現れた。

「焦点を変えてくれないか。この男をクローズアップしてほしい」

ふたたびズームアップ。色のない四角形が増えた。男には髪がなく、剃りあげられたその頭に大きな刺青らしきものが見える。サンチェスよりやや背が低く、細身で、シャツの上に狩猟用ベストをまとい、ジーンズ、ブーツ、黒っぽい手袋を身につけている。

「ご覧になれましたか?」

十二秒間。この男の動きを追えたのはそれだけだった。男は残ったオフロード車二台の片方に飛び乗り、灌木の茂るジャングルの中へ走り去った。

「ああ。見えたよ」

FBIが第七の危険人物とした男。コカインを資金源とするPRCゲリラの上層部、最重要指名手配者リストに載っている危険人物、計十三名のうちのひとりだ。

十三名の中で唯一、身元のわかっていない男。

「エル・スエコ。そうだな?」

「エル・スエコでしたね」

南米人らしい外見ではない。数少ない情報源によれば実際、南米人ではないようだ。別名どおりスウェーデン人であるとはかぎらないが、北ヨーロッパ人の可能性は高い。あるいはオーストラリア人か、ひょっとすると北米人か。顔認識プログラムでたどり着けたのはそこまでだ。

「あの男が出てくるときには毎回、例外なく毎回、あいつのそばにサンチェスがいます。いや、逆ですね――あの男が、サンチェスのそばにいる。われわれにはわからないことだらけですが、あいつがサンチェスの側近であることは間違いなさそうです。サンチェスの右腕。コカイン栽培地を、コカイン・キッチンを、コカイン輸送を警護している。武器輸送を警護している。サンチェスを警護している」

殺人の生中継。

男たちはいまも、画面の中で生きている。後ろ手に縛られた兵士たちを見張り、車を移動させている。まるでなにごともなかったかのように。これが麻薬にかかわる連中の日常であり、前提だ――人の命より金のほうに価値がある。クラウズは広い室内をゆっくりと一周した。いつまでもまとわりついてくる、この胸中のざわつき。死はかならず死を呼び覚ますのだと、また感じる。とりたてて特色のないラオスのアヘン工場を監視している次の画面とオペレーターを素通りし、アフガニスタンのケシ畑と、質素な道具で助けあいながら収穫作業をしているおおぜいの人々を映し出す画面も素通りした。部屋の奥のほうに、クラウズ部隊の発展のために働いている人々がいて、クラウズは彼らに挨拶をすると、明日の現場訪問に向けて準備を進めるよう指示した。そのさらに奥には、クラウズ・グループの幹部たちがいる。このクラウズ・グループこそ、クラウズ・モデルの心臓部だ。NGAの偵察衛星から得た画像、親類筋とでもいうべきNSAの通信傍受プログラムから得た盗聴データやドキュメント、麻薬取締局（DEA）の潜入捜査活動によって得た内部情報、すべてを集めて分析するアナリストたちの集団である。

だが、これだけ歩いても、ざわつきはおさまらない。

いまいましい胸のざわつきが、変わらずに彼を追い立てる。クラウズはひたすら逃げた。人がひとり、息をしていた。その人が、息をしなくなった。

室内をゆっくりと、もう一周。それからコロンビアを監視するデスクに戻った。群を抜く規模の生産国。鼻からの吸入、喫煙、注射、あらゆる形で摂取されるコカインのうち、八十五パーセントはコロンビア産だ。そこからメキシコのカルテル経由で、アメリカ人六百万人のもとに届けられる。

クラウズの娘も、そのひとりだ。

そのひとりだった。

目を閉じ、息を吸いこむ。空気を腹にとどまらせ、そこで休ませる。習い覚えたとおりに。効果はなかった。胸のざわつきが怒りに変わる。怒りがさらなるざわつきへと変化する。

なんと胸糞の悪い百周年だろう。

一九一五年、コカインが全面的に禁止された。二〇一五年、コカインの密輸量が史上最大になった。

百年の大愚。

スクリーンを見上げると、ちょうど完璧な解像度の画像が映し出されていた。二台目のトラックはいま、サンチェスが運転していたトラックの後ろに駐車されている。映っているのはサンチェスだけで、衛星のカメラはいま、エル・スエコと呼ばれる男をとらえていない。

サンチェスは様子見をしているように見える。なにかを待っているのかもしれない。とくに焦ってはいないようだ。

あのふたりは、人を殺した。

だが、何千キロも離れたところでその殺人を観察していた自分たちとは違って、いっさい苦しみを感じていない。

そのとき、サンチェスが急に動き、ぬかるんだ道路に目を向けた。なにかを探しているのは明らかだ。

「映像の範囲を広げられるか?」

衛星オペレーターは電子ペンを手に取り、机上のプレートに走らせた。ズームアウト、五段階。それで、あの男たちがなにを待っているのか、クラウズにも見えた。マイクロバスが一台、バイクが二台。制服姿の男たち。かなりのスピードで近づいてくる。

ピート・ホフマンは凹凸だらけで汚いトラックの荷台にマットを敷いた。その上に新聞を広げる。昨日の『エル・エスペクタドール』紙、中央見開きページを大きく広げて、しっかりと覆う。その上に、分解した銃を載せた。十二個ある部品にスプレーをかけ、火薬の残りをきれいに拭き取り、油をさす。

人をひとり殺した。今夜、ソフィアとその話をすることになるだろう。それで彼女に咎められ、責められることはけっしてない。話をするのは、話をしなければならないと学んだからだ。というより、彼女に学ばされたから。

ホフマンは腕時計に目をやり、計算した。待ち時間、一時間四十分。プエルト・アランゴまでは少し距離があるが、エル・カーボはもうすぐここに来るだろう。

こめかみに押しつけられたリボルバー。

ジョニーは——あの瞬間、彼はジョニー以外の何者でもなかった——九十メートル離れたところに立っていた。

そして、ゆっくりと振り返り、こちらを向いて、ささやいた。〝エル・スエコ、いまだ〟

ジョニーは、自分を信頼してくれたのだ。命がかかっている状況にあっても。信頼してはならない、唯一の相手だというのに。

正規軍の軍服を着た若者四人が、地面に伏せさせられ、後ろ手にきつく縛られて顔をぬかるみに押しつけられた。ピート・ホフマンは自分のトラックに戻り、エル・メスティーソが運転していたトラックのそばまで進むと、その後ろに駐車した。そして地勢図をチェックしてみると、ここからジャングルを五百メートル入ったところに崖があるとわかった。ジャングルはところどころ切り開かれていて、樹皮や葉の新たな壁はまだできておらず、かぼそく繊細な植生はむしろ、彼とソフィアがかつてストックホルムのはるか沖の群島で何度か散歩したことのある森に似ている。だから、車で抜けることができた。ホフマンは一台目の軍用車のエンジンをかけ、ジャングルを走って崖へ移動すると、そのすぐそばまでバックで近づいた。自然がかたちづくった穴、その底は二十五メートル下で、蛇行する小さな川によって青く彩られている。ギアをバックに入れたままクラッチペダルを踏むと、ペダルの位置が変わらないよう、紐をつけた重い石を足の代わりにそこへ置いた。ハンドスロットルを引いてから車を飛び降り、紐を手に持ってそっと石を動かしながら、半クラッチの状態を探した。やがて車が動きだした。そこでぐいと紐を引いて石を取り去ると、オフロード車はがくがくと何度か揺れながらも後ろへ転がっていき、崖の縁を越えて川に落ちた。すさまじい蒸し暑さがもたらす疲れを振り払いつつ、車を一台落とすごとに走って戻り、次の軍用車を崖へ進めた。いま、四台あった六輪駆動車はすべて崖の下に転がっている。運転席があちこちを向いているのが、まるで枯れた花束のようだった。

エル・メスティーソを脅せば、ただでは済まない。

ピート・ホフマンは銃の部品にスプレーをかけ終え、残った火薬をすべて拭き取り、銃身にていねいに油をさした。これが最後の部品だ。広げた新聞紙の上に、金属の塊が十二個。ひとつひとつにはなんの危険もない。が、ふたたび組み立てれば死そのものと化す。

あの胸糞悪い映像。いまだに消えてくれない。

眉のあいだ、その中央。

射入口は小さいが、射出口は後頭部全体が吹き飛ぶほどにふくらんだ。

狙撃銃を肩にかついで、荷台を覆うシートの後ろから外に出る。百五十メートル離れた木を選び、レーザー装置を取りつけて、赤い点に目を凝らし、照準器がきちんと調整してあることを確かめた。銃弾の九発入った新しい弾倉を入れる——これで射撃の準備ができた。

「来たぞ」

エル・メスティーソは自分たちの来た方角を指差している。姿はまだ見えないが、音ははっきりと聞こえてくる。二台、ひょっとすると三台の車両が、狭くぬかるんだ水たまりだらけの道を走ってくる音。ホフマンは荷台に戻り、狙撃銃をフックふたつに固定してから、また降りた。

バイク二台と、六人乗りのマイクロバスが一台。警官が八人。だが、決定権のある人間はひとりだけだ。エル・カーボ。

エル・メスティーソは一行を路肩へ誘導し、ひょろりと背の高い、やや内股ぎみに歩く男に挨拶をした。そういう歩き方をする警察の指揮官は珍しい。

「サンチェス。久しぶりだな」

エル・メスティーソが名字で呼ばれることはめったにない。ふたりはそういう間柄ということだろう。

「会うのは毎度、同じ……」

エル・カーボが急に口をつぐむ。撃たれた男が目に入ったのだ。

「……状況だが」

いや、撃たれた男の制服が、と言うべきか。彼はぎょっとしてあとずさった。

「これは……大尉か？　正規軍の？」

「起きてしまったことはしかたがない」

「こんなこと、取り決めの範囲をはるかに超えてるぞ！」

エル・メスティーソは膨大な数の相手と取り決めを結んでいて、ホフマンはその全容を把握しきれていない。二年半前から彼の側近として働いているのに、いまだに知らない相手が続々と現れる。税関申告書を改竄《かいざん》してくれる税関職員、不起訴を決めてくれる検事、判決理由をでっち上げてくれる判事、銃の所持許可を出してくれる軍人、いい具合に目をつぶってくれる警官。そういう連中は星の数ほどいるが、彼らの仕事は書類上のことに限られる。そうでない連中もいる。これまでにホフマンが会ったことのある相手は、コロンビアの三十二県のうち、少なくとも七県にいた。警察の高官が、高額の報酬と引き換えに、書類より少々厄介な問題を処理してくれる──つまり、死体を。エル・カーボはカケタ県警察の人間で、ホフマンは過去に一度だけ会ったことがある。あのとき人を撃ったのはジョニーのほうだった。そいつはゲリラから土地を借りて栽培や販売をしているのに、賃料の支払いを忘れる回数があまりにも多かったから。

「この小僧のしわざだよ」

エル・メスティーソがピート・ホフマンを指差す。

「スウェーデンの出身でね。ここコロンビアでうっかり人を撃っちまったとなると、書類上まずいことになりかねない。あんたにここで解決してもらえれば助かる」

ホフマンはかぶりを振らなかったが、そうしたいという気持ちにはなった。

小僧だと？ 俺は三十八だぞ。あんたとたいして変わらない歳のはずだが。

それでも、エル・メスティーソの狙いは理解できた。ホフマンを過小評価してみせている。同情を引こうとしている。

「というわけで、いまここで九百万ペソ払ってやる。月極めの報酬とはべつに」

「九百万だと？」

「そうだが」

「ふざけるな、こっちは八人いるんだぞ。たったの九百万を分けあえってのか？」

ひょろりと背の高いエル・カーボは、撃たれて吹き飛ばされた頭だけでなく、後ろ手に縛られてそばに倒れている四人にも、ちらちらと目を向けている。ホフマンが聞いたことのない、奇妙な方言を話す男だ。スペイン語にはもうすっかり慣れ、スウェーデン語やポーランド語とほとんど変わらず使えるようになっているが、それでも理解しきれない。単語も文も歪んで独自の言語になっている。

「おい、どうなんだ、サンチェス？　ろくな額にならんぞ」

「毎月、いい給料を払ってやってるじゃないか。なにもしないで済んでる月のほうが多いくせに」

「俺に、俺たちに、ここの掃除をしてほしいなら、金は九百万、掛ける八だ」

「ふざけるのもいいかげんに……」

「サンチェス、こっちを見ろ。軍の士官なんか撃っちまったら、それだけ金がかかるってことだ。支払いはドルで頼むぞ。ひとり当たり三千五百ドル。合計すると、二万八千だな。さあ、どうする？」

エル・メスティーソが金がらみの話し合いで譲歩することはめったにない。いや、どんな話し合いでも同じだ。ところが今回は譲歩した。トラックのキャビンに向かうと、グローブボックスを探り、茶封筒を持って戻ってきた。エル・カーボは細い腕を伸ばして封筒を受け取った。この先の展開はふたりとも承知している。ここに一度も来たことのない人物の似顔絵がつくられる。無線機への呼びかけ――〝黒人の男が現場から逃げるところを目撃されている〟

だが、今回の展開は、いままでと違っていた。

エル・メスティーソは封筒を渡すと、交渉終了のしるしにこくりとうなずいてから、死体のほうへ歩いていった。死人の首に自動銃が掛かっている。彼はそれを奪うと、ふたたびエル・カーボに向かってうなずいてみせてから、後ろ手に縛られて伏せている軍服姿の四人のもとへ歩いていき――こちらはほんとうに、小僧、と呼べそうな歳だ――銃を点射モードに切り替えた。

そして、ひとりずつ、心臓めがけて、背中を撃った。

「これだけ金を払うんだから、ついでにこいつらの面倒も見てもらうとしよう。給料アップに見合った働きを頼むぞ」

エル・メスティーソは、茶封筒を持ったまま黙っている警官隊長に向かって、三たびこくりとうなずいてみせた。

「二万八千ドル。死体五つで割ると、コストはひとり当たり……五千六百か。うむ、このほうがずっと気分がいいな。そう思わないかい、隊長さんよ?」

ピート・ホフマンは開けたサイドウィンドウから手を出し、ミラーの位置を直した。エル・カーボとその部下たちの姿は、ミラーの中でどんどん小さくなっていくが、もっとさっさと見えなくなってほしいと思う。トラック二台はうんざりするほどゆっくり走っている。目的地まであと二十キロ、初めからろくに車の通れない道だったが、それがさらにひどくなってきている。つまり、あと四十五分はかかるということだ。

もう一度、ミラーの調節。まだしっくりこない。もう少し左に向けたほうがよさそうだ。これでどうだろう。ちょっと下に向けたらもっといいかもしれない。よし、これで完璧だ。

ミラーには予想どおりの光景が映っていた——エル・カーボ率いる小さな警官隊が、早くも地面に穴を掘りはじめている。あまり深くは掘らない。ヤブイヌの群れににおいを嗅ぎつけてもらわなければならないからだ。軍用車を始末したときにその痕跡が見えた。ヤブイヌたちは付近に隠れ、辛抱強く待っている。彼らの仕事は速い。狼と同じように群れで協力しあって働き、深さ五十センチの墓穴の底まで、ほんの十分、せいぜい十五分ほどでたどり着く。それから死体を掻き出して、バラバラにする。その作業もすばやいものだ。時間が限られているとわかっているから、がつがつ食べる。それでにおいが広がり、競争相手が現れる。コンドルが上空を旋回しはじめ、犬たちを襲い、犬たちはあきらめてとぼとぼと去っていくだろう。そうして鳥たちが食事を続けるが、黄昏のころまで邪魔は入らないから、やや落ち着いた食事ぶりだ。夕暮れになるとメガネグマが現れ、残りを片付け、髄を味わおうと骨を嚙み砕きはじめる。だがそれも、ジャガーが挑みかかってきて、それぞれ大腿骨をくわえて去っていくまでの話だ。こうして穴の底には、肉も組織もきれいに取り去られた頭蓋骨だけが残る。明日の早朝にはもう、五人の人間がすっかり消え去っていることだろう。

ソフィアと交わすことになる会話が、どんどん重苦しく、おぞましく感じられてくる。ソフィアはまず、夫がまた人を殺したことを理解しようとしてくれるだろう。そうするしかないと彼が判断したからだ、と。それを理解したら今度は、少年と言ってもさしつかえのない若者たちが四人、犬に掘り返される前提で地中に埋められたことを、理解しようとしてくれるだろう。そうするしかないとエル・メスティーソが判断したからだ、と。これが、侮辱されたと感じ、自分のほうが上だと示したいときの、エル・メスティーソのやり方だからだ、と。それを理解したら今度は、彼女が一度も会ったことのないエル・カーボという男が、部下たちとともに、ひとり当たり三千五百ドルをもらって、死体をひとつひとつ片付けたことを、理解しようとしてくれるだろう。

序列。金。ただ、ひたすら……続いていく。

自然とそうなるのだ。外の世界のシステムを、自分のシステムとして受け入れてしまうと。そのシステムの中で生まれ、育ち、すっぽり抱きこまれていると、やがて逆にこちらからシステムを抱きこむようになる。そうなると、自分が息をしつづけるには、自分が生き延びるだけにとどまらず、他人を死なせるしかなくなる。

「ソフィア？」

手に持った携帯電話。応答があるまでに、いくつか呼び出し音が鳴った。

「もしもし。さっき、切れた？」

「こっちのせいだ……ジャングルにいるから」

「わかってる」

「今夜には帰れるよ、ソフィア」

「話したければ……私、待ってるから、ここで」

「愛してる」

また電話が切れた。今回は、ホフマンの人差し指がボタンを押したからだ。これでじゅうぶんだった。ソフィアにはしっかり伝わっている。彼女は今夜、ラスムスとヒューゴーを早めに寝かせるだろう。そうしてふたりはキッチンで向かい合わせに座り、言葉が尽きるまで話しつづける。それからソファーに並んで座り、手をつなぐ。なにも言わずに。

ジャングルの密度が増していく。枝や葉や蔓が窓を叩き、前に進むのが難しくなってきた。ゲリラが森を切り開いて築きあげた道路網、そこには部外者には見つけられない会合場所やキャンプが散在し、世界の中にもうひとつ広がる独自の世界となっている。そして、ここには、音がある。何十万と集まり黒い雲となって移動している虫たちの奇妙な羽音、互いのさえずりを増幅しているかのようなサギやオニオオハシやコンゴウインコの鳴き声、木々のほぼ至るところに座って甲高い警告の声をあげ、互いを煽りたてている猿たち。深緑色の現実が、巨大な温室、原始の共鳴箱をかたちづくる。

ピート・ホフマンはまた地図を見た。そして、確信した。目的地はもう目と鼻の先だ。残る距離はせいぜい一キロ。シャツの袖で首筋を、顔を、頭をぬぐうが、それでも汗は引いてくれず、布がすでに吸い取っていた汗がなすりつけられただけだ。そのとき、見えた。あそこだ。トタン屋根、竹と乾かした泥の壁。〝コシーナ〟、コカイン・キッチン。キャンプを仕切る監督に、化学者二人、その助手が三人、見張りが四人——計十人の職場であり、家であり、人生でもある場所だ。ホフマンがトラックを停めた瞬間、エル・メスティーソも同時にトラックを停めた。降り、挨拶を交わす。まず、キャンプの監督、通称司令官《エル・コマンダンテ》に。彼はほかよりもやや大きい自分の小屋《カレタ》に客人ふたりを案内した。ひとり暮らしで、床には藁マットレス、質素な机の上には裸電球、小屋の外の木には調節可能なアンテナのついた大きなテレビがくくりつけられていて、電球と同じ発電機に接続されている。次に挨拶したのは、ふたりいる化学者のうち年上のほうだ。迷彩服を着ていないのは彼だけで、カルロスと名乗った。ホフマンは笑みを浮かべた。これまでに会ったことのある筆頭化学者は五人いるが、全員が同じようにカルロスと名乗った。

トラックの荷台の覆いをめくると、二台とも積まれている荷物はまったく同じだった。

大きな袋が四つずつ並んだ列が六列あり、それが二段重ねになっている。建築現場のそばでよく見かける大きな包みに似ているが、あふれんばかりに詰まっているのはコカの葉だ。そして、いちばん奥に、化学物質の入ったドラム缶が四つ。

クレーンがまるで獲物を追う鉤爪のようにあたりを探る。トラックのキャビンと荷台のあいだから伸びる金属の腕、その操作は簡単だ。袋もドラム缶もひとつずつ、あらかじめ地面に置かれた輸送パレットの上に着地する。これがなければ、すべてがぬかるみの中に沈んでしまう。液体に近い薄粥のような泥で、ピート・ホフマンのトレッキングブーツも、一歩を踏み出すごとに茶色に染まっていく。

ホフマン自身も、エル・メスティーソも、この種の荷物を扱ったことは何度もある。三十分足らずで荷台は空になった。

「腹、減ってますか？」

司令官は、あらかじめ打ちつけてあった釘や木の枝に紐で蚊帳をくくりつけ、自分の小屋と見張り役や化学者たちの小屋のあいだに渡してある板の上に、黒いビニール袋のロールを転がして広げた。ジャングルという家の真ん中に、周囲から守られた露天のリビングルームができあがった。

「アヒアコはどうです？　今日のメインディッシュですよ。しかも今日は、お客さんに初めて冷たいビールを出せるときてる」

化学者たちのコカイン・キッチンの裏にちっぽけな小屋があり、司令官は誇らしげにふたりを中へ案内すると、専用の発電機につながっている新しめの冷蔵庫を披露した。満面に笑みを浮かべつつ冷蔵庫を開けると、瓶がずらりと何列も並んでいる。アギラ、クルブ・コロンビア、飲みやすい淡色のビールだ。司令官と化学者のカルロスはビニールで覆われた木の板に直接座り、エル・メスティーソとエル・スエコを促して向かい側に座らせた。四人が鶏肉とじゃがいもとうもろこしのスープを食べ、よく冷えたビールで乾杯しているあいだ、見張り役や助手たちは少し離れたところで自分たちの番を待っていた。

高さ三十メートルはある木の壁に隠された場所。陽の光が入ってくることはなく、人工衛星に発見されることもない。地勢そのものに切り離されて、この〝コシーナ〟は場所を突き止められるおそれのない、手の届かない要塞となっている。ピート・ホフマンがこれまでに訪れたコカイン製造所はすべて、これと似たような場所に、あるいはベネズエラ国境付近の人里離れた地域にあった。あそこはまたべつの意味で守られている――軍が攻撃を仕掛けてきて、PRCが不利な立場に陥ったら、ゲリラは国境を超えて逃げることができる。国軍がベネズエラまで追いかけてくることはない。〝コシーナ〟をひとつ潰すために、そこまでの危険を冒す価値などないのだ――武装した兵士が外国の領土に入ったりしたら、それは宣戦布告とも解釈できる。戦いに疲れきった二国のあいだで、また戦争が始まることにもなりかねない。

「デザートは？」

司令官は、助手のひとりが食器を片付け、原始的ながらも問題なく機能している流し台へ運んでいくのを待った。プラスチック容器に入った水と、雑に曲げた金属板でできた流し台だ。

「俺は結構だが……」

エル・メスティーソが、ピート・ホフマンを目で示してみせる。

「……こっちの若造は、欲しいんじゃないか？」

「ココナッツミルクでつくったミルク粥《アロス・コン・レチェ》。どうです？」

司令官は第二の客に向かって微笑んでみせる。冷蔵庫を開けたときのように誇らしげだ。

「毎日こういうのを出せるわけじゃないんですよ、ここではね」

「ありがとう。だが、もうじゅうぶんです」

「ココナッツがね、とにかく……米だってことを忘れるほどで」

ホフマンは腹を手のひらで軽く叩いてみせた。

「いや、結構——もう満腹ですから」

司令官も片手を上げ、微笑んでみせる。もうあきらめる、というしぐさだ。

「わかりましたよ。まあ、俺の取り分が増えるってもんだ。ね？　しかしね、それならここを発つときにはぜひ、タマル（穀物の粉を練って肉などの詰め物を入れ、通常はとうもろこしの殻やバナナの葉に包んで蒸した料理）をひとつずつ持ってってくださいよ。もうできてるのがあるんで。腹持ちがいいですよ」

米、鶏肉、野菜。コカ・コーラの缶に詰めてある。ピート・ホフマンはうなずき、立ち上がって体を伸ばすと、川があると思われる方角に視線を走らせた。川は見えない。緑の壁が邪魔をしている。だが、地図によれば、すぐそばにあるはずだ。

引き返す前に、そこへ行かなければならない。

〝犯罪者だけだ〟

そこで、ひとりにならなければならない。

〝犯罪者を演じられるのは、犯罪者だけだ〟

ホフマンは袋やドラム缶を迂回してゆっくりと歩いた。ぎゅうぎゅうに詰まったコカの葉を手でなぞり、丸みを帯びた金属板を叩いてみる――鈍い音。化学物質が縁までなみなみと入っている。ここが〝コシーナ〟の心臓部だ。ほかと同じように、トタン屋根とすきまだらけの竹の壁でできた、いちばん大きな建物。床は踏み固められただけの地面で、真ん中のほうがやわらかくぬかるみがちだ。のちほど、残りの連中も食事を終えたら、ノコギリで切り開いたドラム缶にコカの葉を入れてガソリンに浸し、麻薬成分をていねいに抽出する。それを次のドラム缶に移し、ガソリン成分を除去して、代わりにアンモニアを混ぜ、フィルターで濾す。ホフマンも昔――ソフィアと子どもたちが現れる前、嘘をつきはじめる前、そしてようやく約束を守るようになる前――製造過程で生まれるこのべとつく塊を、煙草と混ぜてよく吸ったものだった。ベース。彼がストックホルムで売り買いしていた時代には、みんなそう呼んでいた。この国では同じものが〝バスーコ〟と呼ばれていて、ジョニーに言わせれば、質がまったく違うのだそうだ。段違いにハイになれる。試した人間はもれなく完全にぶっ飛び、何日も抜けられなくなるという。

やりたい、と思うこともないではない。それは認めざるをえない。だが、またその道を選ぶことは、けっしてなかった。

バスーコから最終精製品、白い粉状のコカインをつくるには、さらに多くの化学物質が必要になる。それを今日、ここに運んできた。エーテル、メチルエチルケトン、塩酸。送り状から読みとれたのはそれだけだ。が、ほかにもある。最後のほうのドラム缶の中身は読みとれなかった。

「なにか気になることでも?」

エル・メスティーソがピートの肩に手を置いている。よくあることではない。機嫌がいいのだ。

「ああ」

ピート・ホフマンは、ラボに足を踏み入れた時点ですでに、入ったことのない部屋に入るときの習慣で、内部をひととおり観察していた。そしていま、ふたたび周囲を見まわした。空になった輸送用の箱を利用した作業台。丸太にベニヤ板を渡した作業台もある。液体を入れるプラスチック容器、プラスチックのバケツ、金属製の容器、物を並べるための皿、ふきん、電子レンジ、輸送パレット、壊れやすそうな試験管立て。

おかしいところはなにもない。

「あれがちょっと……場違いに思える」

片隅に積まれている鞄だけが例外だった。たくさんあって、山積みになっている。ハンドバッグ、その下に書類入れ、その下にさまざまな大きさの旅行用トランク。どれも同じ色で、素材も同じ、なにかの革のようだ。

「そうだな。だが、そうではないとも言える。あれは確かにこの場所にそぐわない。だが同時に、欠かせないものでもある。カルロス？」

エル・メスティーソはすきまだらけの壁越しに、外で煙草をくわえている筆頭化学者を呼んだ。

「なんでしょうか」

「入ってこい。ヨーロッパから来たこの友人に、おまえの秘密を見せてやれ」

筆頭化学者はぬかるんだ地面に煙草を捨て、ブーツのかかとで火をもみ消してから、ラボの中に入ってきた。カルロス。ピート・ホフマンは、前に会った同じ名前の化学者が――その前に会った化学者も同じ名前だったわけだが――少々口の軽い人間で、それが原因で一年ほど前にエル・メスティーソに始末されたことを思い出した。今度のカルロスは、山積みになった鞄のほうへ向かうと、中ぐらいの大きさのトランクを持ってきて作業台の上に置いた。

「ほんとに、いいんですね……」

筆頭化学者は、エル・メスティーソの顔から目を離さずに話す。

「……ほんとに、この人に……」

「カルロス？」

「なんでしょうか」

「さっさと見せてやれ」

意外にもたこだらけの両手がトランクを開ける。中は、なんの変哲もないトランクにしか見えない。

「顧客に……選り抜きの商品サンプルを届けるとき、うちではこの方法を使ってます」

筆頭化学者は、そのたこだらけの手で、空のトランクを指差してみせた。

「小さな鞄には、少量のコカイン。大きな鞄には、大量のコカイン。この大きさなら、だいたい三キロは運べます」

三キロ。商品サンプル、だと？　最近の街頭価格をホフマンはあまり把握していないが、彼がストックホルムで売り買いしていたころは、三キロといったら相当な量であり、莫大な額の金が手に入ったはずだ。

「トランクの外側は革製です。見てのとおり。内側は一部プラスチックですが、ほとんどはやはり革製です。ほぼ全部と言ってもいい。荷物を入れるところは両側ともそうだし、底も、側面も」

カルロスが革を手でなぞる。とりたてて特色のない、ただの茶色だ。

「この革に、コカインが含まれてます。俺が殺したコカイン。いや、殺したのは、コカインのにおいですが。無臭のコカイン。どこの税関でも通れるし、どんな犬もごまかせる」

エル・メスティーソがバタバタと手を振る。そのトランクをよこせという合図だ。筆頭化学者はそのとおりに手渡した。

「初めて見せられたときにはな、ピーター・ボーイ、こいつを殺してやろうかと思ったよ。

覚えてるか、カルロス？　ここに来てみたら、こいつがでかい鍋でなにか黒いどろどろしたものを煮てるのが見えた。なんだと訊いたら、〝あんたのコカインですよ〟って。頭に来たよ。コカインがそんなふうになってるのは初めて見た。〝なにしてやがる、ついに頭をやられたか、台無しにしやがって！〟そう怒鳴ったら、カルロスが言い返してきたんだ。〝台無しになんかしてません、見てください〟」

エル・メスティーソはトランクの内ポケットをつかみ、ぐいと引いて剝ぎ取ると、だらりとぶら下がる革の切れ端を掲げてみせた。

「作業には二段階ある。第一段階は、ブツを殺す作業だ。それはここで行われてるが、現場は俺も見せてもらったことがない。見せろと迫ったこともない。おまえの気持ちはよくわかるからな、カルロス。前にも言ったとおり、これはおまえの技で、おまえや部下たちの生活がこれにかかってる。むやみに手放すもんじゃない」

筆頭化学者は慎重な笑みを浮かべた。エル・メスティーソがいつ考えを変えるか、物わかりのいい態度がいつまで続くかわからず、戦々恐々としているように見える。

「これができる化学者はあまりいないんです。せいぜい数人。カリにひとり、ボリビアにひとり、ベネズエラにひとり、そしてここグアビアーレ県にもうひとり、森のもっとずっと奥のほうにいるのは知ってます。まずにおいを殺してから、コカインを鞄の革に溶けこませる。その作業中は立ち入り禁止です。でも、第二段階、コカインを生き返らせる工程はお見せできます。そっちのほうが簡単だし、いずれにせようちの商品サンプルを受け取るお客さんには手順を説明しなきゃならない。お客さんがやるわけだから」

鞄が山積みになっている片隅に、青いプラスチック容器も置いてあった。これも化学物質で、強烈なにおいを放っている。カルロスはそれを取ってきて作業台に置いた。

「革の切れ端をください」

エル・メスティーソに向かってうなずいてみせ、さっきトランクから剝ぎ取ったものを受け取る。

「まず、こうする」

そして、長方形の革の切れ端を、化学物質の溶液に沈めた。

「エーテルです。これを浸して、洗濯みたいにこすってやる。すると……ジャーン、ご覧あれ、真っ白になったでしょう。いや、真っ白とは言えないか。色がなくなる、と言ったほうが近いかな。どう思います、黄色っぽい白とでもしておきましょうか？」

革の焦げ茶色が消えている。カルロスは化学物質の入ったプラスチック容器をまた取ってきた。過マンガン酸塩、硫酸、その中に、色のなくなった革をすうっと沈めた。徐々にふたつの層ができる。白っぽい黄色の一層目と、その下に、二層目——純粋な水。いや、純粋な水のように見える、なにか。

「これから、こいつを元に戻します。生き返らせるんです」

カルロスは試験管立てに手を伸ばし、いちばん端の管を選んだ。

「これを一滴、この白いのに落とす。もう一滴。もう一滴。見えますか？　濃くなってきたでしょう。ちょっと……精液みたいですね。もっと何滴も落としてやると、もうちょっと濃い、さっきサンチェスさんが言ってたような、どろどろのなにかができあがる。ペースト、と言ったほうが聞こえはいいかな？　で、このまま作業を続ける時間があれば、俺はこれからこのペーストを三十七度まで温めて、皿に広げて乾かす。数時間後には最高品質のコカインが手に入ってる。純度九十四パーセント、いや、九十六パーセントまで行くこともある。うちでは魚の鱗って呼んでます。あんたの出身地じゃお目にかかれないだろうけど、あれ以上のものなんてないですよ、なんてったって……きらきら輝くんです。きれいな魚の鱗みたいに」

こうしてピート・ホフマンはまたひとつ、かつて彼の人生をコントロールしていた麻薬というものの一形態を目にした。ほんの数人しか知らないこと。だが、知識そのものが重要なのではない。〝おまえを信用しているぞ〟。それこそが真のメッセージだ。エル・メスティーソ、だれにも信頼のそぶりを見せないこの男が、またもや〝おまえを信用しているぞ〟と態度で示してくる。そして、やや満足げな顔で、自分の側近たる男がそのことに気づくのを待っているようにも見える。二年半の時を経て、ホフマンはいま、PRCゲリラの中枢に、さらに深く、深く入りこんでいる。これまでのどんな潜入者よりも奥深くに。

「川はどこだ？　あっちのほうか？」

エル・メスティーソが笑みを浮かべた。

「水浴びでもするのか、ピーター・ボーイ」

「いや、ただ……汗を流したいんだ。帰る前に。この暑さ、湿気、毛穴に入りこんできてそこに居座ってるような気がする」

「川にはワニがいるぞ、知ってるだろう？」

「知ってる」

「しかもな、言っておくが、このあたりのワニはほかの地方とは違うぞ。突き出てる部分を噛みちぎるんじゃない。もっと、もぐもぐ噛みやがる」

エル・メスティーソの笑みが深くなる。ホフマンも微笑み、切り開かれた緑のトンネルをひとりで歩きはじめた。猿たちの叫び声に向かって、虫たちの羽音に向かって歩く。蟻が途切れることのない黒く太いロープとなって、彼の前を横断している。

数分。目的地にたどり着いた。なんと美しいのだろう。広々とした水面、向こう岸まではかなり遠く、七十五メートルはありそうだ。中ほどが急流になっている。熱帯雨林を切り刻む、アマゾン川の無数の支流のひとつ。どこでもない場所からどこでもない場所へと運んでくれる水路。

そよ風。涼しくて気持ちがいい。

ホフマンは服を脱いで裸になり、水辺を目指して数歩進んだところで、川の中、岸から少し離れたところに倒れている丸太を見つけた。かがんで、ちょうどいい大きさの岩を見つけ、狙いをつける。命中。丸太は苛立たしげに揺れ、しぶきを上げながら水中に消えて泳ぎ去っていき、小さな渦がそのあとに続いた。

ホフマンはそこからさらに進み、全身を川の水に浸した。剃りあげた頭も深く沈ませる。音がなくなる。さらに涼しくなった。燃えるようだった肌を撫でる水、なんとも爽快だ。予定より長いあいだ、水中にとどまっていた。しつこい暑さを逃れて過ごす、ひとりの時間。

撃てと促してきたとき、ジョニーは自分を信用していた。

トランクを見せてきたときにも、やはり信用していた。

信頼してはならない、唯一の相手を。

ピート・ホフマンはごつごつととがった岩のあいだを縫って岸へ歩き、湿ったシャツでできるかぎり体を拭くと、服を着て、慎重にあたりを見まわした。

まだ、ひとりきりだ。

GPS受信機は、ベストの布ポケットの片方に入っている。彼はそれを取り出すと、〝マーク〟と記されたボタンを押し、

57.308326, 15.1241899

画面に表示された十進経緯度を確かめた。

いまいる場所の緯度と経度だ――が、暗号化プログラムで調整されている。もしこれが、渡るべきでない人の手に渡ってしまっても。ボゴタかカルタヘナにいるハンドラーにこの数字を渡す前に、何者かがこれを手に入れてしまっても。そいつになにが理解できるわけでもない。見当違いの場所を指し示す座標を与えられて、世界のまったくべつの地域にたどり着くことになるだけだ――南スウェーデンのコシュベリヤという場所にある、ホフマンの気に入りの教会に。そこを目くらましの場所として使うと決めてある。真の座標、アマゾン熱帯雨林内でPRCの傘下にあるコカイン・キッチンの場所を示す座標は、DEAのハンドラーが自分の変換機を使うことによって、やっと戻ってくる。

ホフマンはGPS受信機をベストのポケットに戻し、川のほうへ数歩戻った。しゃがんでもう一度顔を洗い、波立つ水面に映った自分の姿を眺めた。背後の緑の中に、〝コシーナ〟、コカイン・キッチンがある。さっき彼がダウンロードした座標をもとに、いまからおよそ八週間後、今回の訪問と結びつけられる可能性がなくなったころを見計らって、新設されたクラウズ部隊がここに攻め入ってくるだろう――武力をもって、さらにもうひとつ、コカイン製造所を消し去るために。いったいどうやってこの場所を突き止めたのか、真の経緯を知る者はほんの数人しかいない。これこそ、潜入者が生き延びるための前提だ。ホフマンの任務にゴーサインを出し、その恩恵を受けているアメリカ政界の重鎮すらも、ヨーロッパの刑務所を脱走した囚人である彼が、実は自分たちのために働いていることを、まったく知らない。

ティモシー・D・クラウズは泣くことができない。できなくなったのだ。四年前に涙が尽きたかのようだった。地面に掘った穴にすべて流れこみ、やわらかな寝床となった。長いあいだ休むことになる娘のための。永遠に休むことになる娘のための。

いまもクラウズは泣いていない。地面に掘ったべつの穴が埋められていく画像シークエンス、同じように存在しなくなった人間たちの一連の画像を、もう七回も見つめているにもかかわらず。怒り。彼が感じているのは、激しい怒りだ。そこで衛星オペレーターのそばを離れ、壁の巨大スクリーンに近寄り、顔を近づけた。現実感が薄れるように。薄れはしなかった。サンチェス——長髪をひとつにまとめた大柄な男、PRCゲリラ内で〝エル・メスティーソ〟のコードネームで呼ばれているこの男は、ほんとうに死人の首に掛かっていた自動銃をはずし、軍服姿の若者たちを撃ったのだ。

ひとりだった死人が五人になった。おそらく警察であろうべつの部隊が、おそらく金であろう封筒を受け取った。サンチェスが撃ったときにも傍観していた。

そして、地面に穴を掘りはじめた。

クラウズは叫ばなかった。彼はけっして大声を出さない。そんなことをしてもなんの解決にもならない。だが、今回の訪問は終えることにして、ドアの外、さっき別れた廊下でそのまま待機していたロバーツに向かってうなずくと、ワックスで磨きあげられたビニール床にかかとを強く打ちつけながら、いつもより速足で歩いた。

「どうなさいましたか」

「現場に行くぞ、ロバーツ、明日だ」

「現場とおっしゃると？」

「べつの種類の墓が掘られているところ。悲しみではなく、利益のために墓が掘られている場所だ」

黒い車はすぐに出発できる状態で、八階建ての建物の正面出入口前、いつもの場所で待機していた。NGAのあるフォート・ベルボワから、プレザント・ヴァレー・メモリアルパークまでの距離は、せいぜい十キロほど。自身の名を冠したプロジェクトを週に三回は自ら視察し、そのたびにワシントンDCの議事堂に戻りがてら、娘のもとを訪れている。

リズ。彼の涙を奪っていった娘。

「明日ですか?」

「そうだ。まずリズのところに行って、それから下院本会議場、それから帰宅。それが今日の予定だ。明日は昼過ぎにボゴタに到着する。行くことはさっき先方に伝えた」

「しかし……それでは時間が足りません」

「ロバーツ」

命を預けている相手に向かって声を荒らげることはめったにない。が、今回はそうなった。墓穴に放りこまれる死体は、見る者をも穴に引きずりこむ。

「はい」

「なんとかしろ」

運転手は道路脇に建っているチャペルのそばに駐車した。娘の墓にはかならず徒歩で向かいたい、とクラウズは思っている。灰色の小さな墓石がだんだん大きくなって、全世界となるさまが見たい。

享年二十四。

外向的な、明るい娘だった。ひょっとすると、外向的すぎ、明るすぎたのかもしれない。当時はそんなふうには考えず、むしろその性格を後押ししていた。それが高じて自他の線引きができなくなっていることに気づきもしなかった。娘は、なにかを断るということがなかった。いつでも他人についていき、他人のやることに従った。最初に問い詰めたとき、娘は十五歳で、ベッドの下にしまってある錠剤は人からもらったものだ、その人の名前は知らない、と説明した。次に問い詰めたときには、〝人からもらった〟が〝お金を払って友だちからもらった〟に変わっていた。その次には〝お金を払って友だちからもらった〟が〝男と寝て手に入れた〟になった。

墓地を蛇行する細い遊歩道の左右に、美しい緑の芝生が広がっている。娘の墓石は地面に横たえられ、灌木に近い木二本がその左右を彩っている。となりにも同じ墓石がある。人生をともに生き、ともに去った、母娘。

リズ本人に訊いても埒があかず、答えの得られない疑問をはっきりさせるため、クラウズはドラッグ専門のセラピストに連絡を取った。そのセラピストに家まで来てもらい、ともにリズと向きあった。そして、答えが得られた。聞きたくなかった答えだった。リズは十二歳を迎えた日から、ありとあらゆる薬を試していた。聞いたことのない薬もたくさんあった。その時点ですでに、ベンゾジアゼピン系およびバルビツール酸系の薬物、アルコール、大麻に手を出して抜け出せなくなっていた。クラウズは私立の依存症リハビリ施設に金を払って娘を入所させた——自分がなにを後押ししているか、またもや気づかないままに。二週間と経たないうちに、リハビリ施設は薬を手に入れるための新たな人脈を築く場と化し、リズは九歳年上のクラック依存症の男と逃げ出した。クラックというのがいったいなんなのかすら、クラウズは知りもしなかった——喫煙して摂取するコカインで、脳に到達するスピードがふつうより格段に速い。たった一度使っただけでも依存症になりうる薬だ。

「下院議長」

ロバーツがここで邪魔してくることは通常ない。クラウズがリズのもとにいるときには。邪魔してくるということはつまり、重要な用件なのだ。

「なんだね」

「お邪魔して申し訳ありません……しかし、確認したのですが、今回はあまりにも急なお話で、私が合格点を出せるレベルの警護チームを編成できません」

「だが私は、画面の前に座っているだけで参加せずにいることに耐えられないのだ。これからは積極的にかかわらせてもらう。そうすることができるのだから。クラウズ部隊はそのために存在しているのだから。したがって、ロバーツ、きみの意見がどうあろうと、われわれは明日ボゴタに行き、部隊の兵営へ向かう」

「兵営に行かれるだけなんですね？」

「そのとおりだ」

この墓石はとても気に入っている。御影石。刻みこまれた文字はあくまでもシンプルだ。左側に〝エリザベス・クラウズ〟、右側にその誕生日と命日。

「前回のようなことにはなりませんね？　前回も兵営内のみに滞在する予定でしたが、議長はその周囲の安全地帯からもお出になって、訓練を終えた兵士たちがベネズエラ国境付近でコカ栽培地を焼き払っているところを視察しに出かけられました。前々回は私にひとことの連絡もなく、クラウズ部隊の大尉とともに部隊を離れて、クマリボ郊外にあった化学薬品倉庫の爆破をご覧になりましたね」

「昼はあちらで過ごす。夜もあちらで過ごす。次の日には戻ってくる。いいな？」

クラウズは腰を落とし、墓石の奥の草むらに立ててある花瓶の位置を直した。薔薇は少ししおれているが、あと何日かはこのままにしておくしかない。

「周辺警備に五名。外郭警備に四名。近接警護に三名。議長、私の教科書に照らしたかぎり、これでは足りないのです」

「それしか人員がいないのであれば、それでなんとかしろ」

また声を荒らげる。が、今回はそうするのが正しい気がした。

「ロバーツ、ひとりにしてくれないか」

ボディーガードが退き、少し離れたところにある木から見守る中、クラウズはリズの母親の墓石の手前に一列になって生えているカルーナに水をやった。娘が生まれる前からすでに別々の人生を歩んでいた相手だが、こうしていると、また結びつきのようなものが戻ってくる。

風がやや強い。ひゅうと突風が吹いて、乾いた枯葉が娘の墓の上に落ちてきた。クラウズはそっと手で落ち葉を払った。娘が幼かったころにしてやった手つきと似ている。指を広げて長い髪を梳き、前髪を少し横に流してやった。すると娘は結局、自分の思うとおりの位置に髪を戻してしまうのだった。

依存症リハビリ施設から逃げ出したとき、リズは十六歳だった。そのあと連絡を取りあった回数は少ない。ごくたまに電話があったり、いきなり訪ねてきたりといったことはあったが、娘はいつもぎこちなく、神経を尖らせ、壊れかけていた。そして、リズが二十四歳を迎える前日、クラウズはカリフォルニア州のサクラメント警察から呼び出しを受けた。行ってみると、リズは肌寒い遺体安置所で、スチールの台を枕代わりに横たわっていた。娘と、その父親。ふたりは同年代に見えた。娘の体重は三十四キロまで落ちていた。クラウズは娘の額にキスをし、鳥の足のようにかぼそく動かなくなった手を握りしめた。薬物の過剰摂取による心臓発作だった。

そのはるか前には、すでに決めていた。その日、ふたたび決意した。

地の果てまで麻薬を追いかけてやる、と。

だれかを罰したいわけではない。ただ、麻薬をこの世からなくしたい。彼を駆り立てているのはもはや、復讐心ではない。悲しみだ。

車を降り、自分を守ってくれる暗闇の中に出る。いま周囲にあるこの暗闇を、昔は恐れていたこともあった。自分が溺れそうになる一方で、ほかの連中、攻撃を仕掛けようと待ち伏せている連中のほうが、暗闇に守られていた。いま、ここにある暗闇は、光のようなものだ。手を取って、前へ導いてくれる。

ピート・ホフマンは狭い裏庭にしばしたたずんだ。涼しく、乾いた空気。星の見える澄んだ空。ここに立っていると、一階のキッチンが見える。彼女はワイングラスを持ってオーク材の円卓に向かい、新聞を広げている。そうすると約束したとおりに。

今日あとにしてきた、湿気と虫の地獄であるジャングルとは、なんという違いだろう。あのあと、ぬかるんだ道を走って一般道に戻り、フロレンシアでトラックから乗用車に乗り換えて、いつものとおり交代で運転しながら帰ってきた。距離は計八百キロ、ふたりともあまり言葉を交わさずにいた。話をしないと決めているわけではなく、ただ単に、ふたりとも沈黙を恐れる性質ではないから、互いをそっとしておいてやっているだけだ。ジョニーのそういう面を、ホフマンはとても気に入っている。そういう空白に対処できる人間、その中でくつろいでいられる人間は少ない。プラデラ郊外の大農園《アシエンダ》前で彼を降ろしたときにも、ふたりとも言葉を交わさず、ただ互いにうなずいてみせただけだった。あと数時間もすれば、また売春宿で会うのだ。そうして新たな一日が始まり、新たな言葉が必要になる。

白漆喰の外壁、ちょうどいい具合に古くなった瓦屋根の家は、カリ北東部、コムーナ5のロス・グアジャカネス街区にあるほかの家々と、よく似ている。そういうふうに見えなければならない。街灯のほとんどない、狭く蛇行した通りに、ごくふつうの家が建っていて、その前にはふつうの車がとまっていて、中ではふつうの人々が暮らしている、そう見えることが大切だ。この家を買ってから、丸七年、もうすぐ八年になる。エリック・ウィルソンをガイド役に、ストックホルムからここへやってきた。スウェーデンで自分の監督役、ハンドラーを務めていた彼が、逃げ道を用意しておくべきだと言ってきて、実際に見つける手助けもしてくれたのだ。ふたりとも重々承知していた――スウェーデン警察に雇われてホフマンが潜入している組織に、もし彼の素性がばれたら、あるいは雇い主のほうが彼を裏切り、見捨てたとしたら、彼はすぐに家族を連れて逃げなければならない。自分の死から逃れなければならない。ストックホルムの南のほうで、何度か麻薬取引を成功させて——組織犯罪にまつわる独自の情報を提供しているかぎり、そういう取引にスウェーデン警察は目をつぶってくれた——その金でこの家を買い、そのまま放置していた四年のあいだ、手入れをしてくれる管理人も雇うことができた。

ペーテル・ハラルドソン。契約書にサインしたときに使った名前だ。ピート・ホフマンが、のちに演じることになる身分を名乗ったのは、このときが初めてだった。世界のまったくべつの地域で、新たな名前を使って、不動産を購入した。

そのことを、ソフィアにすら話さなかった。

あまりにも長いあいだ嘘をついていて、真実がどんなふうに見え、どんなふうに感じられるものか、すっかり忘れてしまっていた。そして、打ち明けざるをえなくなって——そうしなければ、すべてを失うことになるから——初めて、自分が嘘と真実の境界線を動かしてしまい、もう戻せなくなっていることに気づいた。どこで嘘が終わり、どこから真実が始まるのか、はっきりさせることは永遠にできないだろう。自分がいったい何者なのかすら、もう自分でわからなくなっていた。

ソフィアがグラスにワインを注いでいる。鉛筆を手に取り、なにか書いた。

キッチンの明かりが、彼女の顔を美しく照らしている。その顔が柔和になり、存在感を増していているように見える。

ストックホルムの南、エンシェーデ地区にある、べつの家を思い出す。突然あの家を去ることになって、以来ずっと空き家になっている。この家がずっと空き家だったように。自分たちの家。昔もよく、ちょうどこんなふうに、家の外にたたずんだものだった。中に入る直前、真夜中にも夜明けにも同じぐらい遠いひととき。べつの現実世界にある、べつの一軒家――覆いかぶさるように茂った果樹、幅の広い花壇、もっと頻繁に刈るべきだった芝生。隣家との境にまばらな生け垣があって、ラスムスとヒューゴーは暇さえあればそこを抜けて隣家に遊びに行っていた。

ソフィア。妻。自分の妻が、あの中に座っている。そう考えると、ときおりひどく妙な心地がする。家庭など持つつもりのなかった自分に、いまや妻と呼べる存在がいる。〝俺の妻〟、そう口にした最初の何度かは、どこかとってつけたような嘘くさい響きだと思った。これはほかの大人たちが考案した言葉だ、そんな気がした。

俺の妻。

待ってくれている女。こうして待っていることが、俺に必要だとわかっているから。

「ただいま」

身をかがめて顔を近づけ、妻にキスをする。いつも、二度。かならず偶数だ。彼女を腕に抱くと、肩の力が完全に抜ける。ここだけ、彼女の腕の中だけだ。留守にしていた七日間、何千キロもの移動距離。この瞬間を渇望していた。

テーブルに広げてあるのはスウェーデンの日刊紙だ。『ダーゲンス・ニューヘーテル』、ソフィアはボゴタに用事があると、そのついでにこれをときどき買ってくる。クロスワードパズルが完成しかけている。鉛筆を使っていたのはこのためだったのだ。ソフィアはとなりの椅子を引き、腰を下ろすようピートに手で合図した。

「すぐ座る。ちょっと待って」

二階への階段は、きしむ音が毎週少しずつ大きくなる。端のほうを歩けば、少しは静かだ。

忍び足で、最初の部屋へ。ラスムス、六歳。うつ伏せになって、両手を枕の下に入れている。最初の夜から、そうして眠っていた。規則的な、ゆっくりとした呼吸。この子のほうがどっしり構えていて、兄ほど考えこむことがない。これがこの子の現実だ。人生の半分を、セバスチャンという名前で、スペイン語を話し、逃亡者として過ごしてきたのだから。頬に軽くキスをしてやると、ラスムスは身じろいでなにやらつぶやき、すぐにまたゆっくりとした呼吸に戻った。次の部屋へ。ヒューゴー、八歳。夢を見ているらしい。父親と同じだ。汗をかき、そわそわと両腕を動かし、寝言を言っているが、なんと言っているかは聞きとれない。ただ、焦りのにじんだ声だ。ピートは狭いベッドの縁に腰掛け、息子の額に手を当ててさすってやった。こうすると安心するらしい。ヒューゴーは心配性で、べつの場所へ引っ越してべつの名を名乗るのを、ひどくいやがっていた。〝僕、ヴィリアムじゃないのに〟――いまはそういう名前なんだ、これからはラスムスとかヒューゴーとか呼んじゃだめだぞ、俺たちみんなを狙ってるやつがいるからな、どんなに時間をかけてそう説明しても、〝ママ、パパ、そんな名前、僕には合わないよ、わかるでしょ〟の一点張りで、ピートやソフィアがなにを言っても伝わらなかった。聞く耳を持っていなかった。そういう諸々が、夜になると押し寄せてきて、追われている気持ちになるらしい。実際に追われている身だからなのだが。

ホフマンは立ち上がり、階段へ向かった。下りるときにはあまりきしまない。ラスムス、ヒューゴー。少なくとも頭の中でなら、そう呼べる。

ソフィアは中身を飲み干したグラスの半分までワインを注いでから、空のグラスを彼に差し出し、なみなみと注いだ。ピートは引かれた椅子に腰を下ろし、ソフィアの手に自分の手を重ねた。

「二本足の魚。七文字。真ん中がOで、最後がE。ここで行き詰まってる」

「二本足の魚？」

「うん」

ピートは顔を近づけた。ソフィアと、クロスワードパズル。数時間はほかのことをなにも考えずにいられるというので、ソフィアはクロスワードパズルが好きで、実際かなり得意でもある。ピートはこういうことに集中しきれない。落ち着きに欠けている。

「パーチ《アボレ》だ。ABBORRE」

それでもソフィアはときどきピートに手助けを頼む。行き詰まっていない、まっさらな目で見てほしい、と。

「ピート？　ABBORRE？」

「そうだよ」

「どうして……そうか、わかった。B《ベー》がふたつだから、二本足《ベーン》（アルファベットBの複数形でもある）の魚ね。つまらない駄洒落。でも、ありがとう」

ソフィアは微笑み、空いていた五つのマスにアルファベットを五つ書き入れた。そして、新聞を閉じた。自分の手に重ねられた手をそっと撫で、ピートが口を開くのを待っている。しばらく時間がかかるのはいつものことだ。

「今日な、ソフィア」

「うん」

愛してくれているからだ。いまだに。だが、こんな夜には、いったいどうすればふたりでいっしょに生きていけるのか、わからなくなってくる。

「今日。午前中。人をひとり殺した。また、ひとり」

九年間にわたる嘘。二重生活、パラレルワールド。ソフィアの人生、子どもたちふたりの人生においては、夫であり、父親であり、警備会社の経営者だった。だが、その一方で──自分の犯罪行為から抜け出せず、日々潜入捜査に命を賭けることで、犯罪を生活に組みこんだ人間でもあった。浮気などより重大な裏切りだった。実体がないのだ。あるのは絡まりあった嘘だけだった。さわることのできないものに、どうやって向きあえばいいというのか？　愛人がいるというほうが単純な話だ。それなら実際に、目に見える女がひとり存在する。理解したり、憎んだり、別れようと決意したりすることもできただろう。

ソフィアはピートと別れない道を選んだ。こうして、並行するふたつの世界が存在する暮らしが、そのまま続いた。

「銃弾一発で」

ソフィアは、真実を要求した。つねにほんとうのことを話してほしいと言った。

それでもときおり、できることなら聞きたくない、と思う。

「額に。眉間の真ん中に命中した」

ときおり、いつも以上に恋しくなる。あのころが。保育園やサッカーの練習に行っている子どもたちを迎えに行って、家に帰ってきたと思ったら、子どもたちはどこかに走っていってしまって、食事の時間になっても帰ってこない、そんな日常が。そういう暮らしは、もう存在しない。そういう子どもたちが、もう存在しないのだから。

「そのあと……ジョニーが、また、エル・メスティーソになった」

夫がなにをしているか、彼女は知っている。そうしなければ一家は暮らしていけないということも、わかっている。

「みんな若者だったよ、ソフィア。まだ子どもだ。うちの子たちと比べても、十歳ぐらいしか違わない。そいつらの後頭部を、背中を、エル・メスティーソが撃った。ただ単に、撃てるから、というだけで」

夫が仕事で他人の死に遭遇していることを、彼女は知っている。ときにはその死を自ら引き起こしていることも。人を殺す人間を警護することによって、直接的に。人を殺す麻薬を警護することによって、間接的に。

「五人だ。今日だけで。あの場所だけで。わかるか？」

そして彼女は、こう考えようと努めてきた――夫がやらなくても、だれかほかの人が同じことをしていただろう、と。

だが、もう無理だった。

「五人？」

「ああ」

「それで……違いはなにかあるの？」

「違い？」

「あなたが人を……さっき、なんて言ってたっけ、人の眉間の真ん中を撃つのと、サンチェスが四人の後頭部を撃つのと、なにが違うの？」

「俺が撃つのは、生き延びるためだ。俺たちが生き延びるためだ」

「それでも、人が死んだことに変わりはない」

彼女の声は険しく響いたかもしれない。だが、怒りの対象は、夫ではなかった。

「ピート、ここを出ていかなければ。帰りましょう。もう……これ以上は無理よ」

「帰って終身刑を受けろっていうのか？　会えないまま生きていくのか？」

「ここを離れるの！　死とかかわりのないところに行くの」

ピート・ホフマンはワインを飲もうとした。かなり甘口の白ワインだ。が、飲めなかった。

なにかが喉をふさいでいて、のみこむことができない。

「このままじゃ、ピート、あなたは変わってしまう。ううん、もう変わってしまったんだと思う。ここに座って、息をしなくなった人たちの話をするたびに、私の愛する人が少しずついなくなっていく。人を殺す人間は、変わっていくしかないんでしょう。耐えるために。続けるために。違う？　ピート……あなたは人の気持ちがわかる人よ。他人を思いやる心を持ってる。ほんとうの意味で。あなたには、泣くことも、笑うこともできる。ほんものの感情がある。私はね、そういう感情を愛してるの！　それがあなただから！　でも、いつまで続く？　あと何発、あと何呼吸で、あなたはいなくなってしまう？」

「俺は……」

「ピート、よく聞いて。私、ここのところずっと考えてた。あなたがこの仕事をするのは……私たちがいっしょに暮らしていくためなのだとしたら。でもそのせいで、あなたがああなたではなくなってしまったあなたを愛せないとしたら――そうなったら、結局いっしょには暮らせない。そうでしょう？　スウェーデンで、刑務所に毎日でも行って、面会室であなたと会うほうがずっとまし。いま以上に心を閉ざした先にある、醜くて冷たくて暗いがらんどうの空間なんて、考えたくもない」

ピートはワイングラスを置き、テーブルの反対側へ、手の届くかぎり遠いところへ押しのけた。もう何度も試みているが、どうしてものみこめない。

「ソフィア、愛してる。それはわかってくれてるよな」

帰還。スウェーデンに戻る。それがスウェーデンの役所にばれたら、終身刑が待っている。潜入先だったポーランド・マフィアにばれたら、死刑が待っている。ここに残れば、どちらの刑も先延ばしできる。だが、その一方で。ピートは涼しいのに汗をかいている。じっと座っているのに心臓の鼓動が速くなる。

「ラスムスのことも、ヒューゴーのことも愛してる。それもわかってくれてるよな。それに、これは……他人の命とは関係ない。他人の死とは」

「あるわよ。関係ある。私は、私たちは、この道をいっしょに選んだ。このほうがましだって考えた。でも、もうそうじゃないとしたら？　ピート？　このほうが不幸だとしたら？　あなたが人を殺すたびに……あなた自身のことも、私たちのことも、少しずつ殺していくのだとしたら？」

ソフィアはまたピートの手を取り、その両手を包みこんだ。長いあいだ、そうして座っていた。それから、きしむ階段をふたりで上がった。ラスムスの部屋の前を通る――あいかわらずうつ伏せで、じっと眠っている。ヒューゴーの部屋の前を通る――なにやらつぶやき、寝返りを打っている。ふたりは寝室へ向かった。そして、きつく抱きしめあい、愛しあった。いつもと同じように。

コーヒーを一杯。ピート・ホフマンは熱いしずくがコーヒーメーカーを通過するやいなやカップをつかみ、中身を飲み干すと、またプラスチックの網の上にカップを置いてコーヒーを注ぎ入れた。彼がいま中央に立っている、窓のない広大な地下階。閉店から数時間が経ったいまもなお、ここの静けさには酒と金と女がらみの期待感が漂っているが、それでもあたりはひどくがらんとしている。だれもいない舞台のそばに広がる、だれもいないダンスフロア。だれもいないテーブル、だれもいないソファー、だれもいない椅子。いま彼が二杯目のコーヒーを飲み干しているバーカウンターの向こうにも、だれもいない。〈ラ・カーサ・ヘヴン〉——ホテルの下にある、広大な地下階。若い女が八十人、一日の大半をここで仕事に費やしていて、木曜日から日曜日にかけてはその数が百二十人に増える。レースの下着に身を包み、やってきた客にテーブルをあてがい、入店料にあたるドリンク二杯を出すのが、彼女たちの仕事だ。そうして毎日、午後、夕方、夜中、夜明け、客がグラスを空けたところで、彼女たちは微笑みながらその手を取り、がたつく階段をともに上がっていく。

ホフマンはバーカウンター下の冷蔵庫を開け、きんと冷えた瓶を出した。濃いコーヒーを飲んだあとに、炭酸入りのミネラルウォーター。今朝もまた、体はゆっくりと反応を返してきた。いちばん近くのテーブルに向かって腰を下ろし、やわらかなソファーに背をあずける。空気の淀んだ、飲食店兼ダンスホール兼接待所。その上に三階分、狭い客室が並んでいる。ベッド、鏡張りのテーブル、シャワー付きトイレ。ジョニーの収入源はふたつある。まず、酒。それから、部屋代。客が払う金の一部を手数料と称して巻き上げることなく、従業員の安全を保証してくれる売春宿経営者は、カリではここにしかいない。このやり方は初めから周囲の怒りを買っていた。競合相手のひしめくこの界隈に――道路の両側に、似たような売春宿がずらりと並んでいた――ジョニーはずかずか踏みこんでいって、名刺を配りはじめた。〝どうだ、ここでの商売は？　なあ、嬢ちゃん、ほんとうのところはいくらぐらい稼いでる？　俺の名はジョニーだが、あだ名はエル・メスティーソ、あっちの店の持ち主だ。いつでも立ち寄ってくれよ。俺は手数料を取らない。酒代と部屋代は俺のものだが、そっちの金は全部やる〟。その結果、若い女たちがほかの売春宿から、ときにはほかの町からもはるばるやってきて、ここで体を売らせてほしいと頼みこんできたのだと、ジョニーはいかにも誇らしげに話してくれた。

ピート・ホフマンは、がらんとした静かな空間の中で、かすかに肩を落とし、体を丸めた。

もう理解する気力がない。そういうことが多すぎる。

たとえば、女の性が売りものになる、ということ。

たとえば、自分がまたもや人を殺したこと。帰らなければ、とソフィアにまた言われたこと。

帰って、どうする？

帰ったところで、受け入れがたいものごとが増えるだけなのでは？

「コーヒーか？」

ジョニー。ここ、売春宿にいるときは、それが彼の名だ。もうすぐ、ここを出発するころには、またエル・メスティーソになる。

「カウンターの向こう側にある」

「いれたてか？」

「さっきいれたばかりだ」

力強く、ずしりと重そうな体。だが、動きはしなやかだ。ひとつにまとめた長い黒髪が赤いシャツに垂れ、そのシャツがミリタリーグリーンのズボンの上にカフタンのごとく垂れている。ナイフ、予備の弾倉、切り刻んだコカの葉の入った箱で、ズボンのサイドポケットがふくらんでいる。ジョニーはカップふたつになみなみとコーヒーを注ぎ、テーブルまで運んできた。いまホフマンが向かっているこのテーブルは、いつも空いていて、きれいに掃除されている。オーナー用テーブルだ。

「目は覚めたか、ピーター・ボーイ」

「もうすぐ」

「昨日はいい仕事をしたな」

ジョニーがコーヒーカップの片方をテーブルの反対側から押しやってよこした。この地下室、暗くて空気の淀んだこの空間こそ、ホフマンの上司であり、また本人は想像もしていないことだが、ホフマンが潜入捜査を続けるのに不可欠な保証人ともなっているこの男が、ことのほか気に入っている場所だ。じっとしていられない性質なのは彼もホフマンと同じで、それがやがて激しい苛立ちや唐突な怒りに変わることも多いのだが、昨晩の最後の客が去ってから、今日の最初の納入業者が来るまでの数時間、ここで過ごしているときには、そんな落ち着きのなさも影を潜めている。

「おい、聞いてたか？　おまえの仕事ぶりがありがたいって言ってるんだよ」

ジョニーが控えめにのどを鳴らして笑う。大柄な体軀にはあまり似合わない。

「まったく、おまえを信用してる、そう言っちまってもいいぐらいだ！」

ジョニーの売春宿は十二年目を迎えている。そもそもの始まりは、ゲリラの固定客のひとりからの借金取り立てだった。ハムンディを拠点とするちっぽけなギャングの親分が、品物を五十キロ受け取り、転売までしておきながら、期限までに支払いをしなかった。

〝おまえの家族を下のほうから殺していくぞ、最初は末っ子、次はその上の子、おまえが義務を果たすまで、おまえの目の前で続けてやる〟――そんなふつうの警告では効かなかった。三度目の訪問でついにエル・メスティーソが業を煮やし、借主の六歳になる息子の頭に本気で銃口を押しつけたところで、ようやくすべての支払いが済んだ。が、エル・メスティーソは元本を回収しただけでは満足せず、利子として、借主のギャングがやっている売春宿のひとつをよこせと迫った。それが、いまふたりがコーヒーを飲んでいる、この売春宿だ。利子を要求したのは単にこれを手に入れるためだった。ホフマンはその理由を聞かされていない。そしてその後、エル・メスティーソはゲリラと取り決めを結んだ――売春宿の経営は、エル・メスティーソが自ら事業主として行うこと。この種のビジネスとつながりを持ったところで、ゲリラとしてはなんの得にもならない。その代わり、利益の二十五パーセントをゲリラに渡すこと。それで上層部がＯＫを出した。金のためではない。

なぜエル・メスティーソがこんなことをするのか、カリに数ある売春宿の中で、なぜこの場所が彼にとって大事なのか、理解していたからだ。

「マリアは？　奥さんは元気か、ピーター・ボーイ？　ちゃんと大事にしてやってるだろうな？」

ソフィア。

あんなにはっきり言われたのは初めてだ。

とにかく帰りたい、と。そのあとどうなろうとも。

〝スウェーデンで、刑務所に毎日でも行って、面会室であなたと会うほうがずっとまし。いま以上に心を閉ざした先にある、醜くて冷たくて暗いがらんどうの空間なんて、考えたくもない〟

あのあと、ふたりはずっと寄り添ったまま横になり、抱きあっていた。が、やがて目が覚めて、ソフィアのもとでしか得られない平穏は失われた。妻を抱く腕がこわばっていた。

「ちゃんと大事にしてる。これからもそうするつもりだ」

ジョニーはその答えに満足し、こくりとうなずいた。ほんとうはどういう意味なのか、自分自身にどうかかわってくるのか、ここでも彼は想像すらしていない。〝おまえを信用してる〟という言葉が、ここにも絡みついている。

「これだが」

ジョニーは、ピンク色の大きな封筒を持っている。

「昨日届いた。おまえも見たいだろうと思って」

上下をひっくり返し、中身をテーブルに出そうとしたところで、一階に上がる階段のほうから声がした。

「車が来ました！」

コーヒーカップの中身を飲み干す。封筒はズボンのサイドポケットへ。

「あとにしよう」

ジョニーは立ち上がって階段を上がり、ホテルの裏手にある搬入口へ向かった。週に一度、ブエナベントゥラの港から、密売酒を載せた車がやってくる。これが、主な収入源だ——入店した客はみな、酒二杯に法外な額を支払わなければ、そのあと女を買えないことになっている。一杯四センチリットルの酒を二十五ドルで売れば、一日の売り上げは三万ドルにもなる。いまジョニーが業者に払っている額の二十倍だ。ジョニーはボトルの詰まった箱を二輪台車で受け取り、数を確認してから、百ドル札の束を丸めて輪ゴムで止めたものを出した。

「この下だ。気をつけろ、なにかあったらただじゃおかないぞ」

いまから三時間後には、また店の扉が開く。においが増し、強烈になって鼻を突くだろう。期待のにおいが。

「ウイスキーはこっちに運んでくれ」

港の業者ふたりが仕事を終え、空になった台車を転がして出口へ、トラックへ戻っていくと、ジョニーはホフマンに合図を送った。こちらもそろそろ車に向かい、本日の借金取り立て一件目を目指して出発する時間だ。

「だが、まずはスクーターを買いに行こう。どうだ、ピーター・ボーイ？　赤地に白い縞模様で、座るところが細長くてやわらかいやつだ」

今日はジープで街を走り抜けた。ほどなくエル・メスティーソが車を停める。カリの街から北に出るあたりの工業地帯だ。それはすでに梱包を解いた状態で準備してあった。赤地に白い縞模様。ふたりがかりで持ち上げ、荷台にくくりつけた。次に停車したのは小さな家の前で、見かけは質素だが手入れの行き届いた家だ。カリとパルミラのあいだの地域、このあたりには警察官がたくさん住んでいる。この家の警察官はかなり若く――三十歳ぐらいか、とホフマンは見当をつけた――ところどころ枯れて茶色くなった狭い芝生を機械で刈っていた。

「風の便りに聞いたんだが、レアンドロくん、もう学校に上がるんだってな」

エル・メスティーソは握手するときにも抜かりなく、若い警官の手をしっかりと長いこと握りしめていた。

「早いもんだな、三輪車を買ってやったの、ついこのあいだじゃないか？　あれ確か、赤と白だったよな？」

警官は父親として誇らしげに微笑んだ。

「そのとおりですよ。子どもはあっという間に成長する」

「それなら……そろそろこういうのが要るんじゃないか？」

エル・メスティーソは誇らしげな父親を手招きし、ジープの荷台へ連れていった。

「学校へ送り迎えしてやらなきゃならなくなる。違うか？」

また力を合わせ、赤と白のスクーターを荷台から下ろした。灼熱の日差しに照らされて塗料が輝いている。

「ここからだと、かなり距離があるだろう」

出発後、ホフマンは助手席から後ろを振り返り、新品のスクーターを車庫へ転がしながら細長くやわらかいサドルを手で撫でている公務員の姿を、じっと目で追った。第二の雇用主、ＰＲＣゲリラからも固定給を受け取っている、多くの警察官のひとり。加えて二か月ごとにプレゼントまでもらっている。与えれば見返りがあるということを忘れないように。この若い警官は、売春宿に手入れが入りそうになったら知らせてくれることになっている。俺たちがおまえの恩恵にあずかっているかぎり、おまえも俺たちの恩恵にあずかれる、というわけだ。

「言われたとおりの靴をくわえてきたらおやつをもらえる犬みたいなもんだ」

「えっ?」

「考えたことあるか、ピーター・ボーイ? あいつらは犬と同じだ。犬が靴を取ってくるたびに、飼い主がおやつをやらないと、犬は靴を取ってこなくなる。おやつがなければ、靴もなしだ」

エル・メスティーソはいつもこんな調子だ。こういう連中はみんな、いつもこんな調子だ。

自分が荒稼ぎすることしか考えていない連中。

ピート・ホフマンはゆっくりと息を吐き出した。

俺たちはみんな、いつもこんな調子だ。

PRCの人間であれ部外者であれ、麻薬の商売で暮らしている俺たちは、協力者や買い手を軽んじ、馬鹿にする。荒稼ぎをする連中が、その荒稼ぎの源を見下す。どこでも同じことで、昔働いていたストックホルムでもそうだったが、ここのほうがはるかにひどい。

麻薬で稼ぐ金が増えれば増えるほど、その麻薬を実際に使う連中、弱い立場にある消費者を、より深く軽蔑しなければならないと決まっているかのようだ。

「だがな、ピーター・ボーイ、こっちとしてもうまくやらなきゃならない。向こうからなにか頼んでくることのないようにする。こっちから先に差し出してやるんだ。スクーターなんて馬鹿馬鹿しいと思っただろう。顔を見ればわかった。おまえはここに来てもう長いが、まだのみこめてない。いや、おまえだけじゃない――ここで育ったくせに、わかってない連中も多い。赤と白のスクーターにどういう意味があるか、全体像が見えてないんだ。そうだな、とある将官と空港の話をしてやろうか。昔、空港での密輸を仕切ってるグループがいたんだが――ペーテル、いま空港にいるやつらにはおまえも会ったはずだが、いまから話すのは、おまえが来るはるか前に空港を仕切ってた連中のことだ――そいつらは、コカインをトン単位でアメリカに送るときに見逃してもらえるよう、将官のひとりに六千ドル払ってた。何年かはそれでうまくいってた。だが、この将官はずっと見てたんだ。このグループの連中が、自分の買ったものを見せびらかしてるところを。重そうなダイヤをじゃらじゃら身につけて、それぞれが何台もポルシェを持ってて、やたらと大きな家に住んでた。農場を手に入れて、馬を飼ったりワインをつくったりしてるのもいた。それである日、将官はこう言った――〝あんたらはこれ見よがしに成金生活を送ってるのに、俺はたったの六千しかもらってない。これからは一万欲しい〟」

赤と白のスクーターも、そのハンドルを握りしめた公僕たる警察官も、ジープが曲がると同時にカーブの向こうに姿を消し、ホフマンはまた前を向いた。遠くに見える山々、あそこが目的地だ。

「密輸グループのリーダーはそれを笑い飛ばして、こう威張ってみせた。〝おい、クソ軍人めが、金はちゃんと払ってるだろう〟。だが、将官はもう心を決めてて、部下たちのほうを向いて言った。〝こいつに手錠をかけろ〟。それでリーダーもやっとピンときた。〝わかった、わかった、払うよ〟。ところが今度は将官のほうがこれを笑い飛ばす番だった。〝もう手遅れだ、この鼻たれ小僧が。おまえらはもうどうでもいい。べつの連中と取引させてもらう〟。あれは見ものだったぜ、ペーテル、グループの連中はみんなお縄になって、金は全部役人に横取りされた。そいつらの家族が住んでた家すらもう残ってない。みんな懲役二十五年をくらった。全員が、だ。わかるか？　ビジネスがうまくいってるときには、関係先への報酬も少し増やしてやらなきゃならない。おまえの暮らし向きがよくなったぶん、そいつらにもちゃんと分け前が行き渡ってる、そう思わせる。もっと払え、なんて言わせないようにするんだ。支払いに満足してる連中は、おまえがムショ行きになることを望まない。おまえが自由の身のまま、クスリの取引を続けてるほうがずっといい。

そうすれば、もっと金が手に入るわけだから」

「昨日の連中もそうだったのか?」

「昨日?」

「埋められた連中」

「あれはまたべつだ」

「どういうふうに?」

「まったく、これだからな。この車の中では俺の言葉が絶対だ。おまえにはまだまだわかってない」

前方に見える標識——メデジンまで、あと二百三十キロ。ピート・ホフマンはそれ以上追及しなかった。追及しても意味がないから。それに、いつも週二回ほどのペースでこんなふうに全国各地へ借金の取り立てに向かっているわけだが、エル・メスティーソはたいてい、ちょうどいまごろ、目的地まであと三、四時間というところになって、ホフマンにも予備知識を授けてくれる。それより前に教えてくれることはけっしてない。エル・メスティーソの世界では、情報を持っているということはすなわち、主導権を握っていること、権力を手にしていることを意味する。他人が知らないことを知っているのは安全につながる。精神上の防弾ベストのようなものだ。その一方で、情報共有のタイミングがこれより遅くなることもない。ホフマンにしっかり警護してほしかったら、準備の時間をある程度与えてやらないといけない、と学ばされたからだ。車がカルタゴを過ぎたあたりで、エル・メスティーソはプレス・ロドリゲスの話を始めた。子どもはなし、独身、三十八歳。うち十二年を、麻薬の密輸にかかわった罪で、ボゴタにある重警備刑務所、ラ・ピコタで過ごした。メデジン・カルテルに所属し、尻尾をつかまれたときにはすべての罪を自らかぶってほかの連中をかばったが、それにもかかわらず刑務所にいるあいだ、カルテルはいっさい彼を助けようとせず、金も食料も淫売も差し入れなかった。だからロドリゲスは出所後、競争相手のPRCについた。そしていま、三回分、計七十キロ分の支払いを滞納しているというわけだ。ちっぽけな末端の売人だが、筋は通さなければならない。評判はすぐに知れ渡る。

白漆喰の建物。いくつかの窓に、水平方向に渡された柵のようなものがついている。建物の妻側は赤レンガでできているが、壁がやや曲がっている。すぐ前には地味な自家用車が二台駐めてあり、少し離れた街路で子どもが遊んでいる。数メートル上には電話線の束が見え、調弦していないギターの長い弦が頭上に張りめぐらされているかのようだ。メデジン中心部、カジェ3の端のほう、カレラ52との交差点の近く。共同玄関に掲げられた番地は十七だ。エル・メスティーソはうす汚れた小さなエレベーターを素通りした。彼はいつも、可能なかぎりエレベーターを避け、ずかずかと階段を上がる。そうすれば成り行きを決めるのは彼自身で、行きたいところに行ける。機械のせいでどこかに閉じこめられることはない。ピート・ホフマンはその後ろを歩き、段数をかぞえた。一階上がるごとに十八段、五階までは七十二段。玄関扉に掲げられた金属プレートは、二層の金メッキを施されたもので、ロドリゲスの名が刻まれている。

呼び鈴として、小さく丸い、黒いボタンがついているが、呼び鈴の役目は果たしていなかった。先に立っていたエル・メスティーソが代わりにノックする。何度も。やがて足音が聞こえてきた。軽い足取りとは言いがたく、力強さもしなやかさもない、むしろ足を引きずっているような音だ。疲れている人間の足音、いや、あるいは病気か、それとも年齢のせいか。後者だった。長く薄い白髪の男がおずおずと扉を開け、狭いすきまから外をうかがった。フレームをテープでとめた眼鏡を、撚《よ》り紐で裸の胸にぶら下げている。七十五歳ぐらいか、とピート・ホフマンは見当をつけた。父が生きていたらこのぐらいの歳だ。

老人の声は意外に力強かった。

「ほう……用件は？」

エル・メスティーソが扉の縁をつかみ、ぐいと開ける。老人はそれに引っぱられて踊り場に出てきた。

「プレス・ロドリゲスに用がある」

「ここには住んでないよ。ここの住人は俺で、ひとり暮らしだ」

「で、おまえは何者だ？」

「ルイス・ロドリゲス」

「ここに住んでないなら……どうしてここが住所として登録されてる？」

「税務署の登録簿の内容まで、どうして俺が把握してなきゃならない？」

老人はその痩せこけた長い腕で扉を引き、閉めようとしている。エル・メスティーソはそれに抗い、さらに一歩前に踏み出した。

「ロドリゲス。ドアポストにもそう書いてある。おまえの名を受け継いだ馬鹿息子の居場所ぐらい、おまえが把握してて当然だろう！」

「おい……俺に息子がいるかどうかも、その息子をなんと名付けたかも、おまえにはいっさい関係のないことだ」

ピート・ホフマンは微笑んでいないが、心のうちでは微笑んでいる。この老人は、しっかりと義務を果たしている。親としての義務を。かばっているのだ。息子が何歳になろうと、親は子をかばうものだ。

「わかったか、このインディオ野郎めが」

「よく聞け。おまえが名付けた息子、俺に関係がないというその息子に、これからおまえを通じて警告する。三日間の猶予をやるから、そのあいだに借りを払え。警告はこれで最後だぞ、父《パピ》ちゃん」

ルイス・ロドリゲスも一歩前に出た。いまやエル・メスティーソのすぐそばに立っている。とうの昔に引退した身で、体は衰えている。それでも、おそらく若く力強かったころはこうだったのだろう、と思わせる態度を崩さない。

「いま、俺の家族を脅迫したか？　俺の家の前で？」

「そのとおりだ」

もうこれ以上前には進めない。だからルイス・ロドリゲスは相手を睨んだ。ぼんやりと膜のかかった、潤んだ目。かつては鋭かった、射抜くようだった目。

「おいインディオ野郎、俺の家族に手を出しやがったら、こっちはおまえの家族を殺してやるぞ」

ホフマンはいまもなお、心の内で微笑んでいる。なんというか……そう、親の情に胸を打たれる。偽りのない愛情。こうして相手に咬みつき、唾を吐いて闘っている男、その中に、いまなお会いたくてたまらないべつの父親の姿が見える。

「三日だ。じいさんよ、俺を罵るのは結構だが、ちゃんとわかってるか？　ＰＲＣへの支払いを怠った人間がどうなるか。おまえの息子はよくよく承知してる。だからここにいないんだ。だから姿を消して、父親に玄関を開けさせた」

エル・メスティーソは扉から手を離し、きびすを返して階段を下りはじめた。三段目で立ち止まり、また振り返った。

「ルイス」

「なんだ」

「俺を脅したのは、大きな間違いだったな」

車に戻り、カレラ52をメデジン市街地に向かって進んでいるときにはもう、なにごともなかったかのようだった。たったいまエル・メスティーソが殺害脅迫を受けたというのに。そういうものなのだ。いつも起きていること、日常の一部でしかなく、痕跡が残ることはめったにない。

「ちっぽけな末端の売人めが。次にあそこを通るときに、馬鹿息子がまだ支払いを済ませてなかったら、すぐにどっちかを殺してやったっていい。簡単なことだ、だれひとり悲しまない。ただ、カルテルの問題がある。あいつの昔の雇い主がかかわってくると厄介だ。

ピーター・ボーイ、それはわかるな？　あの界隈ではいくつものビジネスが競りあってる。だから、やるとしても、俺たちが直接手を下すことはできない。そんなことをしたら戦争になっちまう。前回それをやったときには、戦争には勝てたが、人員が三十六人減った。今回はべつの策を選ぶ」

ピート・ホフマンはぱっとしない建物の数々を助手席から眺めた。それぞれの建物にひとりずつ〝ルイス・ロドリゲス〟が住んでいてもおかしくない。〝べつの策〟というのがどんなものか、彼にはわかっている。唾棄すべき策だ。エル・メスティーソの世界について、ホフマンは一度だけ、自分の意見を包み隠さず語ったことがある。もう少しで議論が口論になり、殴り合いになるところだった。潜入者としての任務を危うくしたのはあのときだけだ。こんな日常をのみこみ、ぺっと吐き出して生きていくなんて耐えがたい、そう思ったから。

メトロポリタン劇場。到着だ。メデジンに用事があるとき、エル・メスティーソはいつもこの正面入口前で車を停め、ここでホフマンと別れる。そのあと彼がなにをしているかは定かではない。昔、何度かここに来たあとで、ピート・ホフマンが雇い主である彼に、自分の仕事はあんたを警護することだ、そばにいなければ警護はできない、としつこく言い聞かせたところ、カレラ7にある〈クリニカ・メデジン〉という病院にいる、ということだけはかろうじて教えてくれた。が、それだけだった。そして、きっかり二時間後、同じ劇場の前で待ち合わせをすることになった。というわけで、警護係は雇い主の居場所を知っているが、そこで彼がなにをしているのか、なぜそこにいるかは知らない。いくら訊いても答えは得られず、やがて尋ねることもしなくなった。

二時間。毎回、同じだ。

そして、ピート・ホフマンは、その二時間をうまく活用する道を見つけた。いつもこのときに、ルシア・メンデスと会う。真の任務に関係のある会合はこれだけだ。

会う場所の条件は、出入口が少なくともふたつあり、それが別々の街路に面していること。そして、ふたりが同時に到着することはない。改装中のマンション。工事中は空き家になっていて、どの家具にもビニールがかかっている。ふたりは他人のキッチンでテーブルに向かって座り、他人のコーヒーを飲む。会うのがメデジンでも、カリでもボゴタでもこれは変わらない。かつてストックホルムで、当時のハンドラーだったエリック・ウィルソンと会う場所を確保したときと、原則は同じだ。

共同階段に工事用の足場が組まれている。ペンキ、ローラー、工具箱、揃いのキャップと作業用ズボンを身につけた男たち。ピート・ホフマンは軽く目礼すると、足場を避けてジグザグに進み、ビニールのかかった階段を上がった。二階の踊り場の窓から外を見やる。彼女が先に到着していることはわかっている。あちらのほうからやってきて、中庭を横切り、裏口から建物の中に入り、建物どうしをつないでいる屋根裏まで上がってから、となりの建物の共同階段、つまりこの階段を下りてきたはずだ。

四階。玄関扉には〝オルテガ〟とある。どの会合場所も同じ名字だ。ホフマンは呼び鈴を鳴らし、建物のどこかで壁に穴をあけている音に耳を傾けた。呼び鈴を、もう一度。のぞき穴に影が差し、こちらを観察しているのがわかった。

彼女が扉を開ける。褐色のショートヘア、真剣さをたたえた瞳。この真剣さこそ、ホフマンが他人を九分どおり信頼するための必要条件だ。

「どうぞ。いつものとおり、汚いところだけど」

ルシア・メンデス。アメリカのDEAがコロンビアの二か所に置いている事務所を両方とも取り仕切っている特別捜査官《スペシャル・エージェント》だ。ホフマンは昨夜遅く、明日はメデジンへ行くぞとエル・メスティーソに告げられたので――目的は借金の取り立てと病院訪問だ――あらかじめ決めたとおりの方法でルシア・メンデスに連絡を取り、彼女はそれを受けてカルタヘナの事務所を出発した。エル・メスティーソは毎回、具体的にどんなことをするのかなかなか教えてくれないので、ホフマンは時刻を正確に決めることができず、したがってメンデスはすでに二時間ほど前からここに来ている。これまでの二年半で二十八回、会合を重ねたが、どれも同じ条件で行われた。

ふたりは埃にまみれた廊下を進んでキッチンへ向かった。テーブルと椅子を覆っていたビニールをメンデスが片付け、同じようにビニールのかかっていた戸棚をホフマンが開けてインスタントコーヒーを見つけ、コンロを覆っていたビニールも片付けた。鍋に水を入れる。ガスコンロで青と赤の炎が揺らぐ。ストックホルムとまったく変わらない——あのころはエリックがビニールを片付け、ホフマンはコーヒーをいれていた。

「ルシア」

「パウラ」

スウェーデンで使っていたコードネームを、エリック・ウィルソンがDEAに伝え、DEAは同じ名前をそのまま使いつづける決定を下した。というわけで、この部屋にいる彼は、パウラだ。エル・メスティーソをはじめとするゲリラの連中のもとでは、エル・スエコ。カリで住んでいる家の近所の人たちにとっては、ペーテル・ハラルドソン。心の中では、ピート・コスロフ・ホフマン。嘘、真実、その境界線がいったいどこにあるのか、たびたび判断がつかなくなる。境界線があること自体、忘れていることも多い。

ルシア・メンデスはカップをふたつテーブルに置き、微笑んだ。

「どう、調子は」

「ごくふつうの一日だよ」

彼女のことはとても気に入っている。二年半この仕事をしているが、スウェーデンのエリックとも、ホフマンを採用したアメリカのマスターソンとも、ほとんど連絡を取りあっていない。というわけで、仕事仲間といえる相手はこのルシア・メンデスだけだ。話し相手。相談相手。安心感の源。エリックにはまだ及ばないが、彼は九年という時間をかけてああなったのであって、ルシア・メンデスも正しい方向に進んではいる。

「ソフィアは元気？」

「ああ。いつもと変わらず」

彼女もエリックと同じように、アメリカのジョージア州にある連邦法執行訓練センター（FLETC）という軍事基地で訓練を受けた。実際、仕事のしかたを見ていればたやすくそうとわかる。感情に訴えてこちらを縛りつけようとするやり方が、エリックと同じだ。親しい友人のように接することで、彼女のために、さらなる情報のかけらを得るために、日々命を賭けてもかまわないと思わせる。昔、エリックと働いていたあのころは、それが見えていなかった。まだ若く、考えも甘かったし、服役した自分を温かく受け入れてもらえたことに感謝すらしていた。いまならわかる。同じパターンをなぞって人を操っているだけだ、と。だが、べつにかまわない。今回はホフマンのほうが彼らを必要としていた。生き延びるために、どうしても仕事が必要だった。

「ラスムスは？　ヒューゴーは？」

「元気だ。どっちも」

ソフィアがカリで英語教師としての職を得られたのも、ルシアのおかげだった。報復を受けるかもしれないとなったときに、子どもたちの警護を手配してくれたのも彼女だし、家族を危険にさらしてしまったときに、安全な隠れ家を用意してくれたのも彼女だった——ある朝、一家が銃撃の的になり、ほんの数分前に四人で乗っていた車が、パスタの水切りに使うざるのようになっていた。子どもじみたたとえだが、あのときは右肩から血を流しながら、窓もドアも屋根も黒い穴だらけになっているのを見て、ほんとうにそう思ったのだ。さらに——賄賂が足りなかったせいで、エル・スエコという別名のみ知られる本名不詳の男が、殺人未遂および脅迫の罪で二度指名手配されてしまったとき、それを闇に葬ってくれたのも彼女だった。

湯が沸き、ホフマンは熱湯をカップになみなみと注ぎ入れた。

「どんな味かはわからない。だが、俺たちがよく知ってる連中の手になるコーヒーよりは、間違いなくましだろうな。ほかの粉が混ぜてあって、相当強烈になるあれよりは」

ふたりは飲んだ。カップ半分ほど。そろそろだ。

「これを」

ベストの胸ポケットからGPS受信機を出し、ルシア・メンデスの前、テーブルの上に置いた。メンデスは画面に表示された十進経緯度を読み、

57.308326, 15.1241899

小さなメモ帳の白紙ページに数字を両方書きつけた。ホフマンが昨日訪れた場所の座標――暗号プログラムで調整された経度と緯度だ。これがあれば、アマゾン熱帯雨林内でPRCが掌握しているコカイン・キッチン、そのうちのひとつの場所を特定できる。メンデスがボゴタの事務所に戻り、自分の変換機にこの数字をかけるだけでいい。

「ルシア――早くても八週間後だ。いいな？」

「取り決めでは四週間待つことになってる。四週間後に攻撃よ」

「前回はそうだった。確かに、四週間待った。だから今回は、少なくとも八週間は待たなきゃならない」

「八週間も経ったら、キャンプ、キッチン、麻薬工場そのものがなくなってるかもしれな

い」

「あの〝コシーナ〟は……あれは、あの地域でのコカイン供給に欠かせないキッチンだ。あんな奥地にあるし、金もかかってる。心配することはない。もうしばらくはあそこにあるよ」

「絶対に？」

「いや、絶対とは言えない。だが、そのリスクは負うしかないだろう。俺の訪問と、手入れのタイミングが……パターン化しないようにするには」

潜伏期間。これには変化をつけなければならない。アメリカの取締機関が攻撃を仕掛ける根拠となるピート・ホフマンの情報が、まさにそのコカイン・キッチンを警護するためにPRCが雇っているペーテル・ハラルドソンと結びつけられるリスクを、最小限に抑えるため。

「これで場所は伝えた。タイミングも。だが、警告もひとつ伝えておく」

ルシア・メンデスがホフマンを見つめる。待っている。

「この〝コシーナ〟はな、ルシア……ほかとは違う。かなり大規模で、俺が足を踏み入れた中ではいちばん大きかった。防衛態勢も段違いで、武器は強力だし、ゲリラ兵士の能力も高い——俺が手ずから訓練した連中だ。だから、しっかり準備してくれ。人員を増やして、武装も強化してほしい。でないと、そっちのほうがやられてジャングルに骨を埋めることになっちまう」

話を終えると、ふたりは戸棚やテーブル、椅子のビニールを戻してテープでとめ、コーヒーカップふたつを洗い、玄関扉に掲げられたプレートの名を〝オルテガ〟から〝シルバ〟に変えた。ふたりがここに来たことは一度もない。そういうことにしておかなければならない。

ホフマンのほうが先にマンションを立ち去る予定で、メンデスが入ってきた北の出入口から出ていくことになっている。ホフマンは彼女を抱擁した。最初からこれが挨拶代わりで、時が経てば経つほどいまさら握手もないだろうと思えてくる。玄関を出て、踊り場を半ばまで進んだところで、メンデスが後ろから手を伸ばしてきて彼の腕をつかんだ。

「電話は？」

「ああ」

ベストのもう片方の胸ポケット。ホフマンがそれを出すと同時に、メンデスもジャケットの内ポケットから自分のを出した。スウェーデンで働いていたころと同じシステムだ。彼の電話には、たったひとつの番号からしか電話がかかってこない。彼の電話からは、たったひとつの番号にしか電話をかけない。匿名のプリペイド式携帯電話、互いにのみ電話をかけあう携帯電話が、二台。名前のわからない利用者ふたりのやりとりをたどることはできない。

「もう一か月経ったでしょう。替えなくちゃ」

メンデスはビニールで覆われた玄関の帽子棚に紙袋を置いていた。いま、それを下ろし、新品の電話を中から出した。

「古いの、返して」

ホフマンは言われたとおりにし、次の電話を受け取った。登録されている番号はひとつだけだ。

「これからはこれを使ってね。それから――次回は、ボゴタなら四番、メデジンなら二番、カルタヘナなら一番で」

ピート・ホフマンは階段で、来たときより多くの作業員とすれちがった。彼らは金属製の足場を組み立てている最中で、それが階段室の大部分を占拠している。共同玄関から外に出たとき、ホフマンの服には埃が積もり、剝げたペンキのかけらもついていた。

ティモシー・D・クラウズ下院議長は兵営の中庭の片隅で、右脚に体重をかけて立っている。こんなふうに長時間じっと立っていると、左の股関節が痛み、そのたびに人に気づかれるのではないかと心配になる。なぜかはわからない。もう中年なのだし、中年に達した男というのは人生に手を引かれ、徐々に取り壊される体で生きていくものだ。見栄の問題だろうか。弱さを見せるのが怖いのか。力強さを醸し出していない政治家には有権者がつかず、票が投じられず、仕事も与えられない。だからクラウズはほぼいつも体を動かしている。長い会議中にはちょくちょく立ったり座ったりしているし、インタビューはなるべく散歩をしながら受けることにしている。たとえば演壇に向かっているときなど、選択の余地がないときであっても、自分なりの解決策を見つけてある。言うべきことをすべて暗記しておいて、前のめりになり、原稿を置く台にひじをついて体を支える。それで痛みはなくなる。だれにも気づかれない。

静かな霧雨が、初めの何粒かを落としてみせる。絶えず循環している水の一部。立ち上がり、座り、歩きまわる、クラウズ自身の動きのように、上がり、下がり、あたりをめぐる。だがその雨粒はあまりにも繊細で、乾ききった地面からはあいかわらず砂埃が上がる。二十名編成の一班が目の前を行進しているからだ――《右、左、右》――メガホンから響く大尉の単調な声に合わせて――《右、左、右》――黒い軍用ブーツをはいた脚も、軍服をまとった腕も、すべての動きが大げさで、まるで芝居をしているように見える。実際、そのとおりなのだ。これは見世物、パフォーマンスである。クラウズ部隊をつくりたもうた父なる神が、ほんの数歩離れたところから見守っているのだから。延々と繰り返される演習。クラウズは後ろを向き、斜め上をちらりと見やった。ついさっきまで、あそこにいた。将校しか入ることのできない建物の最上階にある、風雅な会食室。ここに来ると、かならずあの部屋へ連れていかれる。美しい展望窓の内側で、けっして買収されることのない清廉な軍人たちに感銘を受けることを期待されている。苦労の末に確保した金が有意義に使われ、社会を変えて新たなものを築きあげる一助となっている、そう確信することを期待されている。だが、将校用の建物の赤絨毯も、銀食器も、クラウズには最初からどうでもよかった。こうしてひとりで立っているほうがいい。クラウズ自身が慎重に吟味したうえで任命した、部隊を率いる連隊長も、ほかの将校も、彼の身の安全を心配して移動を制限してくるロバーツもいないところで。

息を深く吸いこむと、静けさに似たものを感じた。ここで。よりにもよって、この場所で。兵営の中庭の片隅で、トーチカのような建物八棟に囲まれているというのに。賄賂に屈することのない兵士たち、計百五十五名を擁するこの兵営は〝キャンプ・ジャスティス〟と呼ばれている。なんとも馬鹿馬鹿しい名称だ。が、実現に向けて動いてくれたコロンビアの政治家たちが、あまりにも誇らしげなようすでこの施設を披露し、名前をつけていたので、クラウズはなにも言わなかった。あれから数年が経ったいまとなっては、もうおおかた慣れてしまっている。

静けさ。

取り締まりと偵察を担当する第一戦闘小隊はいま、横一列になって行進し、《右向け右》《止まれ》等々、演習中の部隊が叫ぶ言葉を叫んでいるが、実を言うとクラウズはこういうことが大の苦手だ。舞い上がって兵士たちを覆い隠す白い砂埃を凝視していると、その煙幕が少しずつべつの映像に変わっていく――殺人の生中継と、そのあとに続いた、大量殺人の生中継。清掃隊がはした金をもらって埋めた死体。悪は存在しない、とクラウズは考えている。それは、自分にとって理解不能な行動に名前をつけたがる人間がつくりあげた、ひとつの概念にすぎない、と。だが、人の命がただの収入源に成り下がり、人間が同じ人間を地中に埋めるところを見てしまうと、自分の考えは間違っているのかもしれないと思えてくる。悪はほんとうに存在するのではないか。あのあと、夕方、夜中、朝まで、悪の映像はずっと消えてくれず、善の映像によって上書きするしかなかった。生きている人々、買収に応じない人々。ここに来たのは四度目で、今回やっとわかってきた――強烈すぎる感情をまず中和しなければ、理性や思考の入りこむ余地は生まれない。だから中庭の片隅で、クラウズは映像を切り替える。古い映像を押しのけるのに、逆の映像を使う。いま目の前に広がっている映像は、闘争そのものだ。麻薬に立ち向かい、地道に少しずつ叩き潰していく。悪党どもに、かならず打ち勝つ。やつらのほうが勝ったとしても、あまりに多くを失いすぎて、勝利が敗北になるように。

けっして買収に応じない。

いま行進しているのは、そういう兵士たちだ。もとの職業はさまざまで、警察官や軍人、民兵組織にいた者もいれば、税関職員、刑務所の看守もいるし、心理学者や教師、政治学者だった者も何人かいる。そこから長い選考プロセスを経て、特別に採用されてここへ来ている。高い戦闘能力以外に、なにより大事な条件は、彼らが金で買われないということだ。

映像の切り替えは、いまから数時間前、エルドラド国際空港に降り立った瞬間からすでに始まっていた。警備のため滑走路に集まった人々の前で、パイロットがブレーキをかけて機体を停めたとき、あの墓穴の映像の強烈さが弱まった。ほんとうに効くのだ、ここに来るのは。いまから数年前、ボゴタの中心部にまだ残っていた数少ない緑地のひとつ、南東のカレラ60、北東のカジェ53、西のカジェ25に囲まれた三角形の土地に拠点を置いた、クラウズ部隊の兵営を訪れること。コカの栽培地が焼き尽くされるところを、化学物質の倉庫が爆破されるところを、もうすぐ見られるということ。数トンものコカインが梱包され、翌日ひそかに搬出される予定だった倉庫に、手入れが入り、品物が没収されるところを、すぐ近くで見守れるということ。それが特効薬だ。汚らしい、吐き気のする、醜い映像を駆逐して、穏やかな気持ちにしてくれる。娘がまだ幼く、ふつうに親のあとに死ぬはずだった、そんな時代を思い返すときにしか、このような平穏は訪れない。

《右！　左！　右、左、右！》

買収に応じない兵士たちのいる兵営中庭。ここまでは長く険しい道のりだった。出発点となったのは、リズがゆっくりと消えていく中で、自分は生きつづける道を見つけなければ、と決意した日のことだ。自分までもが堕ちてしまわないよう、しがみつけるなにかが欲しかった。醜さをかき消してくれる映像が、自分を支えてくれる杖が必要だった。そして、自殺行為はやめてくれとどんなに大声で叫んでも、娘の耳には届いていないと悟るにつれて、その気持ちはますます強くなった。薬物依存症の子を持つほかの親にはない道具を、自分は手にしているのだと気づいた。権力だ。専門家に、頭の切れる人々にすぐ会えるどころか、こっちへ来いと呼びつけることもできる。自分には、社会を変える力がある。そう気づいた。とはいえ政敵たちは当初、リズをネタに彼を貶めようとした。政治とはそういうものだ。他人に汚物を投げつけ、自分はひたすら汚物を避ける。ところがやがて風向きが変わった。政敵が予想だにしなかったことを、クラウズがやってのけたからだ――すべてを公にし、語る道を選んだ。否定せず、隠さず、忘れようともしなかった。生きたがらない娘のことも、産声をあげたばかりのクラウズ・プロジェクトのことも、全部話した。こうして皮肉なことに、私生活の地獄が職務上の財産となった。彼の信頼性も、情熱も、以後いっさい疑われなくなった。アメリカの麻薬との闘いは、クラウズ下院議長の麻薬との闘いになった。

《右向け……右！》

NGAのクラウズ・ルーム。あの場所で、ついに闘いが始まった。全世界に張りめぐらされた偵察衛星のネットワークで、麻薬の製造、輸送、クスリで儲けている連中の行動パターンを把握しはじめたのだ。だが、そうしているうちに、矛盾するようだが、自分は見ているだけで参加も介入もできない、という思いが強くなった。衛星からの画像が鮮明になり、距離が縮まったように思えてくるにつれて、自分たちは座ってこれを見ているだけだという事実もはっきりしてきた。麻薬の大半が腐敗しきった国々で生産されている以上、プロジェクトの職員が事態を把握し通報したところで、すべて無駄だった。なにも変わらなかったのだ。クラウズ・ルームでの目撃証言も報告も、そこから廊下に出る戸口で早くもせき止められていた。そうしてなんの効果もない衛星監視を何年か続けたのち、クラウズ部隊が誕生した。倫理観のある廉直な警官たちに訓練を施し、麻薬王を守る贈賄文化のはびこっている市場に配置するのだ。そして、そんな中でも最大の市場、コロンビアから取りかかることになった。

《全体……止まれ！》

コロンビア政府と提携協定を結んで、麻薬取り締まりの高度な訓練のため選び抜かれた百五十五名をアメリカに送り、その費用をアメリカ側が負担することになった。彼らの任務は、麻薬の製造拠点を破壊することと、品物の輸送を妨げることだ。そして彼らは、未来のクラウズ部隊メンバーとして、腐敗に屈しないためのワクチン代わりに、コロンビアのふつうの警察官の十倍というひじょうに高い報酬を約束された。これが大成功となったおかげで、ほかの麻薬生産国にも、似たような部隊を創設するべきだという強い圧力がかかっている。

《全員……休め！》

兵士たちは砂を払い落とし、装備の位置を直し、前と同じ位置に戻った。

逆の映像。

醜い映像を押しのけてくれる。せき止めてくれる。

だが、これでもまだ足りなかった。

同じ想像上の敵に向かって、同じように移動する、この演習はもう、ここでも、アメリカでも、何度も見たことがあるのだ。彼はこの芝居を見て納得することを期待されている。だが、もうこれでは足りない。今晩もきっと、あのいまいましい地獄の映像がまた押し寄せてきて、ベッドを侵食して、そして……クラウズはまた展望窓を見上げた。すると、さっきの面々がまだそこにいた。ビクトル・ナバロ連隊長と、彼の部下である将校たち。クラウズ下院議長はにわかに走りだした。兵営の心臓部にあたる、ほかよりやや幅が狭く高さのある将校用の建物に急ぐと、ほかよりやや幅が広く音の響く石階段を上がった。木の手すりがやわらかく手のひらをくすぐる。駆けこむようにして赤絨毯の会食室に入ると、美しい絵付けグラスや中身のたっぷり入った重いボトルの載ったワゴンを迂回し、ずらりと並んだ将校たちのそばを素通りした。そして、窓辺に立って、ついいましがたクラウズがあとにした中庭を見ている連隊長の背中にたどり着いたところで、ようやく立ち止まった。

「ナバロ君」

連隊長は驚いたようすで振り返り、息をはずませている下院議長のほうを向いた。

「どうなさいましたか」

「窓の下のあれは、大いに結構だ。ああいうのを好む人にはいいものだろう。私は好まない。私が好むのは、成果だ。足並み揃えて行進する男たちの姿はもう見たくない」

第一戦闘小隊の芝居は終わり、砂煙の薄いベールだけが残っている。こうして上から見ていると、すべてがはっきりする。

「あらゆる演習、訓練、教育の成果。最近行われた手入れの成果。私はそういうものが見たい！　こうして行進した結果、どうなっているかが知りたいのだ！」

「下院議長、それは、あまり適切ではありません」

「なにが適切かは私が決める」

「敵地に入ることになるんです。そうしたら……敵地では、百パーセントの安全を保証してさしあげることができません。ジャングルですからね。ゲリラ組織の、テロリストの世界です。われわれよりもやつらのほうが、はるかに土地を熟知しています。そんなところへ議長が行かれることはお勧めしません」

芝居のあとは昼食だ。兵士たちはみな、中庭を横切ってのんびり食堂へ歩き、笑い声をあげ、煙草を吸っている。想像上の敵は、全員が満腹になるまで戻ってこない。

「いちばん最近行われた手入れだが」

「それがなにか……？」

クラウズは声を荒らげない。荒らげても意味のない場合がほとんどだとわかっている。代わりに連隊長に近寄り、目を合わせた。

「対象は？」

「〝コシーナ〟です。コカイン・キッチン」

「どこの？」

「セラニア・デ・ラ・マカレナ国立公園の端です。グアビアーレ川がグアジャベロ川に名前を変えるあたり。アマゾン熱帯雨林の一部ではありませんが、ここもやはり人里離れた、熱帯雨林と草原の境目のような場所です」

「距離は？」

「ボゴタの南、二百八十キロです」

「所要時間は？」

「四、五時間です。車で」

「よし。そこへ連れていってくれ」

ロバーツはそれまでずっと、いつもどおりに立っていた――すぐそばにいながら、邪魔をすることなく。だが、ここに至って、あえて邪魔をしてきた。二歩前に踏み出して、手で口元を隠し、クラウズにこう耳打ちした。

「議長、少しここを離れても？　お話ししたいことがあります」

「きみがなにを言いたいかはわかっている。昨日、人が何人も墓穴に放りこまれるところを見た私に、きみは同じことを言った。そのあと、私がべつの墓のそばに立っていたときにも、きみはまた同じことを言った。墓というものについて、私がひとつ学んだことを話そうか――その中に入れられた人間はな、もう二度と、家族のもとには帰ってこないんだ。昨日テレビ画面で見た、あの人たちには、ロバーツ……麻薬のせいで地中に埋められた、あの人たちには……あのひとりひとりに、その死を嘆くだれかがいるんだ。もうテレビを見つづけるのはごめんだ。それなら家にいたってできる」

「議長、それでも、しつこく申しあげるしかないのです。いっしょに来ていただけませんか？」

ロバーツは豪華な会食室の片隅を目で示した。ナバロの机の斜め後ろ、銃剣二本が十字形に掲げられた壁の前だ。

「下院議長……昨日のことです。昨日お話ししたとおりです。あまりに急なことで、私が合格点を出せるレベルの警護チームはとても編成できない、そうご説明しました。すると議長は、そういうことなら兵営内にのみ滞在する、と約束してくださいました。こんなに急なお話では、通信を妨害するための航空機も手に入りません。ジャングルには耳があるんですよ、議長。耳をそばだてている連中から、ゲリラにすぐ報告が行きます」

「私の記憶が正しければ、それしか人員がいないのであれば、それでなんとかしろ、と言ったはずだぞ。一時間だ、ロバーツ。あと一時間で出発する。茶番じみた演習にも、軍服連中の行進ごっこにも、もううんざりだ。あの部隊が、ああいう墓をなくすために働くところを、私はこの目で見たい」

ロバーツは有力政治家であり雇い主でもある人物の前に立っている。いつもなら、議論になってもこのあたりで引き下がることが多い。これまでの年月で、彼が抱えている悲しみと罪悪感の強さはじゅうぶん理解してきた。だが、今回はそうも言っていられない。いやな予感がしてならないのだ。もっとはっきり言わなければ。

「ティム、いいかげんにしてください！」

ファーストネームで呼んだのは初めてだ。こんな言葉遣いをしたのも。彼はもう一度、ナバロに背を向けたまま、ささやき声で続けた。

「よく聞いてください――あなたが行こうとしているのは、つい最近、集団墓地が見つかって身元不明の死体二千体が掘り起こされたのと、同じ地域なんですよ。先週末を振り返っただけでも、あの地域、メタ県では、麻薬がらみの抗争で新たに二十八人が亡くなったと報告されています。われわれが把握している限りにおいて、です。明らかになっていないケースももちろんある。ラ・マカレナの街中の歩道で首を切られたのが十五人、タクシーの中で撃ち殺されたのが八人、多かれ少なかれバラバラにされて乗用車の中で見つかった死体が五体」

ロバーツは、自ら選び、渋る雇い主に身につけさせた防弾ベストをつかみ、ぐいと引いた。

「これを、飛行機から降りる前にお渡ししましたね。空港と、空港からここまでの道のりと、兵営内では、これで事足りた。だが、ここから外に出たら、ここに追加の防弾プレートを十枚縫いつけようが、なんの意味もない。こんなものは……」

また防弾ベストを引く。さっきよりも、少し強く。クラウズのシャツもついでに引っぱられた。

「……あなたがまやかしの安心感を得るための飾りでしかない。ティム、まだわからないのなら、それはもう脱いでくださってかまいません！　あなたのその決意は……ご自分のためでしかない！　あなたの望みどおりに現地に行ったら、あなたの命が危険にさらされるだけでは済まない。ほかの人たちの命も危うくなるんです！」

クラウズ下院議長は自分の専属ボディーガードをじっと見つめた。これまでに何度も命を賭して自分を守ってくれた彼が、善意でこう言っていることはわかっている。だが、ロバーツは真実のすべてを語っていない。たとえば、さっき話題にのぼった先週末、クラウズ部隊の警察小隊がコロンビアのべつの地域で、麻薬カルテル《セタス》の首領、アンドレス・フリオ・ラモスを逮捕したこと。クラウズ・モデルはそのために存在しているのだ──悪名高い寄生虫どもを捕らえ、全滅させること。ラモスは殺人、拷問、マネーロンダリングの容疑をかけられている。こうして実際に成果が挙がっているのだ。少しずつ、着実に。だが、こちらが組織をひとつ叩き潰すたびに、空いた縄張りをめぐってほかの組織が戦闘態勢に入る。だから、また叩き潰さなければならない。何度も、何度も。だれも残らなくなり、だれも戦闘態勢に入らなくなるまで。

「ロバーツ？」

「なんでしょうか」

「なんでしょうか、だけか？」

「なんでしょうか……閣下《サー》」

「外の世界でなにが待ちかまえているかは、神のみぞ知る、だ。そんな中で私を守るのがきみの仕事だ。そのために給与を払っている。これからもその仕事を続けてくれるものと期待している」

「しかし……」

「今後はいっさい、私をファーストネームでは呼ばないでもらいたい」

展望窓の外で轟音が響き、その後のやりとりはかき消された。次なる芝居のため、装甲車が四台現れたのだ。クリスタルガラスや陶磁器がカタカタ鳴った。

クラウズはその音が小さくなるまで待ってから、将校たちに向かって声をあげた。

「ビクトル」

ビクトル・ナバロが振り返る。

「はい、閣下」

「一時間後だ」

ナバロ連隊長の体の動きは、いつも自信に満ちていて力強い。この下の中庭に敷いてある砂利、ああいうものによってかたちづくられた動きだ。

「一時間後……とおっしゃると？」

「出発だ。ここを出ていく」

フランク・ロバーツはマチェーテの木の柄を握りしめ、その丸みを帯びた鉄の刃で、自然のカーテンとなって行く手を阻む蔓植物や生い茂る木の枝を切り捨てた。視界がひらけていないと仕事がしにくい。背中にじっとり貼りついて、ショルダーホルスターの下に水たまりをつくっている、このうっとうしい湿気だけでもじゅうぶんな障害だ。上着は車の前部座席に置いてきたが、それでもなにも変わらない。息の詰まりそうな暑さ、虫たちの羽音、こんなところで無防備に身をさらしてすべてを危うくしていることの愚かしさが、彼の脳を隅から隅まで汚していて、なかなか考えがまとまらない。

うち捨てられたゲリラのキャンプ。セラニア・デ・ラ・マカレナ国立公園の中でも、熱帯雨林に覆われている部分の、どこか。

一行は散らばったごみのあいだを縫って歩いた。どこのスラム街のはずれとも変わらない。ずたずたになったタイヤ、錆びついたガソリンタンク、空になった食料品のパッケージ、ビールの空き缶、ぼうぼうに生い茂った木々のあいだに干してある布切れ、そして、草むらの中で待ち伏せ、人の靴をずぶずぶと沈ませては滑らせる、このいまいましいぬかるみ。

もうだれも住んでいない場所。人が通りかかることは二度とない。

ロバーツは周囲を見まわした。

コロンビア軍は〝コシーナ〟を中心に、まず半径六十メートルの円を描き――人間の体を守る皮膚のようなものだ――その中にトラック四台、装甲車一台、兵士十五名を配置した。この短時間でロバーツがかき集め、なんとか合格点を出すことのできた警備態勢だ。その円の内側にもうひとつ、半径二十五メートルの円があり――これは言ってみれば胸郭、左右に並んだ硬い肋骨のようなものだ――コロンビア警察の特殊部隊員十四名がいる。そして最後に、もっとも中心に近い三つ目の円――心臓を、つまり〝コシーナ〟の中にいるクラウズ下院議長とナバロ連隊長を守る円には、接近戦を専門とするアメリカ外交保安局のセキュリティー・エージェントが十二名いる。

いちばん近い町であるラ・マカレナまでは、一時間以上。いちばん近い都市までは、二時間以上。警備強化や増援を求めるにしても、軍や警察までの距離は遠い。あまりにも遠い。

丈の高い草むらが消えて、多少踏み固められたぬかるみに取って代わり、一瞬のそよ風が額や頬に吹きつけた。ロバーツは三層にわたる警備を抜け、〝コシーナ〟の中心にたどり着くと、作業台やプラスチック容器、ガラス容器、トタン槽に囲まれて、ナバロの話に耳を傾けているクラウズのすぐ後ろに陣取った。

「いちばん最近の手入れですが——ええ、お尋ねのあった件ですね。三週間前です。七個小隊すべての能力を結集して行いました。第一戦闘小隊は、手入れを指揮し、逮捕、勾留、捜査などといった法的なプロセスに持ちこむ訓練を受けた、コロンビア人警察官の集まりです。この第一戦闘小隊が、DEAの潜入捜査員からの情報をもとに、標的の偵察と監視を開始しました。手入れを行う一週間前のことです。この潜入捜査員からの情報で破壊できた〝コシーナ〟は、これで六つ目ですよ！　彼はPRCの中枢部、相当奥深いところまで入りこんでいると聞きます」

少し離れたところで、色鮮やかなオウムの集団がおびえたようすで飛び去った。にぎやかな鳴き声が聞こえ、赤と黄と緑の群れが青空に映える。大尉のひとりが何歩か近寄ってきて、〝山猫のたぐいです〟とクラウズに耳打ちした。

「第二戦闘小隊は、連絡と調整を担当しています。ほかと同様、戦闘も行いますが、通信に関する特別訓練を受けているのです。この小隊が、衛星画像の取得と関連付けのため基地局を設置し、第七戦闘小隊、ヘリや小型航空機の操縦訓練を受けている航空部隊が上空を飛行して、通常のカメラおよび赤外線カメラで記録を取りました」

クラウズは質素な建物の中をぐるりと一周し、トタンの天井をコツコツと叩き、足元の地面を蹴った。たいした建物ではない。が、この場所こそが源だ。すべての根源だ。ここから長い連鎖が始まる。なんと胸糞の悪い百周年だろう――製造も、輸送も、販売も、腐敗した警官、軍人、税関職員がいるからこそ成り立つ。法治機関が守るべきでない側を守っているのだ。コカイン取引の売上高は、一年当たり一兆ドル。没収されるのはたったの五パーセント、九十五パーセントは消費者のもとに届く。この数字に問題がはっきりと表れているが、同時に解決策も見えてくる――教育すること。敵方よりも高い報酬を払ってやること。今日、すべてを破壊しつくすことはできないだろう。だが、将来。一世代後、ひょっとしたら二世代後、三世代後には。

「閣下、こちらへ」

ナバロが行く先を手で示し、一行は一列になって凹凸だらけの小道を移動した。クラウズは切り払われた蔓植物や折れた木の枝を避けて首をすくめた。ジャングルがあらゆる空洞を埋め、緑の壁や天井を築きあげて、永遠の闇を閉じこめている。小道の突き当たりは川だった。驚くほど美しく、広く、幅は百メートルぐらいだろうかとクラウズは推測したが、その倍でもおかしくはない。対岸に浮かびあがって見える台地は、灼熱の太陽ですっかり乾ききっている。その向こうには、さらに緑の屋根が見え、空がその上に広がっていた。

「第四戦闘小隊は水上部隊で、大小の艦艇の操縦、潜水活動、水中攻撃、および潜水艇を止めて浮上させる訓練を受けています。ここから二十キロ北の地点で、兵士五名がエンジン付きのゴムボートで出発し、川の流れに乗ってこちらへ向かいました」

ナバロ連隊長は足を引いて勢いをつけ、丸い石をいくつか川岸に近いところへ蹴った。鈍い水音が響き、輝く水面が割れてぼやけた。

「ここから五キロの地点で上陸し、ボートを隠してから、戦闘のための装備を身につけて流れに乗りました。残り五百メートルのところで水中に潜り、いまわれわれが立っている、ここの川床までやってきました。夜明けの暗がりにまぎれて上陸し、そうして敵にとってもっとも自然な逃げ道を断ち切ったわけです」

べつの小道をたどって戻る。こちらのほうが古い道だ。やたらと大きな四角形を成してうごめく蟻の群れや、あたりが見えにくくなるほどに頭の周囲を飛びまわる蠅や蚊と、闘いながら進んでいく。クラウズは、日差しで徐々に色褪せた太い木の死骸をまたごうとして、何度かつまずいた。裏手から〝コシーナ〟に近づき、木々のあいだを縫って歩いた。高さ五十メートルに及ぶブラジルナッツの木々。クラウズは近寄っていって、その堂々たる幹を撫でてみずにはいられなかった。それから小道の果てまで進み、うち捨てられたコカイン・キッチンにふたたび足を踏み入れた。バスとバリトンのあいだであろう、連隊長の低い声に近づいていく。

「ここ一帯、われわれがいまいる場所の周囲には、ブービートラップが仕掛けられていました。ですが、DEAの潜入捜査員からの情報で、われわれはあらかじめそのことを知っていました。したがって、攻撃を開始したのは爆発物担当の第六戦闘小隊です。この小隊は、もちろん爆破の訓練も受けましたが、高熱を発して大量のコカインを焼却することのできる爆薬の開発にも携わったのです。証拠の確保よりも、早急に処分することのほうが優先されるケースもありますからね。まあとにかく、この第六戦闘小隊が地雷の場所を突き止め、すべて除去しました。ほら、外にクレーターがいくつも見えるでしょう。すさまじい爆音でしたよ。こうして地雷がなくなったところで、クラウズ部隊は総力を挙げて攻撃を続行したのです。このキャンプで働いていた連中を全員、捕らえるか殺すかするまで」

クラウズの視線は、コカイン・キッチンの扉の外、すでになくなった地雷を指差すナバロの手の先に向けられていた。くるりと向き直ったところで、初めここに来たときにはまったく気づいていなかったものに、目が釘付けになった。旅行用のトランクが二十個。どれも茶色っぽい革製のトランクで、小屋の隅に重ねられている。

「ああ、あれね……」

なにがクラウズの注意を引いたか、ナバロも気づいたようだ。

「……連中は頻繁に旅行するのだろうか、とお考えですか」

「そんなところだ」

「われわれが破壊したほかのコカイン・キッチン数か所にも、あんなふうに山積みになったトランクがありました。ジャングルの真ん中で、なぜ旅行用トランクなのか？　どうしてあんなものがあるのか、いまのところはまだわかっていません。麻薬を運ぶためとは考えにくい。それには小さすぎます。ここの麻薬は数トン単位で輸送されますからね」

連隊長はトランクをひとつ持ち上げ、開けてみせた。中にはなにも入っていない。

「犬にも調べさせたんですがね。なにもわかりませんでした。コカインの痕跡はまったくありません」

よくあるキャンプ用携帯コンロに使えそうなバーナーの横に、大きなブリキ鍋がいくつかあり、どろりとした塊が入っている。三週間前にはコカインになるはずだったものだが、その製造プロセスが敵襲によって断ち切られた結果、いまや虫の死骸とまざりあい、埃や砂、カビの層に覆われている。そのすぐ脇に置いてある鉄鍋ではあぶくが立っている。こちらの塊はやや液体に近いようで、クラウズは次のあぶくを待った。そうして泡がはじけてみると、においもはっきりと漂ってきた。いや、悪臭と言ったほうが正しいか。発酵しているのだ。そのにおいがあたりに漂っている。発酵の進みすぎたビールのような。あるいは、もうすっかり記憶の彼方だが、大昔、学生寮の掃除用具入れに置いてこっそりつくっていた濁り酒のような。バケツに古くなったパンとりんご、水を入れて、安上がりに酔える酒をつくったものだった。

「閣下？　続けてもよろしいですか？」

「ああ、続けてくれ」

「お加減でも……」

「いいから」

ナバロは出口を示した。一行がこれから向かう先だ。クラウズが彼の一歩後ろを歩き、ロバーツがその一歩後ろを歩いた。

「このキャンプにいた人間は全員、ひとり残らず捕らえました。あるいは殺害しました。その後も、二個小隊が残って仕事を続けました。まず第三小隊、これは軍用犬部隊で、警告を発する、死体や爆薬を見つけるなどといった訓練のほかに、コカインやその製造過程で使われる物質を発見する訓練も受けている犬たちと、そのハンドラーが所属する部隊です。それから、第五小隊、こちらは化学部隊で、麻薬の成分を特定し分析する役目を果たします。この小隊の仕事のおかげで、ここから世界各地へのコカインの流れを追うことができました」

ナバロは難儀しながらぬかるみを進み、明るく鮮やかな緑の草の生えているほうへ向かった。丈高く生い茂った草むらの中央、黒ずんだ長方形の中に入ったところで、足を止めた。誇らしげなようすで、少し背筋を伸ばしたようにも見えた。

「ここです。ここで、全部燃やしてやりました。精製プロセスのさまざまな段階にあったコカインを。バスーコがかなり大量にありましたが、その上、パチパチ燃えあがる炎の中に、完成品のコカインも投げ入れてやりました。全部で一トン近くありましたね。ビニール袋数個分だけとっておいて、サンプルとしてうちの化学者に渡しました。それから、こちらです、ついてきていただけますか……」

そこで、彼は止まった。出し抜けに。歩みの途中で。

耳をそばだてている。

直後、クラウズにも聞こえてきた。

エンジン音。複数だ。車か？　トラックだろうか？　視界にはまだ入ってこないが、一行がここまでたどってきた、ぬかるんだ小道のほうから聞こえることは間違いない。次の瞬間、エンジン音がさらに増えた。川のほうから。ボート、こちらも複数だ。

緊張が手に取るように伝わってくる。

「議長……これはまずいですよ」

特殊部隊の警察官たち、コロンビア軍の兵士たちが、互いに向かって大声で叫びだす。命令はスペイン語で、クラウズにはときおり意味が推測できた——いまのは〝弾を込めろ〟か。いまは〝対戦車ロケット砲〟と言っただろうか。ナバロ連隊長が右腰に携えていた拳銃を抜き、トラックへ走っていくのが見える。ロバーツに両肩をつかまれたのがわかった。

「何者かがわれわれの姿を見て、報告したんですよ！　起きてはならないことが起きようとしている。ゲリラの攻撃です。標的は、下院議長、あなたです！」

うなじの皮膚に当たるロバーツの息が熱い。

「水路はふさがれている。さっきボートのエンジン音が聞こえました。陸路もふさがれた。車の音がさっきよりもはっきり聞こえます。戻るしかありません、議長、〝コシーナ〟の中へ！」

ロバーツは雇い主を引っぱってコカイン・キッチンに飛びこみ、外からもっとも見えにくい場所、作業台の陰の地面に彼を伏せさせてから、その前に座って人間の盾となった。

そのとき、最初の銃声が響きわたった。

その音が増える。

大きくなる。

自動銃の音が、爆発音とまじりあう。

〝起きてはならないことが起きようとしている〟

クラウズは横向きになり、外を、ロバーツの幅の広い体の向こうを見ようとした。

すると、見えた。すべてが真っ白だ。兵営の中庭を思い出す。分厚い、濃い煙が、自分たちを、〝ゴシーナ〟を、外のすべてを包みこんでいる。

「出口へ！」

だが、これは演習ではない。現実だ。

「早く！」

白い煙が、あらゆる音を吸収する。

爆発音も銃声もやわらかく包みこまれていて、ロバーツが叫んでいる声すらかぼそく聞こえる。

「地面を這ってください、議長、毒かもしれない！」

ロバーツは地面を匍匐《ほふく》して進んでいる。クラウズはロバーツの汚れた靴底に視線を据えてそのあとを追おうとした。薄い色の背広を泥に押しつけ、身を縮める。息をするたびに煙が喉へ、肺へ入りこんできて、彼は咳きこんだ。咳きこんで、ついには嘔吐した。もう無理だ。咳が体のさらに奥深くへ食いこみ、嘔吐が彼の気概を奪い、煙はあまりにも濃く、なにも見えない。怒ったような赤いレーザー光線が、前方を落ち着かなげに探っているのを除けば。光線は、ロバーツの頭のシルエットを探っている。その頭が割れた。

沈黙。

すべてが、しんと静まりかえっている。

真っ白な中で、まわりに暗い影が現れた。動きまわり、探している。

彼を。

しんと静まりかえった中、手袋をした見知らぬ手が荒々しくクラウズの腕をつかみ、引っぱり、彼を外へ突き飛ばした。煙の壁は、あたりを戯れる靄《もや》、ゆらゆらと揺れるベールとなり、ゆっくりと薄れていく。迷彩柄の軍服を着てガスマスクをつけた若者たちが、ぐったりした人の体を引きずって草むらを歩いている。まるで狩りから帰ってきて、獲物をすべて一か所に積みあげているかのようだ。若者たちはクラウズを引っぱり、立たせ、いま目の前の地面にあるものが、彼の目に間違いなく入っていることを確かめた。ナバロ連隊長。うつ伏せになっている。ついさっき、麻薬を燃やした場所だと言って彼が見せてくれた、あの黒い長方形の真ん中で。トラックにすらたどり着けなかったのだ。しばらく経つと、ほかのものも見えてきた。ナバロの下の地面。彼の上半身、肩甲骨のあいだにあいた大きな穴を通して、地面がくっきりと見える。

やはりしんと静まりかえった中、だれかがクラウズの両腕をプラスチックバンドで縛り、それが手首の皮膚に食いこんで細い切り傷をつけた。ほかのだれかが黒い目隠しを彼の頭に巻き、きつく結んだ。

トラックの荷台。そうにちがいないと感触でわかった。荷台のあおりの部分にもたれて、硬い床に座っている。トラックが唐突に曲がったり、道路の凹凸を越えたりブレーキをかけたりするたびに、体が浮いては床に着地し、痛みが走った。

クラウズにはいまもなお、なにも見えず、なにも聞こえない。

音のない、真っ黒な世界だ。

眼球を締めつける目隠しに加え、耳道も耳覆いでふさがれた。

それでもわかったことはあるし、いろいろと解釈もできた。後ろ手に縛られたまま草むらで待たされているあいだ、ガソリンのにおいが鼻を突いて、連中が車を一台ずつ燃やしているのだとわかった。激しい爆発の震動も伝わってきた。まず、警備のいちばん外側の円をかたちづくっていた、トラック四台と装甲車一台。それから、アメリカ外交保安局のエージェントたちが移動に使った、大型乗用車二台とバイク六台。自分とナバロが乗ってきた、小型の戦車のようになるまで改造され、強化された車。

攻撃してきた連中、おそらくゲリラであろうこの連中は、タイミングを完璧に把握していた。銃撃に耐え、地雷の上をも走れる装甲車があったとしても、警護対象である人物がそこから降りて無防備になったが最後、なんの役にも立たなくなるということをわかっていた。

〝外の世界でなにが待ちかまえているかは、神のみぞ知る、だ〟

昔からずっと、そういうふうに考えてきたし、そういうふうに人生を見ようと決めていた。警護を担当する者が、彼の日々の行動範囲をさらに狭めようとしてくるたびに、そう答えてきた。

彼は、ようやく学んだ。外の世界でなにが待ちかまえているか。

荷台のあおりがガタガタと揺れて背骨にぶつかる。でこぼこ道は穴だらけの滑りやすい道路に変わった。が、場所はさっぱりわからない。わかっているのは、ジャングルの中、エネルギーを奪っていくすさまじい蒸し暑さの中にいるということだけだ。それから、もう何時間もこうして座らされていること。それも間違いないと思う。尾てい骨と左肩の痛みのせいで、なにかを考える力も、時間の感覚もなくなってきているとはいえ。

攻撃してきた連中、人殺しであり誘拐犯でもあるこの連中は、四十人あまりの死体を山と積みあげた。車を燃やした。そして……そのすべてを録画していたようだ。〝カマラ〟、〝ペリクラ〟、〝テレビシオン〟。カメラ、映像、テレビ。耳覆いをかぶせられる直前に聞かされた言葉だ。なぜだ？ なぜ録画した？ 初めから撮っていたのだろうか。攻撃の初めから？ 顔が粉々に砕けたときにも？

急カーブ、後頭部がトラックのキャビンにぶつかった。次は片方のひじが当たり、不快きわまりない衝撃が全身を貫いた。こんな感覚は久しぶりだ。

自分がひとりきりでないのはわかっている。ひとりきりどころか、すぐそばに何人もいるのが息遣いでわかる。そして、彼らは武装している。いちばん近くに座っている人物の銃、その銃床が腰や腿に当たる。これはわざとやっているのだろうか、とクラウズは考えた。武装していることをそれとなく知らせて、おとなしく従わせようとしているのだろうか。

ほかの人々の命を奪った連中。だが、クラウズからは奪わなかった。彼のことは生かしておいた。

なぜ自分は生かされ、ロバーツは生かされなかったのだろう？

頭がなくなった。自分は、その瞬間を見た。ボディーガードの頭が粉々に割れ、体ががくりと力を失った瞬間を。

〝きみの言うとおりだった。これは、私のせいだ〟

「セニョール？」

女の声。甲高い、鼻にかかった声だ。女はクラウズを蹴り、ブーツの先が彼の胸郭に当たった。それから女はクラウズの耳覆いをかすかにずらした。

「ムチャス・オラス」

けたたましい笑い声。何人もが声を揃えて笑っている。それをクラウズに聞かせようとしている。やがて女が耳覆いから手を離し、ふたたび静けさが訪れた。

まだ何時間も《ムチャス・オラス》ある。

そのあとに、なにが待っているのだろう？

第二部

ストックホルム。午後。控えめな九月の雨。

その雨に、エーヴェルト・グレーンスはいっさい気づいていない。車までの短い道のりを歩く。駐車場は前方、空になって積みあげられた海上コンテナの壁のあいだに、むりやり押しこまれているように見える。フリーハムネン港、たくさんの車や人々が行き交う。フィンランドやエストニア、ラトビア、ポーランドとの往来路、首都の交通網への玄関口だ。グレーンスがやわらかな雨粒に気づかないのは、手に持っているビニール袋が周囲のなにより大事だからだ。仮設の会場で行われたワインのオークション。そこに行って、近ごろはインターネットのオークションでしか手に入らない、とある珍しい品を競り落としてきた――毎年この時期になるといつも買い求めている、一九八二年もののムーラン・トゥーシェ。オークションに出たボトルの中では最初の二本だった。どこかの貯蔵庫にあった大規模ワインコレクションが、まるごとそこに運ばれてきて、買い手が実際に品物を見たりさわったりすることのできる、昔ながらの競売が行われた。一瓶目はごくふつうの価格、二千三百五十クローナで手に入れた。二瓶目は、まったく同じ中身なのに三千クローナした。その前の競りで負けたスーツ姿の男が、張り切って番号札を振ってみせたからだ。その結果、オークションではままあることだが、競りは体面を賭けた奇妙な争いになった。どう考えても高価すぎる値がつき、グレーンスもそのことはわかっていたが、ワイン通の人々に笑われてもいっさい気にとめなかった。このボトルの真の価値をわかっているのは自分だけだ。買うつもりのない三瓶目にも入札してやった。ちょっとしたいやがらせだ。自分が買った二瓶よりもはるかに高い値がつくよう煽ってやった。そうしてスーツ姿の男が競りに勝ち、誇らしげな顔になると、今度はエーヴェルト・グレーンスが笑う番だった。

車に乗り、ボトルが二本とも入ったビニール袋をそっと助手席に置く。駐車スペースをバックで出ると、迷ったようすでどこかに向かっている旅行者たちのあいだを抜けて、ヤーデット地区へ、そこからエステルマルム地区へ、中央駅方面へハンドルを切った。

高級ワイン。とはいえ、酒の味にも効果にも興味はない。酔いというのは、まやかしの世界へ行かなければ自分自身と向きあえない臆病者のための、まやかしの状態だ。それに、酒のオークションなど警察官の給料では分不相応だ、と考える人もいるだろう。だが、これは出費ではない。あれこれ言う連中はそこをわかっていない。これは、彼をもっと豊かにしてくれる、まぎれもない収入なのだ。だいたいエーヴェルト・グレーンスの出費など、廊下のマシンでいれたコーヒーと、ときおり自動販売機で買うプラスチック包装されたマザリン菓子がせいぜいである。

いま、ようやく気づいた。ときおりのぞく太陽の光できらきら輝いている雨粒。エーヴェルト・グレーンスは車のワイパーを動かし、同時にサンバイザーを下げた。

コルクの味がすることもないではない。なんといっても古いワインだし、時間にはそういう力がある。が、彼はまったく意に介さない。ただ、片方のボトルから自分に一杯、もう片方のボトルからアンニに一杯、それだけ注いだら残りは捨ててしまう。あのとき飲んだ量はそれだけだったから。パリのスウェーデン大使館での、長さ七分間のセレモニー。大使館職員が司式者を務め、建物の管理人ふたりが証人となった。そのあとはロワール渓谷へ行き、絵葉書のモチーフになりそうなペンションに泊まった。

グレーンスはいま、アンニのもとへ向かっている。毎年この日はかならずそうだ。が、まずは遠回りをして、中央駅のある界隈へ。テーゲルバッケンの交差点を抜けて、クングスホルメン島を目指す。警察本部に立ち寄って、オフィスに置いてあるクーラーボックスを取ってくるつもりなのだ。ワインの温度は八度から十度のあいだに保たなければならない。そして、クーラーボックスの上、小さなボウルの中に、桃がふたつ入っている。

ムーラン・トゥーシェと、桃。結婚式を挙げた日の夕食のメニューは、ほんの一部しか記憶にない。前菜はロブスターのスープだったが、彼はどうしてもアンニの手を離すことができずにいた。あんなふうに人の手を握ることができるのだと初めて知った。主菜はなんだったか覚えていない。だんだん溺れていって抜け出せなくなっていた。途切れることなく彼女を見つめ、その目をのぞきこみ、もう二度と孤独を感じることはないのだと思った。なにより覚えているのはデザートだ。ほんとうに結婚したなんて信じられない、とふたりでくすくす笑い、ペンションの女主人がこの地方のものだと誇らしげに説明してくれた甘口のワインを飲んだ。これを飲むときはフランベした桃を合わせるのがいいんですよ、と女主人は言った。桃がなによりこのワインの味を引き立ててくれる、蜂蜜とアーモンドペーストのような香りを強める、と。あれから長い年月が経ったが、ほんとうに女主人の言ったとおりなのかどうか、グレーンスにはいまだにさっぱり見当がつかない。違いがあるとは思えないのだ。それでもやはり、毎年かならずふたつ持参する。自分用にひとつ、アンニ用にひとつ。

市庁舎前の信号が黄色になり、エーヴェルト・グレーンスは車を停めた。後ろの車、やや車間距離の近すぎたタクシーが、衝突を避けるため急ブレーキを踏み、苛立って信号が青になるまでクラクションを鳴らしつづけた。べつの日なら、グレーンスは車を降り、相手の車のドアをぐいと開けて、どういうつもりだと尋ねただろう。だが、今日は例外だ。アンニのもとに向かっているときは。

あれ以来、ふたりは結婚記念日になると、同じ年につくられた同じワインをかならず飲んだ。アンニがまだ健康体だったころ、ふたりで暮らしていたころの話だ。彼女が介護ホームに入ってからは、未開栓のボトルを持って毎年訪ねていき、ホームの部屋で彼女を腕に抱いて乾杯した。アンニは微笑み、口元へ運ばれたグラスの中身をできるかぎり飲んだ。あのワインだと味でわかるにちがいない、それで奥深くにあるなにかが目覚めるはずだ、とエーヴェルトは信じて疑わなかった。そんなわけはないと医者にはいつも言われたが、ワインを飲ませるのを禁止はされなかったし、しかもエーヴェルトは医者の知らないことを知っていた――握った彼女の手のようすが、この日だけはいつもと違うのだ。ワインの価格は年々上がり、手に入れるのも徐々に難しくなった。いまではもう、ほとんどオークションでしか見つからない。

ボトルを横目でちらりと見つつ、右に曲がってノール・メーラルストランド通りに入った。ビニール袋に入ったボトル二本はあいかわらず助手席にあり、音楽に合わせて軽く音を立てている。シーヴ・マルムクヴィストの『ツイてるあなた』。車に置こうと思って長いこと探し求め、やっと見つけた、故障していないカセットプレーヤーだ。ボリュームを上げ、サイドウィンドウを半ば開けて、シーヴと声を合わせて高らかに歌う。

そのとき、ドライブの様相が一変した。

さっき後ろでクラクションを鳴らしていたタクシーが急に加速し、すさまじい勢いで追い越そうと反対車線へハンドルを切った。それで中央分離帯の高い縁石がまたたく間に近づいてきたことに気づいたが、遅かった。タクシー運転手はさらに少しスピードを上げ、縁石の直前で元の車線にむりやり戻ってきて、グレーンスの車の前に割りこんだので、グレーンスはあわててブレーキを踏むはめになった。車内で固定されていなかったものがすべて前に吹っ飛び、窓や天井やドアにぶつかった。

静けさ。車線を斜めにふさぐ車。グレーンスはあたりを見まわした。やはり、聞こえたとおりのことが起きていた。

アスファルトをつかもうとするタイヤの音すらかき消した、ある音。

ボトルの割れた音だ。

ビニール袋がダッシュボードの中央にぶつかったのだ。大きなガラスの破片だらけになったフロアマットに、高価なワインが滴り落ちている。

タクシーは停まってほかの車への影響を確かめることもなく、そのまま走っていってしまった。エーヴェルト・グレーンスはふたたびエンジンをかけ、制限速度をはるかに超えるスピードまでアクセルを踏むと、ローラムスホーヴ公園のあたりで相手に追いついた。今度は彼のほうが車間距離を詰め、しつこくクラクションを鳴らす番だ。やがてタクシー運転手がうんざりして急ブレーキをかけた。

不可避だった。グレーンスはタクシーに追突した。金属板どうしがぶつかり、両方の車が大きくへこんだのが、音でも感触でもわかった。

「このクソジジイ……」

運転手は青い制服を着た中年の男で、真っ赤な顔で車から飛び出し、グレーンスに向かって叫んだ。

「……さっき黄色なんかで停まりやがったくせに、今度はクラクションかよ！」

グレーンスも開いた窓から叫び返した。

「しょうもない運転しやがって……」

「クソが、ふざけんな！」

「……それでもタクシーの運転手か、ちくしょうめが！」

場所は道路の真ん中、距離はほとんどない。グレーンスもドアを開けて降りようとしたら、ふたりはまたもや衝突するだろう。

「クソジジイ！　俺はこの街で二十二年タクシー転がしてるんだ。なにより笑えるのは、おまえみたいなどうしようもねえアマチュアが、俺に運転のしかたを指図してくることだよ！」

さらに、クラクション。何台もが鳴らしている。だが、今回はグレーンスでもなければタクシー運転手でもない。停まったまま動かない二台の後ろが渋滞し、罵り言葉が飛び交うたびに車の列が少しずつ伸びている。

「おまえな……俺はこの街で四十年近く警官やってるんだ。なにより笑えるのは……」

エーヴェルト・グレーンスは上着の内ポケットに手を入れ、身分証の入っている、黄・青・赤の紋章のついた黒い革ケースを探した。

「……しけたクソ運転手が、いきなり運転免許証を没収されちまうことだな」

警察の身分証を掲げ、軽く振ってみせる。タクシー運転手は近づいてくると、片方の手を車の屋根に、もう片方の手をバックミラーに置いて、〝警察〟と書いてあるプラスチックカードを睨みつけた。

「お巡りだと？　こんなのはな、ネットでも売ってるんだよ。俺が本気でキレて、あとで悔やみそうなことをしちまう前に、さっさと失せろ」

タクシー運転手は車のドアの前に立ち、待った。が、やがてあからさまに鼻をひくつかせ、前かがみになって、グレーンスの車の開いた窓から漂ってくるにおいを追った。

「うわっ……酔っ払いかよ！　おい！　こりゃおまえ、完全に終わったな！」

エーヴェルト・グレーンスは怒りのあまり頭を振りつつ、その重い体を少し移動させて、ワインの滴り落ちるビニール袋を床から拾い上げ、中から鋭いガラスの破片を出して、ふたりのあいだのいきりたった空気を切り裂いてみせた。が、タクシー運転手には見えていなかった。すでにその場を去っていたからだ。興奮のあまりぎくしゃくと自分の車へ戻り、乗りこむと、無線機の両側についたボタンを両方とも押した。無線で呼びかけるには、同時に押さなければならないのだ。

「こちら４３１９号車、泥酔した粗暴な男の運転する車に追突されました」

〈タクシー・ストックホルム〉の無線センターではいま、天井の赤いランプが点滅し、オペレーターの前の画面に〝緊急通報〟の文字が表示されている。

「警察に通報して、近くの運転手にも援護を頼んでください、早く！　場所はノール・メーラルストランド通りのローラムスホーヴ公園付近、西へ向かう車線です」

運転手はまた車から飛び出してくると、クラクションを鳴らす車の列を背景に、勝ち誇ったようすで大声をあげた。

「見たか！　これで思い知れ、クソジジイ！　まったく、アル中か？」

グレーンスはいまだ運転席に座ったままで、濡れたビニール袋を手に持っている。

「おまえのせいで、妻と会う約束が台無しになった」

「おまえのかみさんなんかくそくらえだ！」

エーヴェルト・グレーンスが立ち上がる間も、〝アンニにそういう物言いは許さん〟と怒鳴る間もなく、べつのタクシーが猛スピードで近づいてきて、動かない二台の斜め前で停まり、道路をふさいだのが見えた。そばかすだらけの赤ら顔をした男が降りてくる。手には警棒を握っている。周囲を見て状況を把握し、同僚のもとへ向かった。グレーンスが成り行きを見守っていると、ふたりは議論に近いようすでしばらく話しあっていたが、どうやら方針が決まったらしい。ひとり目の運転手が指をさし、新たにやってきた運転手が警棒を振り上げて歩きだした。

エーヴェルト・グレーンスに向かって。

「おい、酔っ払いジジイ。こうしよう。おまえはその車を降りろ。どうせ運転できないんだ。で、ちょっと話そうか」

警棒を手のひらに当てる。何度も、パン、パン、まるでむき出しの皮膚を打つ鞭のように。

エーヴェルト・グレーンスは、暴力の均衡を破って状況を悪化させようと考えたわけではない。が、自分の警棒を持っておらず、武器を持たずに降りたらこのそばかす男にやられる可能性が高いと思った。なにもせずに座ったままという選択肢もない。そうなると、道はひとつしかなかった——敵より強力な武器を使うこと。そこでシャツの上に斜め掛けしていたショルダーホルスターの留め金をはずし、拳銃をつかむと、スライドを引いて弾を薬室に込めた。

「おい運ちゃん、残念ながらお断りだな。俺はこっち、こっちの同僚が到着するまでここで待つ。ついでに言わせてもらうと、俺がおまえの立場だったら、そのちんけな警棒はさっさとしまいこむ。脅迫だと思われるかもしれんからな」

「だとしたらどうする？　酒屋に駆けこんで気休めに一瓶買うか？　いいからさっさと出てきやがれ、ジジイ！」

車の屋根板を警棒で殴りつける、ドンという音。もう一度。もう一度。その音が、残っていたグレーンスの忍耐力を粉々に砕いた。彼は力まかせに車のドアを開けて運転手をアスファルトに倒すと、意外にもしなやかな動きで運転席から飛び出し、倒れて唾を吐いたり罵詈雑言を吐いたりしている男に拳銃を向けた。

「警棒を捨てろ！」

その瞬間、すべてが動きを止めたかのようだった。

「うつ伏せになれ！」

しんと静まりかえっている。いま、それがわかった。もうだれもクラクションを鳴らしていない。

「さっさと言うとおりにしろ！」

エーヴェルト・グレーンスは安全装置をはずし、脚に銃口を向けた。

やがて警棒を持った運転手が、ぼやきながらしぶしぶ向きを変えた。

「なんなんだよ……おまえみたいなやつが酒を飲むのは禁止するべきだ」

車の列はまったく動かず、市庁舎のほうまで渋滞が続いている。やがて建物にサイレンがこだまし、漆喰の壁に青い回転灯が反射した。

「ほら来たぞ、運ちゃん。俺の援護が。おまえとお仲間をつかまえにな」

パトカーは道路の四車線すべてを使い、車のあいだを縫って進んでいる。野次馬は身をすくめながらも見ずにはいられないようだ。

制服姿の若い警官がふたり。実習生だろう、とグレーンスは当たりをつけた。ふたりはパトカーの前部座席のドアを同時に開けると、拳銃を構えた態勢で降りてきた。

「銃を捨てろ！」

エーヴェルト・グレーンスはふたりを見つめた。見覚えのない顔だ。ふたりも彼を見つめた。見覚えのない顔だ。

「俺も警察官だ、おまえたちと同じ──で、この男を逮捕した」

グレーンスは、自分の銃がつねにふたりに見えるよう、倒れている運転手以外のところに銃口を向けないよう気をつけた。あのふたりは、自分たちに銃が向けられていると誤解してしまったら、若い警官の例に漏れず、まず引き金を引くだろう。質問はそのあとだ。

「おい、気をつけろよ！」

タクシー運転手は頭の向きを変え、アスファルトから少し起き上がって叫んだ。

「こいつへべれけに酔ってるし、武器も持ってるからな！」

「銃を捨てて、狙っている相手のとなりに伏せなさい。顔を下に向けて！」

「グレーンスだ、ストックホルム市警の……」

「銃を捨てろ、さもないと撃つぞ！」

〝俺が何者か、こいつらは知らないんだ。

俺がこいつらを撃つことはない。

だが、こいつらは俺を撃つだろう〟

エーヴェルト・グレーンスは引き続き、自分の動きが警官たちにはっきり見えるよう気をつけながら、タクシー運転手にまたがって立った状態で弾倉をはずし、運転手の上に落とした。スライドを引いて銃弾も薬室から取り出すと、それはまず運転手の額に落ち、いったんはずんでからその肩に落ちた。最後にグレーンスは痛む脚を曲げ、自分の銃をそっと地面に置いた。

「ルールブックどおりだ。おまえたちが生まれる前に実践した」

「これで最後だぞ――伏せろ！　両手を背中にまわせ！」

「おい、それなら俺の手錠を貸してやろうか。車の中、グローブボックスに入ってる。ついさっき、警察の身分証をしまったのと同じ場所だ」

「黙れ、じっとしてろ！」

手錠の硬いスチールがグレーンスの手首にかかる。

「よし、立ち上がっていいぞ」

そう言われても、両手を背中にまわした状態では、とうの昔に全盛期を過ぎた体にはなかなか難しいことだ。警官はグレーンスの上腕をつかんで引っぱり上げ、所持品を調べはじめた。グレーンスの上着やズボンを両手で探りつつ、ようやく倒れているタクシー運転手に話しかけた。

「通報したのはあなたですか？」

「いや。あそこに立ってる男です」

若い見習い警官は、タクシー運転手の制服を着たもうひとりの男を呼び寄せた。

「ちょっと来ていただけますか？」

一度そう言っただけでじゅうぶんだった。急加速して車を追い越し、中央分離帯の直前でまた車線に割りこんできて、後ろの車に急ブレーキを踏ませた運転手は、ここでもまた急加速、すなわち走りだし、こちらへやってきた。

「あなたが通報したんですね？」

「そうです、この野郎が……」

「どうやら通報どおりみたいですね。車が酒くさくてかなわない」

タクシー運転手がグレーンスのほうを向く。興奮のあまりコントロールのきいていない、ほとんど裏返った声になった。

「ほれ見ろ、この酔っ払いジジイ！」

エーヴェルト・グレーンスは、伏せろと言われたかと思えば立てと命令されて以来、ひとことも言葉を発していなかった。エネルギーがしばらくワインとともに流れ去っていったかのようだった。が、いま、それが戻ってきた。

「いいかげんにしろ！　これはな、一九八二年もののムーラン・トゥーシェなんだ。いや、ムーラン・トゥーシェだった。二本で五千三百五十クローナした！　酒くさいなどとふざけたことを言うな！」

若い警察官のほうを向き、続ける。

「それに、俺は一滴も飲んでない。さっさと俺を解放して、そっちの連中、無謀運転と脅迫の罪を犯した、警部ではない連中のほうをなんとかしろ」

そうこうしているあいだに、もうひとりの見習い警官が斜めに停まったエーヴェルト・グレーンスの車を開けて中を探り、本人の言ったとおり、グローブボックスから手錠と、身分証の入った革ケースを出していた。

「ひょっとすると、こいつの言うとおりかも。警察官だってことになってる」

「四十年近く前から警官だ！」

見習い警官はプラスチックカードをまじまじと眺め、金属製の紋章を指でなぞった。

「グレーンス。エーヴェルト・グレーンス。名前はそれで合ってますか？」

「おまえには関係ない」

若い警官は、芝居がかった深いため息をつき、電話を出した。

「なるほど」

そして、番号を押した。グレーンスはその番号を盗み見ようとしたが、見えなかった。

「あんたがそう言うならそれでいい。あんたの名前なんか、俺にはどうでもいい。相手がだれであろうと、そういう態度は許されるもんじゃない。だから、警部、いちばん上に連絡させてもらいますよ。見逃してもらえると思ったら大間違いだ」

応答があった。グレーンスは電子音声が聞こえるほどに近くに立っていた。

「検察庁です」

「首席検察官につないでください」

呼び出し音が数度。それから、はっきりとした、ほんものの人間の声。

「はい、市検察、オーゲスタム」

どちらとも言いがたい。首席検察官がやたらと大きな声を出しているのか、それとも、見習い警官がわざと電話を傾けて、まわりにも声が聞こえるようにしているのか。

いずれにせよ、それは成功していた。エーヴェルト・グレーンスにも、はっきりと聞こえた。ひとつひとつの言葉が。

「セーデルマルム署のポール・リンドと申します。いまからちょうど……十四分前、ホーンストゥル付近にいたところで、〈タクシー・ストックホルム〉から何者かに襲われたとの通報が入りました。そこで現場に向かいまして、運転手を銃で脅して地面に伏せさせていた男をとらえました。この男は酒のにおいを漂わせていて、どうやら本物らしき身分証によれば、氏名はエーヴェルト・グレーンス、ストックホルム市警の職員であるようです。どう対処したらよろしいでしょうか」

見習い警官はグレーンスに微笑みかけながら、電話を指差し、さらに傾けてみせた。

「名前は……グレーンスと言ったね？」

「はい」

「少し待ってくれ」

この声。エーヴェルト・グレーンスのよく知る声だ。気に入らない人間の数は多いほうかもしれないが、心の底から嫌っている相手となるとひとりしかいない。このいまいましい、虫唾《むしず》の走る声。警官がかかわった事件を担当する特別検察官と手を組んで、これまでに少なくとも七度グレーンスを尋問し、一度だけ停職処分にすることに成功した男。あのときは、死刑囚を引き渡すべきでないのに引き渡した外務省の政務次官が、グレーンスの腕に少々近づきすぎたことが原因だった。

「確かに、特別検察官の記録にしっかり載っている。飲酒運転の疑い、ということだね？」

「はい」

「加えて、凶器を携帯し、振りかざした？」

「そういうことなら……クロノベリ拘置所に連れていって、七階の独房でしばらく落ち着かせてやってくれ。こちらから連絡するから」

見習い警官はもったいぶった動きで携帯電話を制服のポケットに入れた。

「ひょっとして聞こえました？」

満足げな目でグレーンスを見つめる。

「というわけで――あのパトカーの後部座席におとなしく乗ってくれれば、万事解決ですよ。それとも……むりやりお乗せしたほうがいいですかね？　で、何時間か経って、独房の簡易ベッドで酔いが覚めたころに、こっちからあんたの直属の上司に連絡するとしましょうか？」

「はい」

エリック・ウィルソンは水滴の数をかぞえようとしている。左側の窓の上半分に、雨粒がいくつ着地するか。初めはうまくいっていた。が、やがてぽつぽつと落ちていた水滴が増え、窓台を打つ音のリズムとも合わなくなってきた。雨粒が合流して流れだし、外の世界がぼやけて、警察本部の中庭を歩く同僚たちの姿がぎこちなく、ふくれあがって見え、動きもわかりにくくなった。

さほど遠くない昔、彼自身もあそこを歩き、ぼやけた姿を見せていた。年々汚く暴力的になっていく現実の世界で、だれより一歩先を行っていた。ところが、すべてが変わった。警視正になったのだ。なんと意味のない肩書きだろう。ストックホルム市警の犯罪捜査部を率いる立場。警察官なら競って手に入れたがるポストだ。高い志を持っていい仕事をしてきたことへの、褒美のようなものではあったのだろう。史上最年少での昇進だった。そんなふうに仕事ぶりを見てもらえたことで、もちろん自尊心をくすぐられた。だから、断れなかった。〝冗談じゃない、そんなのは自分じゃない〟と、全身が訴えていたにもかかわらず。名声とか地位とかいったものは、ときにそういう力を発揮する——人の目をくらませるのだ。そんなわけで、いまの彼は閉じこめられている。外を見ない連中といっしょに。かつて自分の世界そのものだった、あの現実から遠いところで。以前は、警察のために働く潜入者たち、元犯罪者でもある彼らの監督を担当していた。スウェーデンの警察が組織犯罪と闘う中で、敵陣のもっとも奥深くまで食いこんでいく、先鋒《せんぽう》となる仕事だった。刑務所に入るのは潜入者たちで、彼ではなかったはずだ。それなのにいまの彼は、警察という階級組織の構造に囚われ、がんじがらめにされている。

机の中央に置いてある電話が鳴った。よく鳴る電話だ。呼び出し音が、五回、八回、十一回。そして、消えた。うんざりして電話を切ったのだろう。

窓の水滴がさらに増えている。晩夏の雨。ついさっき、犯罪者を阻止するのではなく殺すためにつくられている、スピア・ゴールド・ドットという弾薬を使いたがらない警察官がいる件について、調査を続けている警察庁の銃器専門家たちと、今季最後の会議を終えたところだ。二時間にわたる話し合いは、警察官は自分の身を守るために銃を携帯するのだということを、当の警察官に説明しなければならないとは奇妙なことだ、という話題に費やされた。そして、まもなくべつの会議室で、べつの会議を始めることになっている。

今度の相手は、選ばれた政治家から成る警察理事会。警察にはちゃんと透明性がありますよ、と上層部が主張できるよう、体裁のために存在している組織だ。そのあとには組合との交渉が待っている。それから職場環境諮問委員会との交渉。そのあとは人事部との交渉。

雨粒の内側で過ごす日常。

また電話が鳴った。さらなる呼び出し音。エリック・ウィルソンはいかにも閉じこめられた人間らしく、ついにあきらめ、降参した。

「はい？」

「近くにテレビはある？」

英語だ。アメリカ訛り。

「あるが」

「そこへ行って。CNN。四分三十秒後」

この声。なんと久しぶりだろう。

エリック・ウィルソンが信頼している、数少ない人間のひとり。ジョージア州にあるFLETCという軍事基地、そこの本棟にあったカフェを思い出す。あのときは異常な暑さが続き、制服姿の人々がみなエアコンの効いた室内に逃げこんでいた。カフェは混雑していて空席があまりなく、相席してもいいかと尋ねると、彼女はこくりとうなずいてくれた。

沈黙がふくらんで気まずくなると、ふたりは雑談を始め、今度はそれがふくらんで、あまり多くの人と話すことのない話題に及んだ。エリック・ウィルソンは、ヨーロッパ各地から選ばれた同業者たち、アメリカのさまざまな警察機関を率いる人々とともに、情報収集、潜入捜査、証人保護についての専門研修に参加するため、FLETCに招かれていた。彼女は、警察官として出世の階段を駆け上がっている最中で、当時はDEAのボストン支局を率いる立場にあった。エリック・ウィルソンはあのカフェでのことを思い出し、彼女にたちまち親しみを覚えたことも思い出した。そういうこともあるものだ。これから別々の世界で別々の人生を生きていくとわかっていながら、感情だけがふくらんでいく。

スー・マスターソン。

彼女が電話をかけてきたということは、パウラがらみだ。いまのふたりに共通する話題はそれしかない。よい話だろうか、それとも、悪い話だろうか。何年にもわたる警察の作戦で、ついに突破口がひらけたのか。それとも、失敗に終わったのか。

廊下へ飛び出し、エーヴェルト・グレーンスのだれもいないオフィスの前を通り、スンドクヴィストとヘルマンソンのオフィスも素通りして、テーブル二台に加えてキャスター付きワゴンに載ったテレビのある狭い休憩室に入った。昼食には遅い時間だが、職員がいちばんここに集まってくる時間帯でもある。山積みの捜査資料に取り掛かるあいまに、急いでコーヒーを飲みに来る者もいれば、シナモンロールをのんびりコーヒーに浸して食べながら、帰宅時間を待ちわびている者もいる。ほかの人がいるところで観るわけにはいかない。ウィルソンは駆けるように休憩室を飛び出し、また廊下を進んだ。

テレビはもう一台ある。いちばん奥の会議室。ウィルソンはそこを目指して歩き、ドアを開けた。十一人の顔が彼のほうを向く。空いている椅子がひとつ。彼自身が座り、理事会の質問に答えているはずだった椅子だ。

突破口がひらけたのか失敗に終わったのかはわからないが、ひとつだけわかっているのは、これが一大事だということだ。スー・マスターソンはいまやDEA長官である。頂点にまで登りつめたのだ。彼女と、アメリカ側のハンドラーである捜査官と、エリック・ウィルソン。ピート・コスロフ・ホフマンという名の潜入捜査員、スウェーデンではパウラというコードネームで呼ばれていた潜入者と、DEAが協力関係にあることを知っているのは、この三人しかいない。そういう情報は、ほんの少数にしか知られてはならない。もしパウラの周囲に彼の正体が知れたら、それは彼の死刑宣告にほかならないのだから。まさにそれが、ここスウェーデンで起きたことだった。だから彼は別世界へ逃れ、エル・スエコとなった。そんな中で、スー・マスターソンが禁を犯してわざわざ連絡してきたということは、間違いなく一大事なのだ。アメリカで麻薬関連捜査を担当する警察機関を率いる彼女が、無駄に発覚のリスクを冒すことはありえない。

エリック・ウィルソンは理事会のメンバーに謝罪し、ドアを閉めた。放送時刻まで、あと二分。駆け足でエレベーターを素通りして階段へ向かった。段数は五十五段、機械的にかぞえながら下りていく。放出されるアドレナリン。ふだんはこれが待ち遠しいと感じる、彼なりのバロメーターだ。いい話なら、アドレナリンは強い幸福感となって体内で笑い声をあげる。悪い話なら、苦痛が激しく脈打つことになる。だが、いまはストレスでしかない。激しくほとばしり、全身を駆けめぐりたがっている、速く、もっと速く、なのに、それができない。向かった先になにがあるのか、まだわからないのだ。警察本部の地階にたどり着き、べつの廊下を進み、鍵のかかったドアをいくつも開けた。歩くスピードが上がるにつれて、時間はゆっくりと過ぎていく。県警の通信指令センター。通行証となるカードを通し、広大な空間への扉を開けた。警察本部の心臓部。広間を埋めつくすデスク、そこに座ったオペレーターたちが、ずらりと並んだモニターを見つめ、生死にかかわる決断を下している。ストックホルム県内からかかってくる緊急通報はすべてここにつながれ、評価されるのだ。ウィルソンは並ぶデスクのあいだを縫って走り、ここよりもはるかに狭い部屋を目指した。まるで水槽のように見えるが、ガラスの壁の中に魚は一匹しかいない。

今日の当直リーダーだ。

「司令室は？　空いているか？」

「はい」

「何分か借りる。いいな？」

当直リーダーは、オペレーターよりもさらに多くのモニター、さらに多くの動くLED灯から顔を上げ、目をしばたたかせた。

「こちらへ」

大柄な男だ。ウィルソンよりもはるかに背が高く、横幅もはるかに広い。警察本部のジムではなく、このガラスの水槽の中で泳ぎすぎた結果だろう。とはいえ、その動きは意外に敏捷で、広間の隅のくぼみにあるドアに向かってすばやく進んでいく。

「三十分後にここで会議があるんですが」

「じゅうぶん間に合うよ」

当直が鍵を開け、ウィルソンは礼を言ってドアを閉めると、きれいに拭いたホワイトボードの脇の壁に取りつけてある五十インチテレビのスイッチを入れ、窓をひとつひとつまわって遮光カーテンを閉めた。

残り、一分弱。

リモコンでチャンネルを次々と替える。雑音をたてる黒い静止画像から、スウェーデン公営テレビ、民放のTV4、BBC、スカイチャンネル、これだ、CNN。いかにも公的機関らしい、座り心地の悪い椅子に腰掛ける。司令室。危機のときに使う部屋だ。六週間前、南の郊外で敵対する複数のギャング集団と警察の三つ巴の争いがエスカレートし、火事が続発して戦争のようになったとき、この部屋を使った。四週間前、金曜日のラッシュアワーにストックホルム最大のデパートを狙った自爆テロ犯を射殺するよう、狙撃手に指示したときにも、二週間前、高レベルの警備体制が敷かれているはずのハル刑務所から、服役囚が何人も脱走したときにも、ここに来た。混沌、戦闘、警報、地獄に対処するための部屋だ。今回は自分しかいない。が、感じていることは変わらない。なにが起きてもおかしくないと思う。惨憺たる結果になるかもしれないと感じる。これからこの画面でなにを見せられるのか見当もつかないが、それでも。

男。ひとりの男の姿が見えた。折り目正しい、いかにも信用できそうな姿。外見も、振る舞いも、CNNのスタジオでニュースを読むほかのキャスターたちと、まったく変わらない。同じ人物がさまざまな服で梱包されているかのようだ。ジョージア州、アトランタ。エリック・ウィルソンも行ったことのある街だ。初めて軍事基地FLETCでの研修に参加したときに、さほど遠くなかったから、警察の用事で訪れた。あのスタジオは、いま自分がいる場所とよく似ている。危機がやってきて、混沌と警報と地獄が襲いかかってくると、なにかが起きる——スタッフのエネルギーレベルが上がるのだ。みなが注意深く、鋭くなる。ニュース番組の制作現場と、警察署。中にいる人間は違っても、彼らを駆り立てるものは同じだ。負の力、燃やしたり傷つけたり殺したりする力があって、初めて機能する。

始まった。

ニュースキャスターの肩の上に映っている画像が変わり、車の残骸が映し出された。キャスターの髪の生えぎわの上で〝速報〟の文字が回転し、彼の両手のあたりでべつの文字列が逆方向にまわっている——〝下院議長が拉致され、人質に〟

ぐるぐる、ぐるぐる。キャスターがなにか言おうとしているが、理解できない。

「エリック、見てる？」

内ポケットの電話。また、彼女の声。

「ああ」

「よかった」

「だが、いったい……」

「そのまま見てて」

それだけで、スー・マスターソンは電話を切った。前回と同じように。プリペイド式の携帯電話。追跡できない場所からかけている。

〝そのまま見てて、って――なにを？〟

テーブルの上に、ミネラルウォーターのボトルが二本置いてある。ウィルソンは片方を開け、ごくごくと飲んだ。キャスターの両手の下にあるテロップは、ずっと同じ勢いでまわりつづけている。アメリカの下院議長が拉致された？　自分がその文字列を正しく読めているのか、その意味を理解できているのか、確信が持てない。アメリカで大統領と副大統領に次ぐ権力を握っている政治家が、囚われの身になったというのか？　だとしたら、確かに世界的なニュースだ。それは理解できる。が、自分にどう関係があるのかはわからない。

折り目正しい、いかにも信用できそうなニュースキャスター、ほかのキャスターとそっくりな彼の姿が、編集された映像に切り替わった。彼の声ではなく、なにかを叩いているような勢いのある興奮したべつの声が流れだし、スタジオではなくコロンビアの詳しい地図が映し出された。それが、アマゾン熱帯雨林の端のほうの地図になり、全焼した車を遠くから映した映像になった。

カメラが近づいていき、映像はさらに細部を映し出した。炎に焼きつくされたトラック、乗用車、バイク。まわりの草むらに広げられた毛布。その下にあるのは――動かない人間の体だ。黒いズボンに黒い革靴をまとった足が、布の下からいくつも突き出ているのがはっきり見える。それから、ミリタリーグリーンの軍服にごつい軍靴をまとった足が、これも複数。紺色の制服に先のとがったブーツをまとった足も、複数。エリック・ウィルソンはさっき階段で段数をかぞえたときのように、無意識のうちに足の数をかぞえていた。アメリカのセキュリティー・エージェントが十二人、コロンビア軍の軍人が十五人、コロンビア警察の特殊部隊員が十四人だ。

なにかを叩くような声が、麻薬取引に対抗する戦争の話をしている。その闘いを指揮していたのが、クラウズ下院議長だった。手入れの入ったコカイン・キッチンを訪問中だった。彼を襲って拉致したのはPRCゲリラで、一時間ほど前に犯行声明が出た。

だんだんわかってきた。どういうことなのか、どういうかかわりがあるのかはわからないが、だれの話かは確信できた。

コロンビア。コカイン。死。

パウラだ。

スタジオのキャスターに映像が戻る。きっちりとかしつけられた髪のあたりに、いまなお〝速報〟の文字が躍っている。が、下の文字列は変わっていた。

〝アメリカ、次なる対テロ戦争を宣言〟

そして次のニュース映像が始まり、ウィルソンは次のミネラルウォーターのボトルを開けた。喉が渇くことなどめったにない。オフィスとコーヒーマシンのあいだを、リレー競争かと思うほどに代わる代わる行き来している、グレーンスや彼の部下たちとはまるで違う。だが、いまはどんなに水を飲んでも、それは喉も胸も腹もさっさと抜けて、底のない奈落へ落ちていくだけだ。なにひとつ浄化してくれはしない。

新たな声、最初の映像——ホワイトハウスの、あの見慣れた演台。映画にたびたび登場するそれを見て、ウィルソンはほんの一瞬、フィクションと現実の境目でぐらりとバランスを崩しかけた。やっぱりこんなこと、ほんとうに起きてなどいないのでは、という希望めいたものが生まれた。だが、ほんとうだった。これが現実だった。出てきた大統領はほんものの大統領で、しばらくしたらセットを出てスタジオを去り、駐車してあるトレーラーの中で次の場面にそなえてメイクを直す、そんな映画版の大統領ではなかった。深刻な事態に直面したアメリカ大統領の例に漏れず、この男もまた、必要なだけまっすぐにカメラを見つめてから、ちらりと下を見て存在しない紙切れを確認するふりをし、また顔を上げてプロンプターの文字を読んだ。マスコミ対策の訓練を重ねてきただけあって、適切な間を置き、声を低くして、〝国民のみなさん〟と適切な調子で口にした。画面上、右側の少し離れたところに、副大統領がいるのが見えた。大統領首席補佐官の姿もあり、いちばん奥の端のほうでCIA長官が待機しているのも見えた。権力の誇示。深刻な空気。フィクションからはあまりにも遠い。

そうして、いまになってようやく聞こえてきた。大統領の言葉。アメリカ国民が選んだ有力政治家に対する攻撃は、アメリカという国そのものへの攻撃にほかならない。テロリストとの交渉には応じない。テロリストの烙印を押されている、このPRCという組織、犯行声明を出したこの組織は、いまこの瞬間からアメリカの敵である。クラウズ下院議長が率いていた、麻薬取引に対抗する闘いは、これをもってわが国の戦争となった。PRC全般に闘いを挑むのではなく、組織の柱に的を絞って攻撃する。それこそがこの種の戦争に勝つ道だ。組織の構造を破壊すること。組織の主な資金源であるコカイン産業を破壊すること。

「スー？」

ウィルソンのほうから電話をかけたのは、これが初めてだ。

「待って」

「しかし……」

「すぐかけ直す」

彼女は電話を切った。また。ウィルソンはひとりきりで暗い会議室に立っている。光源は、閉まりきっていないカーテンのすきまから漏れ入ってくる、癇に障るあの光だけだ。彼はカーテンのひだを伸ばし、外を、世界を追い払った。いま起きつつあることは、ほかのだれとも関係のない、彼自身が引き受けなければならない闘いだ。いまから三年前、刑務所内での作戦が失敗に終わったあのときに、始まった闘い。自分が採用し、いつのまにか好感を抱いてしまい、大切に思うようになった、あの男を生かしつづけるのは、自分の責任だ。

新たな映像。ホワイトハウスの演台が消え、トランプの絵札が画面に映し出される。なにかの一覧表のようだ。

エリック・ウィルソンはテレビに近寄った。

まず、赤いハートがひとつだけついた絵札の映像——ハートのエース。だが、その中央に、〝最高司令官〟の文字と、顔がひとつはめこまれている。ぼやけた写真に写っているのは、大きなベレー帽らしき緑色のものをかぶった男。誇らしげな顔で、褐色の瞳がこちらを凝視している。下に、男の名前。ルイス・アルベルト・トレス。その下に、彼の別名、

〝ハコブ・マジョ〟。

テレビの声の説明によれば、このゲリラ指導者は本日をもって、新たに策定された殺害対象者リストの筆頭に挙げられることとなった。ＰＲＣの権力者または危険人物として、

FBIとCIAが特定した、十三名から成るリストだ。

ひとりずつ、トランプの絵札という形で披露される。

これから殺す、あるいは生け捕りにする、敵。

映像がハートのエースからハートのキングに切り替わった。殺害対象者リストの二番目に載っている男、〝アマソナス・ブロック司令官〟。幅の広いスカーフを額に巻き、あごひげをぼうぼうに生やした若い男、どうやらパスポート写真のようだ。ファン・マウリシオ・ラモス、別名〝医者《エル・メディコ》〟。今度はハートのクイーンが現れた。〝思想家〟とある。四十歳ほどの女を写した白黒写真、場所は薄暗いジャングルの中だ。背が高くほっそりしていて、映像によれば名前はカタリナ・エラドル・シエラ、別名〝モナリザ〟。また切り替わって、今度はハートのジャック、肩書きは〝殺し屋《ヒットマン》〟。先住民族の血を引く角張った顔に、美しい紐でまとめられた縄のような長髪。ジョニー・サンチェス、別名〝混血《エル・メスティーソ》〟。

テレビ番組として実に効果的だ。ありありと伝わってくるものがある。全員が危険人物に見える。視聴者は、この全員が死ぬ運命にあるのだと知る。

ウィルソンは前にも一度、こういう放送を見たことがある。アメリカがイラクに侵攻したとき。最重要指名手配者五十二名を紹介するのに、トランプの絵札が使われた。〝スペードのエース〟ことサダム・フセインの処刑の映像は、いまだ記憶に新しい。あのときと、同じ伝え方。同じ戦略――敵の組織をはっきりと絞りこみ、少しずつ崩していく。ハートのジャックが、ハートの十になり、九になり、八になった。シエロ・ブロック司令官が、ファニータ・ブロック司令官になり、銃器担当者になり、爆薬・弾薬の担当者になった。

あのリストに載った人物はみな、もはや法に守られない身だ。

あいつらを殺せば、褒美をもらえる。

カウントダウン。そう感じる。なにかに向かってカウントダウンしている。なにかはわからない。

答えはすぐに出た。

テレビ画面に映し出された――ハートの七。

そのときエリック・ウィルソンが感じたのは、不安でも恐れでもなかった。そんな言葉ではとても足りない。これは、頭頂に突き刺さり胸を貫いて腹まで達する剣だ。彼には子どもも妻もいない。だから近しい人を失うことを恐れた経験はないし、自分自身を失うのはなんでもないことのように思える。その日が来てもなるようにしかならない、老いたエネルギーが新たなエネルギーに変化するだけだ。が、いま、彼は初めての経験をしている――大切に思っているだれかを、ほんとうに失ってしまうかもしれない、そんな恐怖を感じている。

座りたい。だが、脚が動かなくて座れない。立ちたい。だが、脚に力が入らず、それもできない。彼は前のめりになって会議用テーブルに手をつき、そうやって体を支えた。

ハートの七。

壁のかなりの部分を占めている、プラスチックの枠に囲まれたテレビ画面、その全体に映し出されている。

この絵札だけ、ほかのどの絵札よりもはるかに長いあいだ、画面に映っていたような気がした。顔写真はなく、中央にあるのは黒いシルエットだ。その上に、肩書き。〝軍事教官／ボディーガード〟。その下に、別名。アメリカ側が把握している唯一の名だ。

〝スウェーデン人《エル・スエコ》〟

やがて、そのシルエットの中から、上空から撮影されたかなりぼやけた画像が徐々に浮かびあがってきた。人工衛星からの画像にちがいない。男がひとり、トラックから降りてくるところを映した一連の画像。銃を持っていて、トラックの荷物を守っているのだろうとはっきりわかる。

ウィルソンは思い出した。人のいない改装中のマンションで、潜入者とその監督者として重ねた会合。夜中に電話で話したこと。あのときは生死がかかっていた。パウラがとある組織の中枢まで入りこんで、いまこそ攻撃を仕掛けて排除にかかるタイミングだ、と話してくれた。

きみなのか。エル・スエコ。パウラ。

「いったいどうされたんです？」

ドアが開いている。当直リーダーが戸口に立って、こちらを見ている。

「いや……どうして？」

「叫んでいらしたので」

「叫んでいた？」

「ええ」

確かに叫んでいたらしく、喉がひきつるのがわかった。まったくの無意識だった。

「いや。聞き間違いだろう」

「叫んだのがあなたでないなら、瓶を割ったのもあなたではないのですか？」

エリック・ウィルソンは当直が指差す方向に目を向けた。ミネラルウォーターのボトルの片方が落ちている。小さな、小さなかけらとなって。壁に投げつけられて割れ、床に落ちた結果のように見える。床はいまや細かいガラスの破片に覆われ、テレビの光に照らされて輝くベールとなっていた。

相当な力で投げつけたということだ。

「念のために見に来ただけです。もうお邪魔しません」

当直はエリック・ウィルソンを見つめ、うなずき、ドアを閉めた。ウィルソンはゆっくりと息をついた。制御しようとした。

これでわかった。

パウラ。殺害対象者リスト。

あまりにも長いあいだ、行き先を求めてさまよっていたアドレナリンに、ようやく方向が与えられた。外側では叫び声となり、壁に投げつけられたガラス瓶となったものが、内側ではどくどく脈打つ苦痛となった。心臓のあたりが締めつけられる感覚。腹のどこかを繰り返し刺されている感覚。恐怖ではない。怒りではない。すべてだ——すべてが同時にやってくる。

ガラスの上を歩くとジャリジャリと音がした。リモコン。見つからない。あれも投げてしまったのだろうか？ テレビの黒いプラスチック枠を目でなぞると、なにも記されていない小さなボタンがいくつも隠れていて、彼はそれらをひとつずつ押してみた。音量が上がり、ザーッと砂嵐が現れ、右端でなにかが点滅し、そしてついに、しつこく迫ってくるニュースキャスターの深刻な声が消えた。あたりはしんと静まりかえった。すべてが静止していた。

やがて、また電話が鳴った。

「エリック、私は……」

「どうして彼が殺害対象者リストなんかに載っているんだ！」

「それは、私たちもあなたと同じように仕事を進めているから。偽情報を利用しているから」

「だが、殺害対象者リストだぞ、よりにもよって！」

「私たちが半年前、彼をあのリストに入れたとき、あれはまだ殺害対象者リストじゃなかった。あなたもそれは知っているでしょう。あのリストを流用するとだれかが決めたから、ああなったのよ」

確かに、スウェーデンの警察はそういうふうに仕事を進めている。アメリカの警察もそういうふうに仕事を進めている。潜入者は、潜入先の組織で信用されなければならない。犯罪者として有能な人間と評価され、受け入れられなければならないのだ。スウェーデンで、エリック・ウィルソンは自らピート・コスロフ・ホフマンをスカウトし、何年もかけてその人物像をつくりあげた。警察の捜査記録や被疑者名簿に重大な犯罪を書き加えたり、裁判所の記録簿を改竄して、彼の懲役刑が実際よりも長く、重い刑だったかのように見せかけたり、刑事施設管理局の名簿に、暴力的、反社会的、などといった記述を付け加えたりして、ピート・ホフマンは凶悪な犯罪者であるという神話を徐々に築きあげた。その結果、閲覧できる資料を見た人はだれしも、ホフマンはスウェーデンでも指折りの危険人物である、と確信するに至った。

法治社会の土台となる情報。それを改竄することが、仕事の一部になっていた。

アメリカのDEAが使っていた道具は、FBIのホームページに掲載されているリストだった。〝最重要指名手配者〟のコーナー、〝麻薬〟の項目に載っている、コカイン取引を牛耳る有力者たちの一覧。いまやテロリストの烙印を押されたPRCに対抗する、いわゆる〝対麻薬戦争〟の一環として、クラウズ委員会の主導でつくられたリストだ。

「エリック」

「なんだ」

「あのリストに載せるのがいちばん簡単だし、いちばん手っ取り早いと私たちは判断したの。あの時点で、ホフマンは一年半にわたって潜入捜査を続けていた。あなたが請けあったとおりの有能な人物だった。いいえ、それ以上かもしれない。彼の情報はいつも合っていた。そのおかげで、輸送をいくつもストップすることができたし、コカイン・キッチンもいくつか爆破できた。潜入捜査員の中でも、あそこまで中枢に近づいた人、信用を勝ち得た人は彼以外にいない。でも、さらに一歩、先へ進んでほしかった。サンチェスの先へ、組織の中枢へ、さらに食いこんでもらう必要があった」

直接連絡を取りあうのが難しいので、ウィルソンはときどき、スウェーデンの警察本部内にある自分のオフィスで、エル・スエコと呼ばれる人物についての情報を検索していた。そして、FBIのホームページで初めてその名に行き当たったとき、どういう事情でそうなったのかを完璧に察した。リストの七番目。PRCの危険人物を集めた最重要指名手配者リスト。あまり目立たないよう中ほどに配置されてはいるが、前後にある名前から彼の地位の高さがうかがえるようになっている。これがPRC上層部の目に入り、FBI、ひいてはアメリカという国そのものが、彼をそこまで高く評価しているのだと判断された。そうして彼はさらに信頼され、組織のさらに奥深くへ入りこめるようになった。敵が貴重な人材と認めたのだから、実際にそうなのだろう、というわけだ。周囲が鏡となってその人物像を裏付け、彼の評価も地位もさらに上がった。

「ほんとうのことを知っているのは、私と、私が選んだアメリカ側のハンドラー、そしてエリック、あなただけ。真実を知る人が多すぎると、それが広まるリスクも高くなる。だから表向きには、彼もアメリカに敵対する主な人物のひとりということになる。あのリストを見る人はだれしも、そうとしか思わないはず。これは私たちがいい仕事をした証でもあるのよ、なんとも不条理なことだけれど。私のはるか上の上司たち、アメリカという国を率いる人たちですら、なにも知らないんだから」

「スー、そんなことは言われなくても、この僕がだれより理解している。だが、わからないのは……どうして、いったいどうして、あのリストがあんな形で公になる前に知らせてくれなかった？」

「私が知ったのも、あなたが知るほんの数分前だったから」

潜入捜査員の別名を、ＰＲＣの危険人物十三名のリストに紛れこませた。すべて計画どおり、順調に進んでいた。アメリカ有数の権力者である政治家が襲われ、拉致されて人質となるまでは。危険人物リストが、殺害対象者リストに変えられてしまうまでは。

「彼をあそこに入れることを決めたのは私よ、エリック。だから、これは私の責任」

そのとおり、彼女の責任だ。スウェーデンで行われた同様の措置が、彼の責任であるのと同じように。

「大統領首席補佐官と副大統領に頼んで、ミーティングの約束を取りつけた。いまからほぼちょうど三時間後に会う予定よ。そこで、ちょっと……手違いがあったことを伝える。私たちのために働いてくれている人が、間違って敵にされてしまったと説明する。そのあいだに、エリック、あなたはストックホルムのアメリカ大使館に行って。ミーティングの前に、こっそり把握しておきたいの。向こうがどこまで知っているのか」

「向こう？」

「ホワイトハウス。ピート・ホフマンは死ぬべきだと決めた人たち」

まだ何時間もある。女はそう言っていた。

ティモシー・D・クラウズ下院議長には、なんの見当もつかない。

肩、背中、腰、尾てい骨。もうずいぶん前から感覚がなく、痛みすら感じない。だが、周囲の連中はなにかベンチのようなものに座っているらしく、荷台に直接座らされているのが自分だけであることはわかった。

ブレーキがかかるたび、ハンドルが切られるたびに、鋭くもぎくしゃくと放たれる鞭のごとく、筋肉や骨に衝撃が伝わる。道路がぼろぼろになっているせいだ。もう何度もぬかるみにはまっていて、連中が荷台から飛び降りて重い車を揺らし、泥から押し出そうとしているのが、荷台への打撃や波のような浮き沈みで伝わってくる。

やがて眠りの世界へ漂いながらも不安は消えず、思考や意識をなんとか把握しようとしていた。目が覚めたのは、甲高い、とがった笑い声が、耳覆い越しに聞こえてきたからだ。

なにが起きているのか、すぐにわかった。兵士のひとりが立ち上がり、彼の体をまたいでゆらゆらと立っている。道路にあいた深い穴や急カーブを受け流してバランスを保ちつつ、クラウズの胸、首、顔、髪に向かって放尿した。べつの兵士が脇から彼の胸郭を蹴り、片言の英語で〝起きやがれ〟と叫んだ。またべつの兵士が〝こいつ小便漏らしやがったぜ〟と叫び、三人目、女の声が〝おむつしてなきゃなんないのにスーツなんか着ちゃって〟と言った。さまざまな音程の笑い声が不協和音を奏でていて、メリーランド州の自宅あたりにいるカササギを思い出す。紙袋の中身をめぐって争い、乾ききったパンの最後のひと切れをくすねた仲間に向かって、ぎゃあぎゃあと大きな声をあげるのだ。

クラウズはまた寝入った。空、緑の葉、輝く太陽、そんな支離滅裂な断片ばかりが記憶に残っている。車はぬかるみを抜けたところで一度停まった。クラウズは目隠しをずらそうと額を鎖骨に押しつけ、すきまから外をのぞくと、路肩にPRCの歩哨がいるとわかった。そのあとは、だんだん暗くなってきた。光がいっさい入ってこない。ジャングルは、すきまなく閉ざされた天井、三十、四十、五十メートルの高さまでそびえる木の壁となった。

それから、ベースキャンプをひとつ通過した。それは間違いなさそうだ。だれも見ていないときに頭をひねり、耳覆いを耳殻の斜め上にずらした。聞こえた言葉はまず〝モンテ〃――原生林、それから〃カレタス〃――小屋。そのあと、なにやら不思議な音が聞こえた。舌鼓を打っているような音。なんの音かは知っている――〃チュルキアダ〃、ゲリラ兵士たちが猿を手本に覚えたシグナル、キャンプの全員に起床時間を告げる音だ。

鼻息荒く不満げな声をあげていたトラックが停まった。またか。が、今度はほんとうに停まった。エンジンが切られ、トラックキャビンのドアが開いた。ジャングルの感触が伝わってくる。湿気、におい。どうやらまだコロンビアにいるようだ。もちろん推測にすぎないが。

耳覆いを剝ぎ取られ、上腕を両方とも乱暴につかまれて、寝ていた状態から引っぱり上げられ、トラックの荷台から突き落とされた。これまでとは違う声がいくつも聞こえてくる。前ほど数は多くない。クラウズに小便をかけ、カササギのように騒いでいた連中の声が、もっと年上らしい、かすれた深い声に変わった。彼に聞こえる音、これがいまの彼の現実であり、テロリストたるゲリラ兵士たちにとってのいつもの現実だ。腕をつかんできた手が背中を押す手となり、一行はクラウズを前に突き飛ばしながらぬかるんだ小道を進んだ。彼は足をすべらせて転び、額と片脚をしたたか打った。角張った石が彼のひざに思い切り命中した。

そして、クラウズは思った――トラックのエンジン音が遠ざかったいま、なんとさまざまな音が大きく聞こえることだろう。何千と飛んでいる虫の羽音が合わさって、くぐもったブーンという音になり、体の中まで入りこんできて、骨や腱まで震わせる。頭上をバタバタと飛びまわる何百もの鳥たち、その鳴き声。猿たちの単調な叫びが、アマゾン熱帯雨林の中の空き地から空き地へと、響きわたっては跳ね返る。

さらに何度も背中を強く押された。やがて何者かがクラウズの胸を両手で押しとどめて彼の歩みを止めると、ナイフで彼の目隠しを切り裂き、布ははらりと地面に落ちた。

ぬかるんだ小道を歩いてたどり着いたのは、キャンプの中央だった。武装した見張り役が四隅にいる。家が、というより掘っ建て小屋がいくつも散らばり、なにかの模様を成している。後ろにも前にも兵士がいるが、全員が同じ服装で、迷彩柄の軍服に、ひざまである泥まみれのゴム長靴を履いて、自動銃を肩から掛けていた。ＡＫ47だろう、とクラウズは推測した。これは見ればわかる。

すぐに移動できるキャンプ。そういう印象だ。いつでもすばやく分解し、どこかべつの場所で組み立て直せる。

指輪をはめた指でクラウズの胸をつついている男は、背が低く肥満体だ。年齢は判断がつかない。二十五歳でも四十五歳でもおかしくない、そういうたぐいの男だ。消えることのない汗の膜で、顔がてかてか光っている。それはほかの連中も同じだが、この男の場合、その膜が何層も重なっているように見える。新しい汗の下に、古い汗の層がある。だが、なにより気になるのが、その瞳だ。心配げな目だが、ほんとうに心配しているわけではない。心配そうな顔をしてやれば、人は好ましい反応を返してくるものだと学んだから、そうしようとしているだけだ。

「セニョール・クラウズ。いや……オムツ下院議長と呼んだほうがいいかな？　なんにせよ、ようこそ。俺の名はマクシミリアーノ・クベロ。PRCの特別戦線を率いている。司令官と呼んでくれてかまわないぞ。ほかの囚人たちはみんなそう呼んでいる」

声も、瞳と同じだった。穏やかに、友好的に聞こえる。人は穏やかで友好的な声を好むものだと学んだから、そういう声を出そうとしている。

その声が大きくなった。力の入ったようすで、斜め後ろにいる男のほうを向いて命令を下している。階級章を見るに、おそらく副司令官。この男も司令官のような声を出すよう努めつつ、隙のない気をつけの姿勢で斜め後ろに並んで立っている男ふたりのほうを向いた。ふたりとも命令に耳を傾け、トタン屋根の木造の小屋に向かって歩きだした。この小屋だけが、ほかの建物と違っている。壁の全方向がきちんとふさがっていて、ほんの少しだけあいたすきまに、ドア代わりの格子がはまっている。司令官はクラウズの脇腹をひじで強く突き、その小屋を指差した。

「下院。あの小屋は、今後そう呼ぶとしよう。どう思います、下院議長殿?」

檻《カレタ》。まぎれもない檻だ。それ以外のなにものでもない。床に藁のマットレスが見え、そのとなりに、食べ物を入れるプラスチック製のボウルが置いてある。そして、初めは見えていなかったが、檻のいちばん奥の隅に――人がひとり。座っている男は、ひどい栄養失調状態で、ひげも髪もぼうぼうに生えたまま、ぼろ布と化したシャツはほとんど原型をとどめておらず、スーツのズボンはひざのあたりで切られ、痩せ細った腰に細いロープを巻いて留めてある。命令を受けたゲリラ兵士ふたりが南京錠をはずし、格子扉がギーッときしんだ。ふたりが中に入り、それぞれ手を男のわきに差し入れて、男をぐいと立たせ、引きずるようにして外に出てきた。

「会ったことは?」

司令官の目は心配げで、声は友好的だ。

「ないなら紹介しよう。こちらはアメリカから来たセニョール・クラウズ。こちらはセニョール・クラーク、同じくアメリカの出身だ! どうだ、会えてうれしいだろう? こんな異国の地で、なあ?」

クラーク。ティモシー・D・クラウズはその名に覚えがあった。現在、PRCのあちこちの収容キャンプで人質となっている二百五十四人のアメリカ人の中でも、とくにマスコミに注目されている人物のひとり。実は会ったこともある。ワシントンDCで行われた、とある祝宴と、そのあとの記者会見。四年前。いや、五年前だろうか。つまり、そのころから彼はここにいるわけだ。キャンプからキャンプへ、ジャングルの中を移動させられてきた。クラウズが近寄ると、その顔に、あのとき存在していた男のかすかな痕跡が見えた。

「よし。これで紹介は済んだ。次は別れの挨拶だ」

なんと奇妙なことだろう。トラックの荷台に乗せられていたときから、ずっとそう思っている。自分は怖がってしかるべきだ。なのに、怖くない。いまは、まだ。感じているのはむしろ、憤りだ！　腹が立ってしかたがない。

司令官が副司令官に向かってうなずくと、副司令官はすぐさま痩せ細った囚人を突き飛ばし、数少ないひらけた草むらのひとつまで連れて行った。軍服のズボンのサイドポケットから、移動中にクラウズがさせられていたのと同じ黒い目隠しを取り出すと、それでクラークの目を覆った。司令官が近寄っていき、あとを引き継ぐ。クラウズはこのときになって初めて、彼がほかの連中とは違う黒いブーツを履いていること、チリン、チリンと鳴っているのはきれいに磨かれた、両側に赤く輝く石の入った星形の拍車であることに気づいた。司令官は右腰に提げていたリボルバーを抜き、クラークの頭に向けると、骨と皮ばかりの顔の前でぐるりと円を描いてみせてから、左のこめかみに強く押しつけた。兵士たちがまた声をあげ、口を揃えて騒ぐ。〝ムエルテ〟。死《デッド》。念のため、英語でもそう言った。司令官はリボルバーをクラークの頭に向けたまま、クラウズのほうを振り返って、新しい囚人がちゃんと見ていることを確かめた――使い古された囚人が処理される場面を。司令官が人差し指に力を込めるところを。撃つところを。〝これが私のいまの現実、テロリストたるゲリラ兵士たちの日常〟。銃弾で開いた穴から、血液と脳脊髄液が圧迫されて噴き出し、司令官の軍服を汚した。それが司令官の予想どおりだったから、一同はさらに大声で笑った。そして、クラークは倒れた。ばったり倒れたのではない。汚れて傷だらけになったその体はむしろ、倒れるかどうか決めかねているように見えた。ひどく緩慢な動きで、まるで水中を沈んでいるところを捕らえられ、そこで降参し、身体機能が断ち切られて、生きる意志だけではそれを取り戻すことができなくなって初めて、また沈みだしたかのようだった。

「次」

副司令官が張り切ってクラウズのもとに駆けつけ、さっきクラークを突き飛ばしたのと同じように、下院議長を同じ草むらに向けて突き飛ばした。どうやら倒れたクラークのすぐそばに立たせたいようだ。

「ゲリラ内で出世するいちばんのメリットはなにか、わかるかい、オムツ下院議長？　他人に命令を下せるようになることだと思うか？　それとも、俺みたいに……司令官《エル・コマンダンテ》になること？　まあ、確かにそれも悪くないよ。ここまで登りつめるのはいい気分だ、それは否定しない。いい気分は大歓迎だ。しかしな、いちばんのメリットはそこじゃない。なにより最高なのは、オムツ下院議長、相当な地位まで登りつめたアメリカ人を処刑するのが、俺の仕事になるってことだよ。このあたりでやらせてもらえるのは俺だけだ。ほかの連中があんたを殺すことはできない。俺のために生かしておかなきゃならない」

司令官は拳銃を掲げ、汚れを落とすように銃口を人差し指でこすってから、副司令官のほうを向いてうなずいた。副司令官は、クラークの死んだ顔の下にずれた黒い目隠しをはずし、それをクラウズの頭に移すと、目を覆って縛った。

また真っ暗になった。

伝わってくるのは、音、におい、だれかが動いたときの震動だけだ。

そして、また聞こえてきた。一同の笑い声。〝ムエルテ〟。リボルバーの丸い金属の銃口がこめかみに押しつけられるのを感じる。右だ、と考える暇はあった。クラークは左だったのに、と——その瞬間、引き金が引かれた。

エリック・ウィルソンは走った。県警通信指令センターの暗い会議室を出て、階段を上がり、警察本部の廊下を抜けて、自分のオフィスへ。隅に置いてある細長い戸棚、いつもは開けることのない、忘れ去られたロッカーへ向かう。制服の掛かったハンガーが八つ。久しぶりだ。これを着るべきとされるフォーマルな場でも、まったく着ていなかった。自分らしくないとしか思えなかったから。だがいまは、いちばん端に掛かっている制服からクリーニング店のビニールを剝ぎ取り、着替えて、また部屋の外へ飛び出した。いまごろ中にいるはずだった会議室の閉ざされたドアの前を素通りしながら、ほんの一瞬、理事会とのミーティングに出ていればよかった、と思った。あの電話さえ取らなければ、いまも知らずに済んでいたのに——友人であり、自分が責任を負っている相手でもある男が、法に則ってだれにいつ殺されてもおかしくない身になった。法によって守られない存在になったのだ。またもや。

　今度のドアは開けた。出動隊の詰所だ。忙しそうにしている同僚たちに挨拶しながらそばを通り過ぎ、奥の部屋、現場指揮官の部屋へ急いだ。鍵を収納する大きなキャビネットが半開きになっているのはよくあることで、ウィルソンは真ん中あたりに掛かっている鍵束をひとつつかんだ。出ていこうとしたところで、出動隊のリーダーに大声で呼びとめられた。

「ちょっと、いったい……どういうつもりですか」

「パトカー、一台借りますよ。二時間ほど」

「あのねえ――私が率いるこの部署では、そういうことは先に許可を求めるものと決まってるんですが！」

　だが、ウィルソンは早くも廊下の暗がりに、階段のうっとうしい明かりにのみこまれていた。制服。パトカー。これから三時間以内に、スー・マスターソンが最善手をひねり出すのに必要な情報を集めなければならない。手持ちのカードを、ピート・ホフマンことハートの七のカードを、いったいどう使えばいいのか。そのためには、真剣に受け止めてもらう必要がある。これは重要なことだというシグナルを発して、閉ざされた大使館の建物の中に入れてもらわなければならない。

　地下駐車場から出る短い坂道を上がり、遮断桿のある守衛室まで車を進める。青色灯もサイレンも動員し、加速してハントヴェルカル通りを進んだ。

PRC。

これまでの数十年間、さまざまな国籍の人々を拉致してきたコロンビアのゲリラ。アメリカ人、スカンジナビア人、日本人、フランス人。解放までのプロセスは往々にして何年にも及び、被害者はそのあいだ、部外者には把握しようのないジャングルの中で、檻に閉じこめられて過ごすことになる。だが、今回はそういう話ではない。ティモシー・D・クラウズ。下院議長。権力。アメリカは動かざるをえない。

こうして、なにもかもが変わった。

エリック・ウィルソンはなかなか進まない車のあいだを縫って進み、歩道を走って市庁舎の前を抜けた。自転車専用レーンを使って内閣府の前を通ったところで、パウラの死刑宣告と逃亡生活が、まさにこの建物の中、絶対的な権力のうごめく廊下で始まったことを思い出した。パウラを連れて、法務省の政務次官と警察庁長官に会い、パウラがスウェーデンの重警備刑務所内でポーランド・マフィアへの潜入捜査を行うにあたって、その任務を支援すること、彼がなにをしても罪に問わないことを約束させたのだ。ウィルソンは、約束を破った連中、保身のため人の命を犠牲にしようとした連中に向かって、中指を突き立ててやりたいという子どもじみた衝動にかられたが、ぐっとこらえた。あいつらにはそんな価値もない。それに、彼らはすでに罰を受けてもいる。この十年でもっともマスコミに注目された裁判で、有罪を宣告され、ホフマンを見捨てて死なせかけたのと同じ刑務所の独房に、自ら収容されることになったのだ。ウィルソンは歩道と車道を交互に走りながらグスタフ・アドルフ広場までたどり着いた。が、そこで急停止を強いられた。苛立ってエンジンをふかし、もくもくと二酸化炭素を排出するたくさんの車が、生きた壁となって立ちはだかっている。外務省と王立歌劇場、国会議事堂や王宮を隔てる、美しいロータリー交差点。首都の心臓ともいうべきこの場所が、急に血流を止められて苦痛にあえいでいる。青色灯にもサイレンにも効き目はなかった。ダッシュボードの時計を見つめる。一分待ち、また一分待った。それから、前、後ろ、側面の金属板をガン、ガンと打ちあわせ、車列からむりやり抜け出して、ロータリー交差点をまっすぐに横切った。中央に置かれた花壇にぶつかり、街を指し示している王の銅像の台座にもぶつかった。歩行者用の小道でスピードを上げてクングストレードゴーデン公園を横切ると、ついぞ名前を覚えたことのないバス通りを走って、ニューブロープラン広場までたどり着いた。その真ん中で、電話がまた鳴った。

「スー、いまはだめだ、移動中で……」

「がっかりさせて申し訳ないんですが、スーではありません。クロノベリ拘置所からかけています。所長です」

ざらついた、深い男の声だ。ヘビースモーカーにちがいない、とウィルソンは思った。

「こちらこそがっかりさせて申し訳ないが、いまはスーとも拘置所の所長とも話をする時間はないんです」

「いやいや、あなたに大いに関係のある話ですからね。聞いてもらいますよ、ウィルソンさん。いま、ここの独房に入っている中に、ひどい騒ぎを起こしているのがいましてね。ここに来て、そいつの身元を引き受けていただきたいんです」

「いったいどうして僕が？　悪いが、切りますよ……」

「おっと、切らないでくださいよ。あなたの監督不行き届きですからね」

「なんだって？」

「あなたの部下ですよ。あなたが税金で給料をもらって面倒を見ている部下。外でろくでなしを追いかけているべき部下です。それなのに、本人がここに入るなんて」

「いったい……なんの話ですか？」

「やっと聞く気になりましたか」

「さっさと話してください！」

「みんなの人気者、エーヴェルト・グレーンス警部です」

「はあ？」

「引き取りに来てください。五番独房にいます。逮捕されたんです」

ストランド通り。海の始まりであるこの水辺は、季節にかかわらず美しい。

「グレーンスと言いましたか？」

「そうですよ」

「グレーンス警部？」

「ええ」

「意味がわからないんだが」

「オーゲスタム首席検察官の出した逮捕状によれば、グレーンス警部には銃刀法違反と公共治安擾乱の容疑がかかっているそうですよ」

ユールゴード橋との交差点で赤信号になり、ウィルソンはスピードを落として車の列を迂回すると、いくつもの大使館が互いに影を落とすようにそびえている高級な界隈へ車を進めた。

「二時間ほど待ってください。そうしたら時間ができます。それまで閉じこめておいてくれてかまいません」

「ひどい騒ぎなんですが」

「いまは時間がないんです」

「うちの職員が面倒を見なきゃならないんですよ」

「どうしても落ち着かないなら……僕からの伝言を伝えてやってください。縞模様がよく似合っていますよ、と」

エリック・ウィルソンは、サイレンを止めるのをわざと遅らせ、守衛室の前に車を停めるまで待った。中には制服を着た短髪の警備員が何人も詰めていて、スウェーデンのど真ん中でアメリカの断片を守るその肩や袖に、大きなワッペンがついている。ウィルソンはしばらく車内にとどまった。だれだろう、と思わせたい。パトカーがここに来るなんて、いったいどんな用事だろう、と。そうして、これから車を降りるスウェーデンの警察幹部は、中に招き入れなければならない相手である、と思わせたい。質問に答えている暇などないのだから。閉ざされた建物の並ぶ界隈で、ウィルソンは秒数をかぞえた。フロントガラスの向こう、少し離れたところで、イタリアの国旗がはためいている。そのとなりでドイツの旗が翻り、あちらにはイギリスの旗が見える。道路の反対側には、スウェーデン最大のテレビ局、公営テレビへの入口を示す三角旗。そしてここ、サイドウィンドウのすぐ外には、斜めに置かれたコンクリートブロック、スチールの高いフェンス、あたりを見張る監視カメラ、実弾の入った自動銃、失せろ、と言いたげな敵意たっぷりの態度。頭に浮かんだのはただひとつ、仕事でちょくちょく訪れる機会のある刑務所によく似ている、ということだけだった。なんという変化だろう。9・11のあと。アメリカは全世界を敵と認定してしまった。

パトカーのドアを開け、守衛室の閉ざされたガラス窓をノックした。そして、ふと疑問に思った――自分はいまも、かつてと同じ自分だろうか？　潜入者のハンドラーとして生きていた、エリック・ウィルソン。警察官として、こちらの役に立ってくれる人間とどう接すればいいか、どうすれば好かれ、信用され、こちらの求めるものを与えてもらえるか心得ていた、そんなエリック・ウィルソンは、いまの自分の中にもまだ棲んでいるだろうか。階級構造という網に搦《から》めとられて動けなくなっている警視正、いまのエリック・ウィルソンの中に？

自分にはまだ、この仕事をこなす能力があるのだろうか。

〝彼らが知りたがっていることを、僕は知っている。だが、彼らがいま知っていることはなんだろう？〟

いちばん手前に立っている警備員が質問を浴びせてくる。答えは自然と口をついて出てきて、ウィルソンはまたもやアドレナリンの奔流を感じた。が、さっきとは違って、痛みもなければ、恐怖もない。ずっと恋い焦がれてきたたぐいの興奮だ。こんなふうに感じるのはいけないことだとわかっている。大切に思う人が危険にさらされているのだ。動揺し、混乱していなければおかしい。それなのに、エネルギーが湧いてくる。スリルを感じる。いま、この瞬間に集中している。

〝僕はふたたび、生きている、と感じる。きみが死ぬかもしれないから〟

ガラス張りの守衛室の中で、警備員が壁のフックに受話器を戻し、軽くうなずいてから、重い鉄の門を開けた。だれに指示を仰いだにせよ、招き入れていいという答えが返ってきたわけだ。第一段階。エリック・ウィルソンは外郭警備ゾーン1を突破した。

大使館の玄関ロビーは、ありふれた歯科医院の待合室のようだった――中で警備にあたっているのが海兵隊員で、カメラがこちらの動きだけを追っているように見えることを除けば。外郭警備ゾーン2。愛想よく微笑んで椅子を勧めてきた女性が、さっきの守衛室の警備員と同じように、ウィルソンの警察の身分証をじっくりと検分し、ジェニングスがまもなく参ります、と言った。二十分後、ウィルソンが微笑む女性のオフィスの窓をノックし、どうなりましたかと尋ねたところ、もうすぐですから座ってお待ちください、という答えが返ってきた。さらに二十分が経ち、またノックする。もうすぐですから、座ってお待ちください。

「失礼、遅くなりました」

正確には、一時間と七分が経過していた。

「あなたのことを調べさせていただく必要があったので」

ジェニングス。ウィルソンと同年代だ。いや、それは希望的観測が過ぎるかもしれない。口ひげを生やし、ライトグレーのスーツを着た、この短髪の男は、おそらく四十にもなっていないだろう。

閉ざされた強化扉のひとつ。ジェニングスはそれを開け、中へ案内してくれた。外郭警備ゾーン3。なにはともあれ信用されたということか。新たな守衛室が現れ、カメラが増えて、兵士も増えた。警察の身分証を飾っている写真と、ウィルソンの顔が見比べられるのは、これで三度目だ。それから、所持品検査。ハンディスキャナーが好奇心たっぷりに彼の脚を、腕を、上半身をなぞる。

「どうぞお進みください」

短い廊下。行き着いた先は殺風景な部屋で、天井の電灯は人を青白く、病気かと思うような顔色に見せる。部屋の中央に、シンプルなテーブルと、同じくシンプルな椅子が数脚。それだけだ。

「面会室が、ここしか空いていなくてね」

よくもまあ、いけしゃあしゃあと。

ここは、力を握っている人間、握りつづけたい人間が、相手を不安なままにさせておくために使う部屋だ。ウィルソン自身、ピート・ホフマンを潜入者候補として選び、刑務所まで会いに行って彼に近づき、信頼を得ようとしたときに、こういう部屋を使った。そうして少しずつ段階を踏んで、彼の親友を演じるようになった。そういう仕組みなのだ。ハンドラーは潜入者の親友を演じきらなければならない。日々命を賭してまでも新しい情報をつかみ、伝えてくれる気になるように。

「エリック・カール・ウィルソン」

ジェニングスは顔も上げもせずにフォルダーを開き、書類をめくった。

「初めの四年は、巡査としてウプサラのパトロール隊勤務。それから七年、警部補としてヨーテボリの暴力犯罪課勤務。それから五年、警部として県警の情報部で情報提供者への対応にあたり、それから四年、ストックホルム市警で潜入捜査業務を担当。二年半前からは犯罪捜査部の部長を務めている」

「一時間でそこまで調べたんですか？　悪くないな」

「しかし、ここだけの話、これだけの情報であなたを招き入れたわけではありませんよ。スウェーデンの警察には正直なところ、あまり感銘を受けておりませんので」

「ここだけの話、正直に言わせてもらえば、私もさしたる感銘は受けていません。いまは部下である警部のひとりが逮捕されて拘置所に入っている状況です」

「だが、あなたはFLETCに五回滞在している。ジョージア州にある、警察の特殊訓練を行うわが国の施設に。人材スカウト、情報収集、証人保護、尋問技術などがご専門だそうですね」

まさにそこで、すべてが始まったのだ。ウィルソンはFLETCで学んだ知識を活かして、当時服役中だったピート・コスロフ・ホフマンを選んだ。そして、彼の懲役刑の根拠として記録された情報に、カラシニコフを何挺か加え、銃刀法に違反する重大な罪を犯したかのように装った。そうすれば、新たに危険人物のレッテルを貼り、制限を厳しくすることは簡単だった。ホフマンは一時外出を許されず、外界との連絡も禁止されて、はどなく絶望に追いこまれた。人との会話も触れ合いもなく数か月を過ごして、外への扉が少しでも開かれるのならどんな仕事でも引き受けよう、という心理状態になっていた。

「そこで、ウィルソンさん、あなたは最高点を叩き出している。評価も最優秀だ。われわれアメリカ人でも、これほどの成績を取れる人間はそういません。私には夢のまた夢でした」

ホフマンはパウラというコードネームを名乗り、エリック・ウィルソン警部の道具となった。スウェーデンの警察が利用し、使い捨てることのできる人間。ウィルソンも、同じく潜入捜査業務に携わっていたほかの警察官たちも、そういう考え方だった。表向きには、警察が犯罪者の協力を仰ぐことは禁止されている。が、犯罪者を使うのに勝る手立てはない――犯罪者を演じられるのは犯罪者だけなのだ。だからハンドラーである警察官はみな、パウラなりピアなりベリットなりの正体が潜入先の組織にばれて、彼らが命を狙われる身となり、いますぐ保護してほしいと警察に求めてきたとしても、知らんぷりを貫かなければならない、彼らを死なせるしかない、そう学んでいた。

〝道具。資源。きみは、そうあるべきだった〟

だが、ものごとはいつも思いどおりになるわけではない。

互いのことが、本来あるべき姿より、ずっと大切になってしまうこともある。

ウィルソンにはいまだにわからない。他人をこんなふうに大切に思うのは、いいことなのか、悪いことなのか。これほどまでに他人を気にかけるのは、いいことなのか、悪いことなのか。

「というわけで、合格ですよ、ウィルソンさん。だからここまでお招きした」

ジェニングスはスーツのボタンをすべて留めている。すらりとした体型の彼が、座り心地のあまりよくない木の椅子にもたれかかると、右腰のあたりがきつそうなのがはっきりと見えた。

銃をしまうホルスターだ。

武装しているのか。ここで？　デスクワークばかりの役人が？

「今度はあなたが説明する番です。ご用件がなんなのか」

〝あなたがなにを知っているのか知りたい〟

「ついさっき、アメリカのニュース番組を見たんですがね」

〝あなたの知りたがっていることを、僕はもう知っている。だがそのことを、あなたに悟られてはならない〟

「対テロ戦争のニュースでした。十三名を探し出して殺すという話で」

ジェニングスは木の椅子にもたれたまま動かない。が、耳を傾けてはいる。

「で……その十三名のひとり。ハートの七。〝エル・スエコ〟と呼ばれている男がいました。スウェーデン人、と」

「それで？」

「あなたがたは写真を手に入れていますね。ほぼ全員の写真を。パスポート用の証明写真や、刑務所での登録写真など、それなりによく撮れているものもあれば、ジャングルで撮影されたピンぼけ写真もあった。だが、この男だけ写真がなかった。正体をご存じないからですね」

「それで？」

「もし、仮にですよ。南米のジャングルに、エル・スエコと呼ばれている人物がいるのなら。そいつがほんとうにスウェーデン人である可能性もなくはない。そうなると当然、感銘を受けるに値しないスウェーデンの警察といえど、関心を抱かずにはいられません。いったい何者なのか。身元を特定できそうか。貴国の捜査を支援できないかどうか」

「支援？」

難しい綱渡りだ。知らなければならない。が、こちらが知っているということを悟られてはならない。

「そうです。支援です」

ジェニングスは微笑んでいる。北極を越えてすぐのところにあるちんけな小国の代表を前に、アメリカ人の役人がときおり見せる、あの皮肉な笑み。

「なるほど……具体的には、あなたがたがわれわれに、どのような支援をしてくださるんでしょうか」

綱渡り。信頼を得ること。疑いを抱かせないこと。かつては大の得意だった分野だ。

「ひとつ知っておいていただきたいことがあります、ジェニングスさん」

この役人が探し出してきた成績表が、まさにそのことを裏付けている。とはいえ、昔の話だ。昔すぎるかもしれない。

「スウェーデン。この国ほど、国民についてのデジタル情報を大量に保管している民主主義国家は、ほかにひとつもありません。その情報はさまざまな登録簿に分かれている。公になっている登録簿なら、だれでも検索できます。だが、閉ざされた登録簿もあり、あなたがたが調べたい登録簿も、おそらくそこに含まれる。権限がなければ手が届きません。したがって、あなたがたにはわれわれが必要なのです——エル・スエコがほんとうにスウェーデン人ならね。スウェーデンの警察は情けないものだが、登録簿を検索する権限は持っています」

ほんの一瞬、昔に戻ったような気がした。利用したい相手の信頼を得ること。少なくとも、相手にガードを下げさせ、耳を傾けさせること。

「もしほんとうにそいつがスウェーデン人なら、私はそいつを見つけられます。身元を特定できるのです」

エリック・ウィルソンは自信満々な声を出そうとした。だが、この声はもう、錆びついた、使い古された声なのかもしれない。

「まあ……あなたの上役の方々は、そういったことに関心がないのかもしれませんが」

ホルスターに入った銃。ジェニングスがさらに後ろにもたれたせいで、服がよけいにきつそうに見える。沈黙の中で、銃が外へ、上へ飛び出したがっているかのようだ。

〝やりすぎただろうか〞

ウィルソンはジェニングスの表情を読もうとした。四角い顔は、テレビに映っていたあの殺害対象者リストのひとり、先住民の血を引く男に似ていないこともない。とはいえ、ジェニングスのほうが肌の色は白いし、太い縄のような髪が顔を縁取ってもいない。そして、完全に表情を消している。なんの解釈もできない。

そのとき、ジェニングスが急に立ち上がった。エリック・ウィルソンの警察官人生についての書類フォルダーをつかみ、立ち去ろうとしている。

〝やはり、やりすぎだったか〞

「いいでしょう」

ジェニングスはウィルソンを見つめ、品定めし、値踏みし、吟味した。それからきつそうな上着のボタンをはずし、脱いで、さっきまで服を引っぱっていたものをあらわにした——完璧にアイロンのかかった白いシャツの上に、まるで大きすぎる喪章のような、黒革のショルダーホルスター。グロック22、これもホルスターと同じように黒い。グリップを強く握ると、手にくっきりと跡が残る銃だ。

彼は決意を固め、ジャケットを椅子に掛けた。

「ちょっと電話をかけてきます」

エリック・ウィルソンは、自分の背後にある、壁と同じ色をした扉に気づいていなかった。いま、ジェニングスがそれを開けて中に入っていったことで、ようやく気づいた。あの中は、外郭警備ゾーン4、大使館の心臓部だ。

〝やりすぎではなかったわけだ〟

独房のような、殺風景な部屋に、ひとりきり。

パウラに思いを馳せる。潜入捜査のため、刑務所にまで入ったパウラ。そこで正体がばれて、切り捨てられた。が、逆に全員を騙しおおせた。彼がどうやってどこに逃げたかを知る人間は、ピート本人とソフィアを除けばたったひとりしかいない。エリック・ウィルソンだ。

あのあとは年に四回のペースで顔を合わせてきた。ボゴタの〈ガイラ・カフェ〉、場所はカジェ96、カレラ13と13Aのあいだ。四半期ごとの最初の平日、十五時に。だれにも怪しまれることのない場所で、エリック・ウィルソンは私人として、自費でそこへ行った。そこで何度か会ったところで、ピートが助けを求めてきた。金が尽きてきたという。逃亡生活は高くつくもので、家族がいればなおさらだ。住宅費を払い、安全のために金を払い、賄賂が暮らしの一部となっている国で、役人に金を払う。その過程で、麻薬を資金源とするＰＲＣゲリラとの接点が生まれた。そうしてホフマンは、スウェーデンで送っていた日常に戻った——自ら麻薬を売り買いしはじめたのだ。初めはひとりでやっていたが、やがてビジネスが成長し、麻薬を買ってべつの売人に転売するようにもなった。が、ある夜、もっとも信頼していた売人ふたりが、入るべきでない界隈に足を踏み入れてしまい、殺された。そうして彼らの麻薬と金が、つまりホフマンの麻薬と金が消えた。

その金で、二回の納品分の支払いをする予定だった。が、それが払えなくなった。ほどなくＰＲＣの人間が訪ねてきて、おまえと家族を殺すぞと脅してきた。いや、順番が逆だった。最初に次男のラスムスを殺す。その次は、長男のヒューゴー。それから、ソフィア。

ホフマンは自分と家族を守るため、ＰＲＣの取り立て屋ふたりを始末した。だが、次はどうなる？　その次は？　もはや選択肢はなかった——働いて借金を返すためにゲリラに雇われ、返済を終えたあとも自分の金を稼ぐためにそのまま残った。六か月後、その収入を倍にするチャンスを、ウィルソンが提示した。ＤＥＡのスー・マスターソンに彼を紹介したのだ。〝僕が会った中で最高の潜入捜査員、世界でも指折りの人材が、いま南米に姿を隠しているんだ。コカインを扱うゲリラの信頼を得ていて、副業を引き受ける用意がある。彼を使ってくれ。きみたちにとってもホフマンにとってもうってつけの策だ〟。そう言って売りこんだ。ピート・ホフマンは、金を必要としていた。アメリカの警察機関は、まさにこの種の非公式な人材を必要としていた。話は決まった。アメリカは、自国に流入しつづける大量の麻薬の出どころである組織、PRCへの潜入者として、ホフマンを採用した。

「コーヒー、いかがですか?」

ノックの音も、扉が開いた音も、エリック・ウィルソンには聞こえていなかった。ずいぶん若い男が、コーヒーを載せたトレイを持っている。

「ありがとう」

コーヒーの入った保温瓶、ミルクピッチャーに、化学物質の味のするクッキー。

すでに三十分は待っている。ウィルソンはクッキーを咀嚼し、待ちつづけた。

かつて〝パウラ〟に変身させられた〝ピート・コスロフ・ホフマン〟は、ふたたび変身させられ、〝エル・スエコ〟となった。明確な目標が設定された。PRCの上層部に食いこむこと。ホフマンはすでにその道のりを、エル・メスティーソと呼ばれる男のもとで歩みはじめている。エル・メスティーソは有能な人材として彼を認めた。少しずつ話をするようになって、当初の嫌悪感や不信感は消え、代わりに信頼関係が築きあげられた。ピート・ホフマンはそういうことに長けている。すでに何度も成功させていることだ。借金の取り立て屋であり、殺し屋であり、売春宿のオーナーでもあるエル・メスティーソはいまや、ただの雇い主ではなく、ホフマンの身元を請けあう保証人ともなっている。ホフマンが新たな任務を得たこと、情報を暴き、内側から組織を壊すつもりであることなど、彼には知るよしもない。エル・メスティーソのグループに自ら潜入してから半年後にはもう、ピートはすっかり組織の一員となり、与えられる仕事の内容も広がっていた。借金の取り立てに加えて、麻薬の輸送やコカイン・キッチンの警備をし、そのあいまにゲリラ兵士の訓練も行う。そして、彼が勝ち得たその信頼を、新たな雇い主が利用することになった。ホフマンを担当するアメリカ側のハンドラー、エリック・ウィルソンのDEA版は、彼の二重生活が始まったその日から、さまざまな情報を提供されている。麻薬の輸送を途中で押さえるにはどの地点がいいか。どこに行けば建設中のコカイン工場を破壊できるか。

「失礼。時間がかかってしまいました。またもや」

シャツの背中に汗のしみ。開いたノートパソコンを持っている。ジェニングスはもう皮肉な笑みを浮かべていない。だれに電話したにせよ、ウィルソンの願ったとおりの答えが返ってきたようだ。

「あなたがご覧になった、全世界が目にしたあのニュースの映像、トラック輸送のようすを映した数秒の映像は、ここが出どころです」

ジェニングスはタッチパッドを人差し指でなぞり、名前のついていないアイコンをクリックした。ドキュメントが四つ。そのうち三つを開いた。

「アマゾン熱帯雨林を映したNGAの衛星画像です。地理的にはコロンビアの一部ですね。ですが、これ――これが、編集前の画像シークエンスです」

計二百十秒に及ぶ一連の画像。ときおりかなりぼやけて見える。

上空からの画像だ。

まず、武装した警護のもと、コカの葉と化学物質をコカイン・キッチンに配送しているところ。〝あなたがご覧になった、全世界が目にした〟画像だ。そのあとに河川輸送のようすが続いた。そのあとに、ゲリラメンバーの一団が、ベネズエラとの国境近くで、同じ男に訓練を受けているところ。動き方、命令の出し方などから、軍で高度な訓練を受けた人物だとわかる。最後に、もっと詳しい画像。これも同じ男だが、角張った顔の殺し屋といっしょにいる。どうやらふたりで武器の輸送を警護しているらしい。

「すべて上空からの撮影です。顔認識プログラムで身元特定のための情報を得るには、これでは不充分でした。ですが、イギリスで開発された技術を使う許可が得られて、解像度が一センチにまで下がりました。それで見えたのが、これです」

アイコンに含まれていた、四つめのドキュメント。ジェニングスがそれをクリックして開いた。いま見たのと同じ画像シークエンス、武器輸送の場面だ。が、カメラは片方の男にズームインしている。頭頂部と、蜥蜴《とかげ》をかたどった刺青らしきものが見える。そして、顔が映った。が、近づいていくと、その顔は濃淡のさまざまなグレーの四角に分解されてしまう。

「これを使えるようになったのが二、三か月前でしてね。いまの技術で近づけるのはここまでなんです」

顔認識プログラムが、いくつもの四角から輪郭を描き出す。ぼやけた線が、鼻に、口になる。存在しない人間が現れる。

〝エル・スエコ。

僕はいま、きみを見ている。彼らは、なにも知らない。

なにも知らないんだ〟

「なにか……お気づきになりましたか」

〝きみの姿はぼやけていて、はっきりしない。だが僕は、きみのことをよく知っている〟

「ウィルソンさん？」

〝間違いない。これは、きみだ〟

「この男をご存じなんですか？」

ジェニングスはエリック・ウィルソンと目を合わせようとした。が、ウィルソンはその視線を避け、あらためて画像に目を凝らしているふりをした。本気でなにかを読みとろうとしているかのように。

「いや」

そして顔を上げ、落胆した顔に向きあった。

「いや、ジェニングスさん。こいつが何者か、私もまったく見当がつきません」

木の壁にトタン屋根の小屋。狭い開口部に竹の格子がはめられ、ドア代わりになっている。片隅に藁マットレス、べつの隅には食べ物を入れるボウル。

「チョントス」

ここ一時間ほどで、新しい言葉をひとつ覚えた。地面にあいた大きな穴。その上にしゃがみこんで、終わったら排泄物がしっかり隠れるまで泥をかけ、木の板でふさぐ。

「また？」

ひとりきりになれる唯一の場所。じゃがいもを入れる袋がふたつ切り開かれ、木の枝からぶら下げてある。それでじゅうぶんだ。仮の壁であっても、いまいましい連中を遠ざけてくれることに変わりはない。

「ああ」

少女はせいぜい十六、七歳だ。いなくなったころのリズと同年代。長い髪を丸くまとめ、軍服を身にまとい、やや斜めに銃を抱えている。そして、口紅を塗っている。

「きれいだよね」

「えっ？」

「あんたの新しい下院。オムツ下院議長さん。だって、ちゃんとした木の床だし、お椀の底には穴もあいてないし」

少女は大声でそう言った。離れたところに立っている、彼女と同年代の少年たち、華奢な肩に自動銃をむぞうさに担いでいる少年たちにも、間違いなく聞こえるように。全員が笑った。少女を笑ったのではない。彼女が侮辱してみせた囚人を笑っているのだ。その心がずたずたになるように。

「まあいいわ。チョントスね。もう一回」

看守役である少女は、口紅と同じ赤のマニキュアを塗った指で格子扉を開け、彼に銃を向けると、その後ろを歩いてじゃがいも袋の仕切りカーテンまで同行した。そこで立ち止まり、三十秒ごとに急げと言ってきた。五分。与えられた時間はそれだけだった。

クラウズは穴の上にしゃがんだままだ。用はとうに足している。いまこうしているのは、ただ静かに考えたいからだ。あの模擬処刑は、いったいどういうことだったのか。あのとき、彼は目を閉じていなかった。右のこめかみに当たる金属を感じながら、真っ黒な視界をじっと凝視し、司令官の銀の拍車が鳴る音に耳を傾けているうちに、人差し指が引き金を引いた。なにも考えていなかった。ただ、待っていた。それだけだ。カチリ、という音が、ほかのあらゆる音をかき消した。とはいえ、それがカチリという音だったことすら、クラウズにはわかっていなかった。一同がどっと笑いだしたことで、やっと気づいたのだ。のどを鳴らし、ひくつかせ、鳥のようにぎゃあぎゃあと甲高い声で笑っていて、その笑い声があたりを飛びまわる虫の群れのごとく襲いかかってきた。リボルバーに入っていた銃弾は一発だけだった。クラークを撃った弾。四人の入れ替えは結局行われなかった。アメリカ政府がこちらの要求を拒むので、これまでの交渉はすべて頓挫している。

ようやく恐怖が追いついてきた。

危うく死ぬところだったのだ。

カチリという音の直後、クラウズはなすすべもなく小便を漏らしてしまい、一同はさらに甲高い笑い声をあげた。〝オムツ下院議長、オムツ下院議長〟と大声で唱和した。だが、彼はまだ壊れていない。胸の内に抱えているものは奪われていない。彼らに奪えるものなど、なにもないのだ。それはすでに、ワシントン郊外の野原にある墓の中で眠っているのだから。

「よし、オムツ下院議長。終わったね。もう夜までチョントスはなしだよ」

女が、というより少女が、また仲間たちに話をしている。彼女への称賛が、だんだんコントのような動きになってきた。小便を漏らしたせいで脚を大きく広げて歩かなければならない人間の真似。ひどいにおいがする、と鼻を手で覆ってみせるしぐさ。

クラウズは檻に押しこまれ、彼の背後で格子扉の南京錠が閉まった。前よりもさらに汗が出ている。皮膚がてかてかと光り、小さな粒が髪の生えぎわから額へ、頬へ、首筋へ流れる。やがて食事を与えられた。長い杓子が食料をとらえ、ボウルを満たす。ぷかぷかと浮かんでいる魚がなんなのか、なにを煮出した汁なのか、クラウズには判断がつかなかった。ただ、いくつも浮かんでいるのが魚の頭であること、その目がこちらを凝視していることはわかった。

青と白のパトカーは、駐車したところにそのまま駐めてあった。制服を着た警備員のいる、ガラス張りの守衛室の前。エリック・ウィルソンは彼らに目礼してから車に乗り、ストランド通りを中心街に向かってゆっくり走りつつ、グレーの四角のことを考えていた。解像度一センチ。だれの顔かはそれでもわかった。人間は顔だけではないからだ。動き、全体的な印象。親しくなった人間だけがわかること。ユールゴード橋そばの赤信号でルールどおりに停止する。前ほど急ぐ必要はない。やり遂げたのだ。狙いどおりに信頼を勝ち取り、求めていた答えを得た。自分はまだまだ通用する。かつての警察官人生で駆使してきた力は、まだ失われていない。犯罪者の信頼を勝ち取る力。彼らをスカウトし、月にたったの数千クローナで、たれ込み屋として、潜入捜査員として働かせ、自分のために日々命を賭けさせる、その前提となる力だ。

「向こうはなにも知らないよ」

「ほんとうにそう言い切れる？」

折り返し電話をかけた。もう今後しばらくはかけることがないだろう。やりとりはすべて追跡されるおそれがある。現時点ですでに許容範囲を超えているのだ。

「スー、向こうが知っていることは、あのニュース番組を見た視聴者と同程度だ。彼の別名。警護と訓練を担当していること」

電話のこちら側は、ハムン通り。狭く、騒がしく、雑然としている。スイスとよく混同される北欧の小国のど真ん中。そして電話の向こう側では、ＤＥＡのスー・マスターソン長官が、ペンシルベニア大通りを歩いている。目的地は一六〇〇番地、世界でも指折りの有名な建物の門だ。すなわち、ホワイトハウス。

「二十分後に、トンプソン副大統領、ペリー大統領首席補佐官、ＦＢＩのライリー長官、ＣＩＡのイヴ長官と会うことになっている。私はそこで、その部屋で、この問題を解決する。閉ざされた扉の内側で、エル・スエコが私たちに雇われていることを説明する。彼が私たちのためにコロンビアで働いていること、潜入捜査員として、ＰＲＣゲリラのいちばん奥まで入りこんだこと。まさにそのせいで、こちらがつくった敵の重要人物リストに紛れこんでしまったこと。そして、私たちにはこれからも彼が必要で、生きていてもらわなければ困る、ということも」

ウィルソンは道路工事現場やクラクションを鳴らすバスのあいだを縫って進んだ。ハムン通りがクラベリ通りになり、クングスホルメン島へ渡る橋になる。そのあいだも、彼が信頼を寄せている女性は、世界最大の影響力を誇る建物に向かっていた。

「スー――だが、万一のときには？」

「万一……というと？」

「もし、理解してもらえなかったら」

「かならず理解してもらう」

「仮にだよ――責任ある政治家が、事実を知りながら否定する、ということになってしまったら？」

「そうはならない」

「スー――そう仮定して、考えてみてくれ」

彼女は立ち止まっている。聞こえてくる音でそうとわかった。呼吸が徐々に落ち着いていく。

「そうなったら、大問題ね」

静かそのものだった。ワシントンDCは午前中だ、もっと音がしてしかるべきではないか。ひょっとして彼女は通話口を手で覆っているのだろうか、とエリック・ウィルソンは考えた。もしそうなら、いったいなぜだろう、とも。

「そうなったら、公式なルートは使えなくなる。非公式のルートも使えなくなる。ハンドラーとのつながりすらも断ち切らなければならなくなる。あなたと私以外に、彼のほんとうの任務を知っている、ただひとりの人物」

「スー、頼むよ、それは……」

「エリック――だからこそ、かならず説得してみせる」

警察本部の南側の入口に近いベリィ通りには、駐車スペースがたくさんあった。いつもならこうはいかない。ワシントンは静かで、ここは空いている。なんの関係もないとわかっていても、いやな予感が忍び寄ってくる。世界の歯車が狂っている日。ウィルソンはパトカーを駐め、中に入った――が、彼を待ちかまえている犯罪捜査部の部長室には向かわなかった。代わりに、その反対側――クロノベリ拘置所へ、そこに閉じこめられている警部に向かって歩きだした。


警備員がひとりだけ。信頼されている証だ。この警備員はシークレットサービスの隊員で、黒い制服の胸元に金のバッジをつけ、同じ金色のサイドラインの入ったズボンをはいている。いまとなりを歩いているのも、べつにこちらを疑っているからではなく、単に礼儀として、なのだろう。

この、奇妙な建物。来たことは何度もあるのに、それでも、訪問者に探りを入れているかのような壁、音のこだまする床、高いのに重苦しく垂れ下がっているような天井——ここ、西棟《ウェストウィング》の廊下を歩くたびに、自分は選ばれた人間だ、という思いに包まれる。なんとも魅惑的で、なんとも危険な感覚だ。開かれた扉に近づいていく途中で、彼女は失礼を詫びて立ち止まると、ゆっくりと息をつき、この危険な感覚を胸の奥深くに隠した。これから入るあの部屋の中で、こんな思いにとらわれていては、もう負けは決まったも同然だ。丈の短いジャケットとズボンを整える。私服。重要なポイントだ。制服を着ていたのは、最初にここへ来たとき、まだDEA長官のポストに就いていなかったあのときだけだった。私服姿のほうが真剣に話を聞いてもらえる、仕事がはかどると気づいたから。相手と似た見かけをしているほうが、認められやすいとわかったから。

副大統領の執務室の扉が開いているということはつまり、歓迎されているということだ。あふれんばかりに予定の詰まったスケジュールの変更を強い、入っていた会議を延期させたにもかかわらず。十分間。与えられた時間はそれだけだった。シークレットサービスの隊員が微笑み、室内に入るよう彼女を促す。これまでにホワイトハウスで出席したミーティングはすべて、ここではないべつの部屋、大統領首席補佐官の執務室で行われていた。

建設的かつ前向きな内容で、彼女はいつも、ホワイトハウス麻薬統制政策局に属する麻薬対策コーディネーターのとなりの席を与えられていた。だが、この部屋には一度も入ったことがない。ここにいる面々と会議をしたことはない。

「スー、ようこそ」

トンプソン副大統領。映像で見たとおりの容貌だ。中年の、背の高い女性で、金髪を高い位置でひとつにまとめ、一九五〇年代を思い出させる眼鏡をかけている。オーク材の机に向かって座っている彼女が、ひとつだけ空いている訪問者用の椅子を指差した。スー・マスターソンは周囲を見まわした。ペリー首席補佐官は、ふわふわのクッションが並んだ白の布張りソファーに腰掛けている。この人が敵意を向けてきたことは一度もない。軽く目礼をすると、軽い目礼が返ってきた。が、あとのふたりはなにかと争ってきた仲だ。青いひじ掛け椅子に、CIAのマーク・イヴ長官。緑のほうには、FBIのウィリアム・ライリー長官が、腕も脚も組んで座っている。争ってきたとはいえ、それはひとりずつを相手にしてのことだ。こうして同じ部屋にいるところを見るのは初めてだと思う。

「コーヒーは？」

「結構です」

だが、縁にレモンのスライスをはめてあるピッチャーから、水を一杯。グラスに注ぎ入れ、半分飲んだ。四人とも、待っている。彼女が話を切り出すのを。あの公になった殺害対象者リストにまつわるすべては、まさにこの部屋で、まさにこの人たちによって決められたのだろう。それはありありと伝わってきた。眠っていない人特有の疲れが全員に見える。アメリカ時間の午後に、人里離れたジャングルの中で起きた誘拐事件。標的以外の全員が死んだので、犯人たちはいつ誘拐の事実を伝えるか、いつ要求を突きつけるか、自由に選ぶことができた。彼らは夜が更けて真夜中になるまで待った。そして、その一、二時間後、いま周囲に座っているこのメンバーが、この部屋に集まったというわけだ。

スー・マスターソンはあらためて全員を見つめた。よれよれになった、疲労の色濃い面々を。

「ハートの七。エル・スエコですが」

それから、暖炉の上の大きな時計を見た。

九時五十分。

あれが十回鳴るころには、話を終えていなければならない。説得を終えていなければならない。

「彼は、敵側の人間ではありません。私たちの側に属しています」

彼女が四人を観察しているのと同じように、四人のほうも彼女をじっと観察している。

男が三人、女がひとり。だが、まるで性別のないひとつの体が、性別のないひとつの権力を放っているかのようだ。

「つまり、今回作成されたあの殺害対象者リストに、こちらの味方がひとり入ってしまっているということです。私たちが擁する中で、だれよりも有能な潜入捜査員。彼を最重要指名手配者リストに入れたのは私たちで、その目的はひとつしかありません——彼の地位を強化するためです。敵である私たちが、彼のことを大変な危険人物と評価したとなれば、向こうもそう評価するようになります」

いまの自分もこうなのだろうか、と考える。自分は、性別のない権力をふるう人間になっているのだろうか？　そういうことを尋ねられる真の友人はあまりにも少ない。親しい付き合いの数は、管理職のポストを引き受けるたびに減っていく。肩書きそのものが人を怖がらせ、遠ざけてしまっているようだ。長いあいだ同じレベルで、肩を並べていっしょに仕事をしてきた人でも、それは同じことだった。彼女が上司になったというだけで、彼女を見る目が変わり、その行動への解釈も、接し方も変わった。

「こんな奥深くまで入りこめたのは初めてですし、これほど有能な潜入捜査員も初めてです。彼がくれた情報のおかげで、これまでにコカイン・キッチンを七か所爆破し、大規模な輸送を十五回阻止することができました。いまから四週間前、ＤＥＡ史上最大の成果をもたらしてくれたのも、この潜入捜査員です。トゥマコ郊外でコカイン十四トンを押収、記録的な量となりました。港湾地区の近くにあったラボを、海軍と警察が協力しあって攻撃することができたんです。計二十四人を逮捕し、設備をすべて現場で破壊し、輸送に使われていた船九隻を押収しました」

空のような青のカーペット、海のような青の壁紙。金縁の鏡。光り輝くアームの先に、火をともしたことのない白いろうそくが立ててある、天井のシャンデリア。部屋そのものまでもが、型どおりの陳腐な権力をふるおうとしている。

「つまり、あの殺害対象者リストには誤りがあります。正さなければなりません。いますぐ」

四人をひとりずつ、じっと見つめる。情報を取り入れ、理解しようとしている四人を。

「スー」

ペリー首席補佐官はソファーに並んだふわふわのクッションを動かしている。しばらく時間を稼いで、最初に口を開く覚悟を固めようとしたのかもしれない。

「間違いないんだろうね？　その……いま話してくれたことは、すべて」

「間違いありません。ええ……いまお話ししたことは、すべて」

最初に口を開いたのがペリーなのはありがたかった。これからなにを言うつもりにせよ、彼の発言は個人的な反感ではなく、冷静な分析に基づいているはずだから。

「だとすると、今日という日はさらに厄介なことになるね。われわれは記者会見を終えたばかりだ。また世界中のテレビチャンネルに顔を出して、さきほど決めたことは間違っていた、などと言うわけにはいかない」

「ローリエル——彼は、私たちに雇われている身なんですよ」

「犯罪者だろう。われわれに情報を流してはいるが」

「事実上……国家公務員のようなものです。アメリカ合衆国に仕える公務員。だから私たちと同じ便益を、同じ保護を受ける権利があります」

「スー、こちらを見てくれ。国家公務員なら、雇用契約書というものがあるはずだよ」

「最重要指名手配者リストに彼を載せたのは私たちなんですよ！　そうすれば、彼が組織の中でさらに信頼されるようになると考えたから。その信頼を利用して、さらにいい仕事をしてくれるだろうと考えたから。私たちのために」

白いふわふわのクッション。

ペリー首席補佐官はまたそれを動かし、床の上に整然と積みあげた。

「スー」

ソファーの端に押しやっただけではまだ邪魔だ、自由に考えをめぐらせることができない、とでも言いたげに。

「信頼と言ったね。政治こそ、まさに信頼がものを言う世界だ。それはきみも承知しているだろう。しかし、政治のうえでの信頼性というのは、弱点ひとつで簡単に失われてしまうものだ。イラク侵攻の際にも、われわれは殺害対象者リストを作成し、国際社会の支持を得ることができたが、その鍵となったのは信頼性だった。今回はどうだ？　ＰＲＣゲリラがテロ集団であることについては、国際社会も異論はないだろう。だが、〝テロ集団と認定する〟から〝対テロ戦争を始める〟にグレードアップして、国外で人を殺す道を選んだ以上、われわれはもう一度、あらためて国際社会の支持を得なければならない。その信頼を維持しなければならない。そんなときに、あるひとつの点でわれわれがミスを犯したことが明らかになれば、すべての点が疑問視されるだろう。信頼性は失われる。今回の作戦は、国際社会の全面的な信頼が得られなければ……とても実行することはできない」

「ですが、彼が私たちに雇われた身である以上……」

スー・マスターソンはいまのところ、まだ叫んでいない。だが、この部屋にふさわしくない大声を出していることは事実だ。

「……彼を守るのは私たちの責任です！」

「失礼、いまなんと？」

緑のひじ掛け椅子で組まれた腕と脚が、もぞもぞ動いていた。やりとりに加わりたくてしかたがないのだ。

「誤解なら正していただきたいのだが……そもそも、その男の名をリストに紛れこませたのは、あなたなんですよね？」

ペリーとは異なり、ウィリアム・ライリーは最初からずっと彼女を嫌っている。彼女がDEA長官に任命されるときにも、FBI長官としておおっぴらに反対していた。だが、そのときはまったく支持を得られずに終わった。彼女の実績も能力もじゅうぶんすぎるほどだったからだ。この男が、スー・マスターソンという人物を嫌っているのか、それとも自分と同レベルの長官の地位に女が就任したのが気に入らないのか、彼女にはいまだによくわからない。

「それはそうですが……」

「私に知らせることなく？」

「最後まで言わせていただけますか……」

「FBIに——リストを策定する機関に、まったく知らせることなく？」

スー・マスターソンは暖炉のほうを、その上に掛かっている大きな時計を見やった。秒を刻む音がはっきり聞こえる。

「そうです」

「それなら、その男はあなたの責任、あなたの問題なのでは？」

十時五分前。与えられた時間を、もう半分使ってしまった。

「潜入捜査員を、とりわけ犯罪者でもある潜入捜査員を知る人の数は、最小限に抑えなければなりません。ライリーさん、あなたがたもそういうふうに仕事を進めているのではありませんか？　公の登録簿に、偽りの情報を埋めこむ。正体が発覚してしまったら、その捜査員は死ぬしかないから。潜入捜査員の正体を知る人が増えれば増えるほど、リスクも大きくなるから。これまでずっと、そうやって仕事を進めてきましたし、これからもそうするつもりです。あなたがたには今後もありがたいと思っていただけるはずです」

「この……ジレンマとでも言いましょうか、これは、仕事の進め方の問題ではない。政治的な問題です」

「モラルの問題でもありますよ。ひょっとしてこの部屋では、政治とモラルは同じではないのでしょうか？」

スー・マスターソンは大統領首席補佐官のほうを向き、彼の支援を求めた。ペリーはなにも言わなかった。が、苛立っているのははっきり見てとれた。真っ赤になった耳がぴくぴく動いている。

「で……何者なんですか、その男は」

今度は青いひじ掛け椅子だ。CIA長官、マーク・イヴ。ニヤリと笑いながら彼女の答えを待っている。

「いまご説明したとおりですよ。私たちに雇われた、味方の潜入捜査員です」

この男は、なにも情報を得られないだろうとわかったうえで質問をしている。刺すような、貫くような、底知れない視線で迫ってくる。こういう視線を向けられたのは初めてではなく、けっして目をそらしてはならないと学んだ。警察の権力構造の中でも、麻薬シンジケートの上層部でも、よくあることだ――限られた世界の中でふるわれる、強大な権力。こういう視線がいちばん危ない。今回のように、嘘のまじった真実を差し出さなければならない場合は、とくにそうだ。共感力に欠ける人間がふるう権力。頭で考えただけの、合理的なだけの決断。

「何者かと訊いたんです。名前は？　出身は？」

「知りません」

「知らない……？」

「彼の素性を私は知りません。個人情報をすべてもらってはいないんです。彼を紹介してくれた人と、そういう取り決めを結んでいるので。北ヨーロッパのどこかの出身で、エル

・スエコと呼ばれていることは知っています」
「ヨーロッパですって？」

「ええ」

「米国籍ではない？」

「違います」

マーク・イヴの顔に笑みが浮かんだ。今度は心からの笑顔だ。

「そういうことなら、これはジレンマでもなんでもない」

彼は勝ち誇った表情であたりを見まわす。

彼女は不安げな表情であたりを見まわす。

人の死について、人を殺すことについて、弁論し、審理を重ねる陪審員。被告が無罪であることを、すでに知っているにもかかわらず。

「なにがわからないんですか？　彼は私たちから、米国の連邦機関から給料をもらっているんです。アメリカ合衆国政府のために働いているんですよ！」

水のグラスが空になっている。レモンのスライスが外側にずり落ちかけている。彼女はふたたび水を注ぎ、飲み干した。

モラルと、政治。

ほんとうに、別物として扱われているのだ。

「それに、ここは……ホワイトハウスじゃありませんか！　無実の人間を死刑にするかどうか、議論する場所じゃないはずです！」

彼女はまた大声をあげている。絢爛豪華な部屋に投げつけた乱暴な口調が、何度も、何度も壁に当たっては跳ね返る。それまでひとことも発していなかった唯一の人物、トンプソン副大統領が、ついにその球を受け止めた。

「スー」

やわらかな声。それなのに、硬くぶつかってくる。

「はい」

「しばらく退席してくれる？　話しあわなければ。終わったらまた呼ぶわ」

毎回、新しい顔だ。

エリック・ウィルソンは民間採用の警備員に向かって挨拶代わりにうなずいてみせたが、警備員のほうはウィルソンを見たことがなかった。ぐっとこらえて警察の身分証を掲げてやると、ようやくうなずきが返ってきて、ウィルソンはエレベーターに向かい、乗りこみ、七階のボタンを押した。

〝だからこそ、かならず説得してみせる〟

かつて愛しあっていた仲だ。自分のほうはいまでも、自分なりに彼女を愛している、と思う。だが、そのせいで偏った評価をしているつもりはない。全世界で同じ仕事に携わっている人々の中で、だれよりも信頼できる相手がスー・マスターソンだ。分析に長け、系統立った、戦略的な仕事をする。自分がけっして到達しえない域にいると思う。

だから、もう安心していていいはずだ。

それなのに、全身がいやな予感に包まれたままだ。どんなに息を吸いこみ、吐き出してみても。

《ご用件は》

エレベーターの中で、頭上から響く声。ウィルソンはマイクに顔を近づけた。

「ウィルソン警視正だ。あなたがたの負担軽減のために来た」

少々長すぎる間。はっきり聞こえたため息。だれかがほっと安堵した音だ。

《ありがとうございます》

七階。彼はしばらくエレベーターを降りずにいた。急にわかったのだ。この不安が、悪い予感が、いったいどこから来ているか。こんなふうに不安が頭の周囲を飛びまわり、皮膚をちくちくと刺し、エネルギーを吸い上げて、無駄に吐き出していくのは、いったいなぜなのか。スーのことは全面的に信頼している――警察官として。だが、これはもはや警察の仕事の範疇ではない。政治と化してしまっている。似たようなことは前にも経験した。警察が、改竄された登録簿の情報をもとに、ピート・ホフマンを死なせる決断を下した。だが、その決断は間違っていた。ホフマンはスウェーデンの警察に雇われている身であり、敵ではなかったのだ。にもかかわらず、政治家たち――あのときはスウェーデン人だった――は、権力を失うことを恐れ、その死刑を黙認する道を選んだ。

エレベーターを降り、警備室へ向かう。窓口にはまたべつの民間採用の警備員が座っていて、ガラス窓が開いていた。そのとき、よく知った声が聞こえてきた。初めはまだ距離があるせいで小さくしか聞こえなかったが、だれの声かは明々白々だった。近づいていくと、内線電話から響く声の圧力が増した。鍵のかかった狭い独房で、呼び出しボタンを押している人物の、騒がしいことこのうえない独白だ。

《さっさと来て鍵を開けろ、いますぐだ、走ってこい!》

人懐こい目をした若い警備員が、観念したようすで肩をすくめる。

《おい、聞こえてるんだろ? クソ番犬が!》

「はい。聞こえていますよ。毎回、ちゃんとね」

《さっさとこのドアを開けんか!》

「開けるわけにはいきません。もうご説明しましたよね、警部」

《開けろ！》

「警部がお話しするべき相手は、私ではありません。逮捕状を出したのはオーゲスタム首席検察官です。ドアに鍵をかけるか、それとも釈放するかを決めるのも、首席検察官です。ご存じですよね、警部」

《ふざけやがって、首席検察官もクソったれだ！　これは誹謗中傷でも名誉毀損でもないぞ。ほんとうのことだ！》

内線電話は新品とはいいがたく、自慢に思う人がいたとしてもはるか昔だろうと思わせる型だが、どうやら脇に音量調節つまみがついているらしい。警備員がそれをまわして音量を下げたことで、エリック・ウィルソンはようやくそうと気づいた。

「もう何時間も前からこの調子です」

「もっともっと長いあいだ騒ぎつづけられる人だぞ、あれは」

また警察の紋章と身分証を見せたが、こちらの警備員はあまりじっくり見ることなく、すぐに立ち上がり、拘置所の内部へ入る扉を開けた。ウィルソンはその後ろを歩き、ずらりと並ぶ施錠されたドアの前を、いくつも素通りした。乾いた埃がここほどうっとうしく感じられる場所はほかにない。五番独房。中で男が叫んでいて、数少ない備品を蹴りつけているのがはっきり聞こえてくる。

エリック・ウィルソンが若い警備員に向かってうなずくと、彼はその意味を察して去っていった。ウィルソンは彼の姿が消えるのを待ってから、ドアの中央についている小窓を開けた。

「エーヴェルト？」

小窓はほぼ目の高さにあり、中をのぞくとスーツの上着を着た広い背中が見えた。エーヴェルト・グレーンスの背中だ。自分の服を着ている――それは没収されなかったとみえる。大声で怒鳴り散らされるのを恐れてのことか？　階級の高い人間を尊重したつもりか？　それとも、拘置所の職員たちですら、グレーンスがかけられた容疑を信じていないから？

「出たいですか？」

スーツの背中が向きを変える。怒りに満ちたふたつの目が現れた。

「開けろ！」

「出たいのなら……まずは落ち着いてください」

「ウィルソン、ちくしょうめが……」

エリック・ウィルソンが小窓を閉めると、バタン、と鈍い音がはっきりと響いた。独房の前に置いてある三本脚のスツールに腰掛ける。一分。二分。二分半。ようやく強化扉の向こうが静かになった。

ウィルソンはまた小窓を開けた。

「落ち着きましたか？」

「ウィルソン、ちくし……」

「落ち着きましたか？」

「落ち着いたよ」

「よし。ちょっと待ってください」

エリック・ウィルソンは警備室に向かって手を振り、上げたその手で架空の鍵をまわす動作を何度か繰り返した。やがて警備員が巨大な鍵束を持って走ってきた。急がなければ、と思っているように見える。全世界を役立たず呼ばわりした警部の気が変わって、また叫びだされてはかなわない、と思っているのか。

重い錠がまわって、金属の深いため息のような音が響いた。

しわだらけになったスーツの上着。大きなしみがいくつもついている。明らかにワインの跡だ。エリック・ウィルソンの知るかぎり、この人はアルコールをけっして口にしないはずなのだが。ズボンも同じようにしわだらけ、しみだらけだ。頭に残っているなけなしの髪は、あらゆる方向にはね、すっかりぼさぼさになっていた。

並んで廊下を歩く。空気がとてつもなく埃っぽく感じられる。ふたりが言葉を交わさなかったのはそのせいかもしれない。施錠された独房の扉を、ひとつ、ふたつ、三つ、四つ素通りしたところで、グレーンスが急に立ち止まった。

「おい、なんだ、その恰好は」

「エーヴェルト、それはこっちのセリフですよ」

「いや、しかし……制服？」

「僕は警察官ですからね。ときには……ときには、これが生死を分けることもある」

ふたりの目が合った。ひょっとすると、グレーンスは気づいたかもしれない——上司であるウィルソンが、真に深刻な表情をしていることに。そして、いまその理由を訊くことはできそうにない、なぜなら説明にはエネルギーが要る、いまはそんなエネルギーがない、ということも察したかもしれない。いずれにせよ、グレーンスがそれ以上尋ねてくることはなく、ただこわばった首と痛む右脚を伸ばしただけで、ふたりはスウェーデン警察の中枢であるこの街区、そこに建っているいくつもの建物を横断した。閉ざされたドアを三つ、鍵を使って開け、ほかの三つはプラスチックカードを使って開けた。ふたりとも黙ったまま、それぞれ自分の考えに沈んでいた。犯罪捜査部へ。エーヴェルト・グレーンスのオフィスにたどり着く。ここで解散だ。

「エーヴェルト、あとで僕のところに来て、説明してくれますね。この午後はいったいなんだったのか。どうしてワインのしみだらけになったスーツを着て、拘置所の職員を怒鳴りつけていたのか。で、これからしばらくは、頼むから少し穏やかに過ごしてください」

グレーンスはすでに室内へ消えていた。ありがとうのひとことも、謝罪の言葉もない。本棚に置かれた年代物のカセットプレーヤーが、彼がスイッチを入れたことで雑音をたてた。グレーンス自ら曲を選んで録音したカセットテープ。スウェーデン語に訳された歌詞を歌うシーヴ・マルムクヴィストと、オリジナルの英語版を歌うコニー・フランシスが、交互に流れる。ウィルソンは『本気になんかならないわ』が『エヴリバディーズ・サムバディーズ・フール』になるまでその場にとどまり、この警部には振り返る気など毛頭ないのだと悟った。

「エーヴェルト――僕はたったいま、拘置所に入れられていたあなたを解放した。あなたに対しては管理責任がありますからね。だから、今回は僕の言うとおりにしてください。頼みますよ」

希望に満ちた六〇年代の陽気な声に付き添われ、ウィルソンは自分のオフィスへ向かった。が、コーヒーマシンのあたりで音楽が変わった。電子音による単調な音楽。携帯電話だ。上着のポケット全体がぎくしゃくと震えていて、詰め寄られているように感じる。

「もしもし」

「あとには引かないって」

スーだ。

こんな声は聞いたことがない。

「殺害対象者リストはいっさい変えない、って」

彼女らしい、自信満々な態度。恐れを知らない、揺るぎのない態度。それが、消えている。

「なんだって？」

「ホフマンはいまもハートの七よ」

「なにを言うんだ、スー……彼を死なせることになるぞ！」

「言われなくてもわかってる」

「きみたちの味方を！」

「力を尽くして説明はした。けれど、あの人たちは窮地に追いこまれたまま、そこに閉じこもってる。出てこようとしない」

まただ、シーヴ・マルムクヴィストがスウェーデン語で歌っている。グレーンスの部屋で、昔の歌手らしく、幸せそうに、さえずるように歌っている。エリック・ウィルソンはほんの一瞬、エーヴェルト・グレーンスがシンプルなものに包まれて、それ以外のすべてを拒絶しようとする気持ちがわかったような気がした。

「つまり、スー、きみの部下が処刑されてもかまわないっていうのか？　それも……与えられた任務をこなしたかどで？」

ウィルソンは答えを待った。が、なにも返ってこない。電話を切られたのかもしれない。

「スー？　もしもし……」

「いまの状況を話すから、聞いて、エリック。DEAの長官である私は本日をもって、この件にかかわることを禁止された。なにもしてはいけないの。だから、こうして電話をかけていること自体、すでに違反行為なのよ。もし今後もこういうことを続けたら、私のその行動は、さっき行ってきた部屋の人たちの言葉を引用すると、〝DEA長官が故意に米国の利益を侵害しようとしているものとみなされる〟。そういう状況になったら、私はまずクビになって、年金を没収されて、その後起訴されるとも言われたわ」

息遣いまでもが自信を失っているように聞こえる。

ウィルソンはその息遣いに耳を傾け、待った。

「彼は死刑を宣告された。私も、彼のハンドラーも、彼に連絡はできないし、支援もできない。でも、私が禁止されていることでも、ほかの人ならできるかもしれない。そうじゃない？　エリック」

電話はまだエリック・ウィルソンの手の内にある。だが、電子的な沈黙の向こうからはもう、なんの声も、息遣いも聞こえてこない。

彼女が電話を切ったのだ。

〝ほかの人ならできるかもしれない〟

ろくでなしどもが譲歩を拒んだ。かつてスウェーデンの権力者たちが譲歩を拒んだのと同じ構図だ。

〝そうじゃない？　エリック〟

彼女が直接、そう語りかけてきた。促してきた。

ピート・ホフマンがスウェーデンの刑務所から逃げて生き延びたことを知っている人間は、本人とその妻を除くと、三人しかいない。だが、そのうちの二人はもう、職務を遂行すれば報いを受けることになる身だ。

廊下の中央、ブーンと音をたてるコーヒーマシンの脇。耳をそばだてれば、もっとたくさんの音がある。六〇年代の音楽が、目の前の部屋で声高に電話している女性の声とまじりあい、廊下の奥では会議から出てきただれかが笑い声をあげている。やっと終わった、これでしばらくは深刻な顔をしなくていい、そういう安堵の笑いだ。

エリック・ウィルソンはその場にたたずんだまま、耳を傾けた。が、やがて向きを変え、コーヒーマシンに向かうと、ボタンを押してブラックコーヒーを二杯いれた。

知っている人間は、三人しかいない。

だが、もうすぐ四人になる。

空色のカーペット、海色の壁紙。平静、意識、知性を醸し出すべき部屋。その中で彼らはともに決断を下し、それが正しい決断だと互いに言い聞かせあった。そしていま、全員が立ち上がった。机に向かっていたトンプソン副大統領。ライリーFBI長官とイヴCIA長官も、それぞれ座っていたひじ掛け椅子を離れ、ペリー大統領首席補佐官もソファーから立ち上がり、最後にひと口だけコーヒーを飲んだ。

閉ざされた扉に最初にたどり着いたのはライリーで、彼は取っ手を下げ、開けた。

が、気が変わった。

「ほんとうに信用できますか？」

ドアを引いて閉め、振り返る。

「大丈夫なんでしょうか？　マスターソン氏を信用しても」

ペリーがコーヒーカップを置く。その勢いが強すぎて、美しいテーブルが文句を言った。

「きみのことは信用できるのかな、ビル」

「それはどういう……」

「スー・マスターソンを任命したのは大統領だ。きみと同じだろう。われわれは、自分たちが任命した人物を信用することにしている」

中に残っていたコーヒーがはねて、天板にしぶきが飛んだ。首席補佐官は菓子くずのついたナプキンでそれを拭いてから、続けた。

「われわれはスーに、この件にはもうかかわるなと言った。彼女はそれを理解した」

ライリーは微笑んでいる。嘲りの笑みにも見えなくはない。

「そう思われるわけですか？　間違いなく理解した、と？」

「そうだ」

一方から飛んできたライリーの声に次いで、べつの方向からトンプソン副大統領の声が響いた。

「そうよ、ローリエル、間違いない？　ほんとうに？」

ふたつの声が、その中央で、首席補佐官のあたりでぶつかりあう。

「ビルがいま言っていることは……単なる個人的な気持ちであって、明らかなリスクではないと、あなたは断言できるの？」

「できる」

「あとになってから、おかしいんじゃないか、という声が出るようでは困るのよ。どこからも、だれからも出てはならない。私たちはどうやら、ちょっとしたミスを犯してしまったらしい。けれど、だれにもそのことを悟られるわけにはいかない。国の警察機関を率いる高官が、戦略的な計画の一環として、殺害対象者リストに味方の名前を載せる決断を下したことも。DEAではよくあることとはいえ、裏社会に属する人間を味方につけたことも。そして、それを、上司に報告せずに行ったことも」

副大統領はいま、ペリーだけを見ている。

「あなたもさっき言っていたでしょう、ローリエル。信頼されること。そうすれば支持が得られる。自由に動けるようになる」

初めは聞こえなかった。ノックの音は、金色に輝くシャンデリアの下あたりでかき消されていた。が、二度目はもっと大きく、もっとしつこくなった。そばに立っていたライリーがドアを開ける。若い男だ。彼らをここに連れてきてくれたシークレットサービス隊員。

「なんだね？」

「これを。ペリー大統領首席補佐官宛てです。重要なものだそうです」

白い封筒。隊員が差し出したそれを、FBI長官が受け取り、ソファーに向かって差し出した。

首席補佐官が副大統領を見やる。副大統領はうなずいた。

ペリー首席補佐官は、皿に置いてあったティースプーンを手に取り、くるりとまわして、その柄で封筒を破り開けた。

書類が一枚。写真紙だ。そして、見知った人物。

見知った人物だが、何日か前にこの外の廊下で会ったときとは、まるで違って見える。

クラウズ下院議長だ。

檻に閉じこめられている。

エリック・ウィルソンはついさっきまで、開いたドアから流れ出てくる音楽を聞いていた。が、いまこうして来てみると、ドアは閉まっていた。グレーンスは、ウィルソンがコーヒーマシンからここへ来るほんの短いあいだに、邪魔するな、との意思表示に成功したのだ。なみなみとコーヒーの入ったプラスチックカップを両手に持った状態でノックするのは難しく、代わりに靴のつま先で二度、ドアの下のほうを軽く蹴った。

「なんだ」

「話があります、エーヴェルト」

「あとでおまえのところに行って説明しろって話じゃなかったか。そうするつもりだぞ。あとでな」

「どうして拘置所へあなたを引き受けに行くはめになったかは、いまはどうでもいいんです。まったくべつの話があります。一刻を争う話が」

ウィルソンは閉ざされた無個性なドアを凝視した。名前を記したプレートはなく、そもそもなんの情報もない。グレーンスがプレートを掲げたがらなかったからだ。同じようにオフィスを構えるほかの人々に倣うことを、彼は拒んだ。理由はおそらく自分でも覚えていないだろう。

「一分だけ待て。すぐ済む」

それで結局、プレートに関してはグレーンスの好きなようにさせたのだった。べつに重要なことではない。勝ったように見えても実は勝てていない、そんな争いに身を投じることは、とうの昔にやめた。

中でロッカーが開いたのが音でわかった。あのきしむ音はどの部屋でも同じだ。やがて静かになった。熱いコーヒーカップで手のひらが痛み、ウィルソンはドアの前の床にカップを置いた。そして、待った。薄暗い廊下で。心地よい感覚だった。なにもせず、なにも考えず、ただ、待つこと。

「入っていいぞ」

エリック・ウィルソンはカップふたつを拾い上げ、斜め前に体を傾けて、ひじでドアの取っ手を押し下げた。しみだらけになったスーツが床に脱ぎ捨てられている。そのそばに、グレーンスが立っていた。彼も制服姿だ。ややきつそうに見える。

「ほかに着るものがない」

警部は部屋の隅に置いてあるロッカーを指差した。あの中にはおそらく、もう何着か制服が入っていて、どれもさらにサイズが小さいのだろう。エーヴェルト・グレーンスがこれほど場所を取らなかった時代の服だ。

ウィルソンが片方のカップを差し出すと、薄い湯気がデスクランプの明かりの中で気ままに揺れた。制服など着ることのない男がふたり、制服を着て互いをじっと見つめている。そして、こんなちょっとした変化で人がどんなに変わって見えるものかを実感している。互いを知っている、それでいてまったく知らない人間が、ふたり。

「ふむ。で、用件は？」

「あなたのパソコンを」

「パソコン？」

「少し借りても？」

グレーンスが自分のパソコンを机の反対側に押しやり、訪問者用の椅子にスクリーンを向けているあいだに、エリック・ウィルソンは上着の内ポケットから財布を出した。親指と人差し指を小銭入れに突っこみ、ジェニングスから受け取ったUSBメモリを取り出すと、パソコンの片側にそっと差し入れ、ハートの七と名付けたドキュメントをクリックした。

「エーヴェルト？　こっちへ来てください」

グレーンスがとなりに立つまで待つ。

「これを見てもらいたいので」

カーソルをタイムラインに向けてまたクリックし、正しい画像シークエンスであることを確かめた。間違いない、これだ。上空からの撮影。ややぼやけた画像。それでもジャングルにいることは明らかだ。輸送トラックを追っているようだが、その姿はときおり鬱蒼と茂る木の葉に隠れてしまう。トラックが幅の広い川にたどり着き、岸辺ぎりぎりのところに停車すると、人がふたり降りてきた。荷下ろしを始めている。川で待ち受けていたはしけに、箱をいくつも重ねる。やがて荷台は空になり、ふたりははしけに乗りこんだ。

「なんだ、これ？」

「最後まで見てください」

「さっきまで拘置所に閉じこめられてて、貴重な勤務時間をだいぶ無駄にしたんだ。悪いがな、やることがたくさんある。自然番組なんか見てる暇はない」

「とにかく見てください」

ふたたび、タイムライン。ジャングルにいる男たちふたりはいま、荷物とともにはしけに乗って、蛇行する川を移動している。そして、エーヴェルト・グレーンスはこちらの言ったとおりに画面を見ている。どういうわけか、いつもより話が通じている気がする。いつもとは違う態度で耳を傾けてくれているような。横柄だとも、距離を置かれているとも感じない。拘置所に入れられたのは当然恥ずかしかっただろうから、そのせいと考えることもできそうだ。が、そうではない。これは、制服のおかげだ。エリック・ウィルソンはそう確信した。ウィルソンの肩に入っている線のほうが多いからではない——グレーンスはそういうことを気にする人間ではない。そうではなく、制服の力で、グレーンスとウィルソンの相容れない部分がぼやけているようなのだ。個人としての感情が、もう邪魔をしていない。

制服を着る回数を増やしたほうがいいのかもしれない。少なくとも、この部屋では。

「おいウィルソン、もう一度訊くぞ——なんなんだ、これは?」

「すぐに説明します」

ここからだ。はしけに乗っている男の片方が、ぐんとズームアップされる。灰色の四角の向こうに、体がぼんやりと見える。これ以上近づくことはできない。

ウィルソンはエーヴェルト・グレーンスの顔をのぞきこんだ。徐々に興味を惹かれ、集中した表情になっていくのがわかる。

あのときも、こんな顔をしていた。

三年前——閉じこめられた中で正体を暴かれ、死の危険にさらされたピート・ホフマンが、アスプソース刑務所で演じてみせた人質劇。グレーンスはべつのスクリーンを見つめ、大いに逡巡したあげく、犯人を撃つよう、軍から借りた狙撃手に命令した。

「いまの、最後のところ」

「はい」

エーヴェルト・グレーンスが初めて、殺せ、と命じた人物。

「もう一度見たい」

ウィルソンはタイムラインに沿ってカーソルを移動させ、同じところからふたたび再生した。はしけにズームインするところだ。

その上で動いている男。

いや、いい、いい、いい。

エーヴェルト・グレーンスが顔を近づける。

どこかで……見た気のする男。

いや、いい、いい、いい。

剃りあげた頭に刺青が入っているようだ。体をくねらせる大蛇のように見える。いや、蜥蜴かなにかだろうか。

皮膚に埋めこまれた刺青のインクは、あのとき見つめていた頭にはまだなかった。間違いない、これは新しいものだ、とエーヴェルト・グレーンスは考えた。服装も異なっている。少し痩せもしただろう。

それでも。動き方。これだけは変えることができない。

「これは、いったい……どういうことだ？」

「だれかわかりますか？」

エーヴェルト・グレーンスは駆けるように本棚へ向かうと、人差し指でファイルの背表紙をたどり、一冊を引っぱり出した。最後にクリアファイルが綴じてあり、その中にCDが一枚入っていた。

「俺はな、ウィルソン、この男をさんざん観察したんだ。こいつの動きのパターンを。何時間も、何日も。動き方ってのはそういうもんだ。脳に焼きつけられて、いつのまにか意識の中に居座りやがる。こいつのことならいつでも見分けられる自信がある」

エリック・ウィルソンは、真っ赤になったグレーンスの顔をじっと見つめた。この人は、射殺の命令を下したあとになって、初めて知らされたのだ——その判断が、偽りの根拠に基づいていたこと。ピート・ホフマンが実は警察の側で働いていたこと。エーヴェルト・グレーンスという名の警部が、なにも知らずにうまく利用され、正当化された殺人を肩代わりさせられたこと。

「わかったんですね？　エーヴェルト？　この男がだれか、わかったんですね？」

それで、彼はウィルソンの部屋に駆けこんできて、二枚舌、と怒鳴った。警察本部の同じ部署に、真実と嘘が混在しているとはどういうことだ、と。

「どうなんですか？　エーヴェルト？」

いまも怒鳴っていてしかるべきだ。ピート・ホフマンは生きているのだから。エリック・ウィルソンはそれを知っていて、伝えなかったのだから。自分は無実の人物を死なせたと、グレーンスに思わせておいたのだから。

「ああ。たぶん、わかったよ。ちくしょうめが」

それなのに、いまの彼は妙に落ち着いて見える。その声に、グレーンスお得意の、あの食ってかかるような冷たい調子はない。

「パウラだろ。ピート・ホフマン。俺もな、こいつが生きてることは知ってたよ。最初からな」

エーヴェルト・グレーンスはクリアファイルからCDを出すと、初めは小さく口笛を吹きながら、やがてもっと大きく鼻歌を歌いながら、鏡のような表面にべたべたついていた指紋を拭き取り、パソコンの脇のスリットにCDを差しこんだ。

エリック・ウィルソンは、その顔から一瞬も目を離せずにいた。

さっきは、不本意そうな表情から、集中しきった表情に変わった。

〝こいつが生きてることは知ってたよ。最初からな〟

だが、いまはまったく表情が読めない。

「これはな、アスプソース刑務所の中央警備室の監視カメラで録画された映像のコピーだ。ピート・ホフマンが、なんというか……あの刑務所で死んだとされる日の、次の週の映像。四日目まで早送りするぞ」

グレーンスは口笛も鼻歌もやめ、口元も頬も張りつめた顔で、タイムラインに沿ってカーソルを動かした。四日、四夜。二十時六分のところで止まる。

「俺がこれまでに殺人事件を何件捜査してきたか、知ってるか、ウィルソン？」

そして、ふたりはその場面を見た。刑事施設管理局の制服を着た、髪のひじょうに短い男が、画面に現れる。外に出るときにカメラを見上げ、少々不自然なほど長いあいだ、視線をそこに据えている。のちにこの映像を検証する人物が、自分の正体を見破れるように。

「二百二十七件だ。そのうち五件が未解決。答えは出たが犯人をつかまえられなかったのが七件。だが、いま見たその殺人犯はな、ウィルソン……そいつのことだけは、いまだに毎朝目を覚ますたびに、つかまえられなくてほんとうによかった、と思う」

グレーンスは映像を止めず、そのまま流していた。カメラはいま、変装したその男が塀に開いた門を抜け、美しい夜へ、自由な世界へ出ていくところをとらえている。

「これに気づいたからだ。これで、俺は、俺たちは、こいつに騙されたんだとわかった。だが、死ぬまで黙っていようと決めた」

制服を着た男がふたり。机の同じ側にいる。

ふたりは黙ったまま、互いをじっと見つめた。

エリック・ウィルソンは、知っているのは三人だけだと思っていた。だが、この三年間、知っている人間は四人いたのだ。

「ありがとうございます」

エーヴェルト・グレーンスの目をのぞきこみ、待った。グレーンスが、ごく控えめとはいえ、こくりとうなずくまで。〝おまえはおまえの仕事をし、俺は俺の仕事をした。それでこういうふうになることもある〟

「うむ」

これで、話を続けられる。本来の用件を切り出せる。

「では、また同じことをしましょう、エーヴェルト」

「同じ……こと？」

「彼が生き延びられるよう、力を貸すんです」

よく撮れている写真とは言いがたい。明るさが足りず、ピントも曖昧だ。それでも、ペリー大統領首席補佐官がこれまでに手にした中で、もっとも明瞭な、もっともおぞましい写真だった。格子扉。檻だ。そして、格子の向こう、檻の中に、人がひとり。ティモシー・D・クラウズ。アメリカ合衆国下院議長――この部屋にいる全員が属しているのと同じ権力機構に、彼も属している。だが、この写真では、その権力を完全に奪われている。全裸になったも同然だ。

「IPアドレスをたどったところ、ボゴタのインターネットカフェに行き着いた。写真の下端にそう書いてある。NGAの調査官が手書きで入れたようだ。写真の日付と時刻の下に」

全員がペリーのもとに集まった。全員が同じ写真に目を凝らした。それでいて、同じものを見てはいなかった。人がなにかを見るときの例に漏れず、全員がそれぞれ異なる細部に注目していた。ひとりは写真がずいぶん暗いことに気を取られた。夜更けだ、この写真を撮った人物はひょっとして、より危険な印象を醸し出すため、わざと彼を寝かせなかったのだろうか、と考えた。もうひとりは檻のまわりのぬかるみに注目した。茶色い泥に足跡がたくさんついている。さらにもうひとりは、クラウズの服がひどく汚れているのを目にとめ、何日か前にここの廊下で彼が着ていたのと同じ背広だ、と気づいた。

さまざまな思考が影を落とす。とはいえ、よくあることだ。意味のないことを考えて身を守る。耐えがたいことから目をそらそうとする。いまは、背広とジャングルがまったく合わない、という事実に思いを馳せることすら難しい。

写真の上の右隅に、下のメモと同じ筆跡で走り書きされていたからだろう、NGAの調査官が記した情報に、四人は最後に気づいた。この写真はもともと、ホワイトハウスが公にしているメールアドレスを通じて、大統領本人に宛てて送られてきたものだという。

「これは……なんだろう？　もしや……」

ペリー大統領首席補佐官は檻の中の床を指差した。薄い藁マットレスがクラウズの後ろに敷いてあるが、彼が指したのはそれではない。すぐそばに置いてある、プラスチックの丸いものだ。食べ物を入れるボウルのように見える。

「ええ。私もそう思う」

副大統領はため息をつかない。だれもため息はついていない。

それではとても足りないのだ。

「半分ぐらい入っているわね。なにか……いろいろまざっているように見える。じゃがいもかしら？　じゃがいもと、なにかがまぜてある？　そうじゃない？」

檻。

床に置かれた食事。

人からすべての尊厳を奪い、動物とみなすこと。

写真の左端、同じ茶色のぬかるみの上に、もうひとつ檻があり、その一部がはっきりと写っている。中に人がいるのもわかる。床に直接座り、こちらに背を向けている。どうやら女性のようだ。写真の右端には、まるでわざと置いたかのように、武器がスタンドに立てかけられていて、スタンドの金属の脚四本が泥に埋まっている。

「ロシア製の対戦車ロケット弾発射器ですね」

CIA長官が顔を近づけ、眼鏡を替えた。

「RPG‐29、通称〝吸血鬼《ヴァンピール》〟。戦車もバラバラにできる。第二次レバノン戦争でヒズボラが使って、イスラエルの戦車をいくつも破壊した」

力を誇示するには、いちばん簡単な方法だ。

「檻。ロケット弾発射器。それなのに、なんの要求もない」

ペリー大統領首席補佐官は四人全員の知り合いである男に目を凝らした。手前に来て立てと指示されたのだろう、竹の格子を力の限りに握りしめている。

「理解できない。あなたがたはどうだ？　この写真！　こんなものを送ってくるだけで、なんの要求もないとは」

竹の棒をつかむクラウズの両手の指には、痙攣しそうなほどに力がこもっているように見える。その力で、かろうじて立っている。果てしなくうつろな視線。カメラのきついフラッシュが彼の顔を直撃し、日焼けした小麦色の肌をほとんど真っ白に見せている。

「これだけだ。いまのところは」

ペリーはついさっき離れたばかりのソファーに戻り、写真紙をテーブルの中央に置くと、やや遠くへ押しやった。恐怖におびえた、すがりつくようなその視線から、逃れようとしたのかもしれない。トンプソン副大統領がそのとなりに座り、紙を引き寄せると、長いあいだ、無言でその写真に目を凝らした。

「私たちは、このような事態を引き起こした主な犯人、十三人を殺害対象者として公表した。テロ集団のトップに君臨する連中を」

写真を顔に近づけたままで、まるで直接話しかけているように見える。写真の中で帰りたがっている仕事仲間に向かって。

「これからその十三人を、ひとりずつ片付けていく。半ば犯罪者でしかない、米国市民ですらない男なんかに、その邪魔はさせない」

彼女はうなずきさえした。写真に向かって。クラウズに向かって。

「片付けていく。ひとりずつ」

エーヴェルト・グレーンスは立ち上がり、そわそわと室内を歩きまわった。やがて、落ち着きたいときにはいつもそうするように、古いプレーヤーにカセットテープを入れた。シーヴ・マルムクヴィストの『本気になんかならないわ』、毎回同じバージョンだ。そして腰を下ろし、刑務所を出る男を映した監視カメラ映像と、ジャングルの中ではしけに乗る男を映した衛星画像を見比べた。

黙ったまま。

だが、ついに口を開いた。

「なるほど、これで食い扶持を稼いでるのか」

グレーンスは皮肉な態度を取ることが多い。意地の悪い、辛辣な態度と言ってもいい。このコメントも、そう解釈できないこともない。だが、その顔を、その目を見るかぎり、そうではなさそうだ。間違いない、とエリック・ウィルソンは思った。

「そうです。これで食い扶持を稼いでいた。ところが、いまから三十分前、彼の雇い主が雇用の打ち切りを決めた」

今度はウィルソンが本棚に近寄る番だった。年代物のカセットプレーヤーの上の段。そこから、分厚い、重い冊子を引っぱり出した。世界地図だ。いつもの癖で後ろからめくろうとして、昔よく見た紙製のポケットと、その中の返却期日票に気づいた。つまみ出し、裏返し、読んだ。

ストックホルム市立図書館

返却期日　一九八九年十月十八日

笑みを浮かべる。警部のほうを見ると、彼も微笑んでいた。

「もう時効だ、ウィルソン。違うか？」

エリック・ウィルソンは答えずに、グレーンスのコーヒーカップ、電話、デスクランプ、最後に進行中の捜査資料の山を移動させると、そうして空いた空間に分厚い冊子をはめこみ、目的のページまでめくった。二百十八ページ。南米の広域地図。ペン立てにあった赤いフェルトペンをつかみ、それで何本か国境線をなぞった。地図の左上の隅にある四角形、いや、ひし形か。一方はカリブ海に面し、もう一方は太平洋に面している。

「エーヴェルト」

「なんだ」

「コロンビアについて、どんなことを知っていますか」

「いままで飲んだ中で最高のコーヒー。あれはブラックで飲まなきゃならん。しけた牛乳なぞもってのほかだ」

ウィルソンはまた微笑んだ。この部屋にはいまのところ、皮肉も、辛辣さもない。

「なるほど。ほかには？」

「きれいな国で、温度は快適、人もいい。だが、腐敗しきってる。暴力的で、麻薬があらゆることの土台になってる。俺が絶対に行かないと決めた、数少ない場所のひとつだ――もちろん、人口の九十九パーセントはまともなんだろうが」

ウィルソンはグレーンスに地図を向け、赤い線を指でなぞった。

「それでも、行ってもらいます」

エーヴェルト・グレーンスは開かれたページを見もしなかった。代わりに、ほとんどささやくような小声で言った。

「このいまいましい建物の中で、俺たちが調べてる事件のほとんどはな。知ってたか、ウィルソン？　大半の事件は、麻薬がらみだ。まさにそこ、おまえが話題にしてるコロンビアでつくられた麻薬だ」

「〈ガイラ・カフェ〉という店があります、エーヴェルト」

「このちっぽけなスウェーデンって国で報告されてる麻薬犯罪の件数は、年に十万件。ここ十年で倍になった。麻薬犯罪だけでこれだ。金を手に入れてクスリを買うための強盗、窃盗、空き巣は含まない。麻薬取引の縄張りを守ったり、借金を取り立てたりするための暴力犯罪も含まない。麻薬はな、ウィルソン、あらゆる犯罪の、俺たちの仕事すべての原動力だ。わかるか？　すさまじいコストだ。スウェーデン人の薬物依存によるコストの合計は、年間三百億近くになる。医療、社会福祉、疾病手当、早死に。そういう諸々のコスト。加えて、店の壊されたウィンドウ、こじ開けられたドア、警察の介入、裁判、銃撃やら傷害事件やらのあとの治療……ウィルソン、麻薬は犯罪の原動力であるだけじゃない。社会全体を動かす力でもある！　そう考えると、みんな本気でこれを終わらせたいのかどうか、怪しいところじゃないか？　こんなにもたくさんの人間が、麻薬のもたらす影響のおかげで食ってるんだ」

「ボゴタの〈ガイラ・カフェ〉」

エリック・ウィルソンは未返却の世界地図をさらにめくり、街の地図を開くと、グレーンスがあきらめて地図を見下ろすまで、それを指差しつづけた。

「なにが言いたい」

「所在地はカジェ96、カレラ13と13Aのあいだ」

「そうかい」

「そこで、彼に会ってください。あなたの映像で、中央警備室からのんびり出てきた男に。僕の映像で、トラックからはしけに乗り換えた男に。あなたの乗った飛行機が、エルドラド国際空港に着陸した時点で、詳しい時刻を知らせます」

グレーンスは答えなかった。が、抗議もしなかった。地図に見入っているようだ。べつの現実を示す、いくつもの線、いくつもの四角。

「僕は行けない。行けたらいいとは思うが、とても無理だ。もしばれて調べられたら、僕を通じて、アメリカでホフマンを雇った人の名前が明らかになってしまう。彼女は職を失い、将来を失うことになる」

年老いた警部はふたたび立ち上がり、音楽のボリュームを上げた。『トウィードル・ディー』、癇に障ってしかたのない陽気なメロディーは、六〇年代というより五〇年代のように聞こえる。

「聞いていますか、エーヴェルト？　あなたは――この際だ、率直に言わせてもらいますよ――この建物にいる中で、この任務にもっともふさわしくない人かもしれない。実に残念なことだ。しかし、あなたなら彼女とのつながりが明るみに出ることはない。あなたは問題の男を知っている。しかも、結局はこの一点に尽きるんだが――あなたは、僕のほかにたったひとり、彼が信用することのできそうな人物でもある。刑務所を脱走するにあたって、証拠の入った茶封筒をあなた宛てに送ったのだから」

ウィルソンはエーヴェルト・グレーンスを見つめた。グレーンスは立ったまま、シーヴ・マルムクヴィストの声にも上司の声にも耳を傾けているように見えた。

「エーヴェルト、あなたの任務は、ホフマンに会って、彼を支援することです。詳しい内容は、状況や可能性に合わせて変わるでしょう。荷造りをして、パスポートを取りに行ってください。そのあとに、必要な予備知識をすべて渡します」

曲が終わりに近づき、リフレインがついに弱まっていく。

「エーヴェルト、僕は、ここで彼に会いたい。生きている彼に」

「悪いがな。パスポートすら持ってない。外国に行きたいなんてめったに思わんからな」

「そこはなんとかします」

沈黙。カセットテープは終わった。グレーンスは新しいテープをかけない。

「これは、つまり……命令なのか、ウィルソン？」

「いや。命令ではありません。警察官としての権限を持って行くわけではないので。したがって、保護もされない」

この部屋で、古いコーデュロイのソファーとべつの時代の音楽に囲まれているときには、実にどっしりと構えている、大柄な警部。その彼がいま、上司を見つめ、肩をすくめる。

「そんなことを言われるとそそられるじゃないか」

「しかも、どんな状況になろうと、ここの人間があなたに任務を与えたと認めることはない」

「要するに、潜入捜査をやる犯罪者と同じってことか」

グレーンスが、また微笑んでいる。

「エーヴェルト」

ウィルソンは、その表情に慣れてきたと言ってもいいほどだ。

「すぐにでも出発してください。ただちに。事態は一刻を争います。前例からすると、アメリカ人がこういう行動に出るときには――こんなふうに大々的に発表して、国際社会に訴えかけるときにはいつも、すばやく攻撃を仕掛けるんです。すでに最初の標的を見定めて、射程圏内に入れているにちがいありません」

テレビゲーム。そんなふうに見える、感じられるということには、一生慣れられそうにない。いつ下の階から〝食事にしましょう〟という声がしてもおかしくない、と思ってしまう。一時停止ボタンを押してゲームを中断し、階段を駆け下りていくまで、しつこく呼びかけてくる母の声。そうして彼は、なにやら焼かれて食卓に出されたものを黙って食べ、終わるとまた階段を駆け上がり、部屋の机に向かってゲームの別世界に入る。

スティーヴ・サブリンスキーはジョイスティックを軽く握り、コンピュータの両方の画面に視線を走らせた。やはりテレビゲームのような感覚がある。いや、そういうふうに思おうとしているのだろう。これは遊びだ、と。いま自分がいるこの狭い部屋は実家の子ども部屋で、人間に弾を発射すればポイントを獲得でき、終わったら〝リスタート〟ボタンを押せば全世界がリセットされて、なにごともなかったかのように最初からやり直せる。

だが、そうではない。

遊びは、現実になった。

死んだ人間は、これが終わっても、死んだ人間でありつづける。

カップに入れた緑茶を半分、コカ・コーラを半分飲んだ。いま彼がいるのは、この船の設計者が甲板のすぐ下、階段のそばに設けることにした部屋だ。広さは数平方メートル。設計図の中でこの空間だけが余っていることに、造船業者が作業を始める直前に気づいて、〝他人の命を奪うやつが座る物置部屋〟と走り書きしたのではないか、とすら思える。実際、座るにはなんの問題もない。狭いが、コンピュータとモニターを置くための机と、座るための椅子が入るスペースはじゅうぶんにある。

「サブリンスキー」

「はい、閣下《サー》」

「標的の位置を確認した。現在監視中だ」

そして、この大きな航空母艦の戦闘指揮官が入るスペースもある。サブリンスキーのすぐ背後に立っている彼が、少し前かがみになって、書類を一枚渡してきた。

「標的のGPS座標」

ニンニク。それと、コーヒー。戦闘指揮官の漂わせているにおいだ。温かな息がうなじにかかる。

「ＵＣＡＶ起動」

スティーヴ・サブリンスキーは座標を入力した。ほんものの世界――テレビゲームの画面を超えた世界では、ほんものの家族が住むほんものの家を意味する座標だ。それからダウンロードボタンを押し、準備完了を示すランプの点灯を待った。

航空母艦、リバティー。

全長三百六十五メートル、重量は十万二千トン。乗員数、四千七百名。発艦用と着艦用のスペースが分かれている。

ほんものの空母。

後ろにいるのは、ほんものの戦闘指揮官だ。

長い時間をかけて、ここまでたどり着いた。このために訓練を受け、教育を受けてきた。真夜中に出発命令を受け、サンディエゴ海軍基地を離れて西海岸沿いに太平洋を移動し、メキシコ、グアテマラ、エルサルバドル、ニカラグア、コスタリカ、パナマを素通りして、ここに来た。コロンビア沖、海岸から八海里のところ。甲板に出ると、電子機器の並ぶ部屋の乾ききった空気が、肌をやさしく撫でるさわやかな海の空気に変わり、ブエナベントゥラの輪郭がくっきりと見える。

ＵＣＡＶの燃料が満タンであること、そちらのシステムにも座標が正しく入力されていることを確かめてから、エンジンをかけ、カメラを起動した。

そして、戦闘指揮官のほうを振り返る。指揮官はうなずいた。

スティーヴ・サブリンスキーはジョイスティックの側面にあるボタンのひとつを押した。重さ九十七キロのドローンが動きだす。空母の甲板の片端から、もう片方の端へ。画面のいちばん下に表示された数字で、ドローンが時速八十五キロメートルを超えたと確認できた瞬間、甲板の縁に到達する直前で、彼はジョイスティックを引き、ドローンを解き放った。発艦させ、飛行させた。

画面上を動くその姿は美しい。目的地へ向かって飛んでいく。そうなるように、彼が操作したからだ。

サブリンスキーは自分が息を止めていたことに気づき、ふうと吐き出した。あらためて、深く息を吸いこむ。

そのとき、ドローンの高度が落ちた。

スピードを上げろ。スピードを！

ドローンはふたたび上がっていく。

「よし。その高度を維持してくれ。水面から五メートル、最大で七メートル上だ」

凪はほとんどない。水面は凪いでいる。うまくいくだろう。

「ブエナベントゥラに着いたら、高度を上げる」

標的の座標。画面の右上端。間違いない、ドローンは正しい方向に進んでいる。高度。速度。これらの数字も合っている。そして、その下の欄に、武器についての情報が表示されている――サーモバリック爆薬を搭載したロケット弾。

防御のない標的に向けて使われる砲弾だ。

起爆とともに強烈な衝撃波が発生するため、人は爆発で死ななかったとしても、その衝撃波で死亡する。

「標的までの距離は?」

「八キロメートルです、閣下《サー》」

「ここで閣下と呼ぶ必要はない。いいな?」

「わかりました、閣……わかりました」

「海岸に到達したら高度を上げる。百メートルまでだ。建物のある地域を避けろ。標的の座標を見るに、カリ方面を目指して飛ぶことになる。標的が確認できたら、さらに五十メートル高度を上げる。そして、ロックオン」

これはもう、テレビゲームではない。初めての経験だ。

「対象が標的内にいることを確認。いまだ、サブリンスキー……」

遊びから、現実へ。

「……ロックオンだ」

「ロックオン完了。起爆まで百十五秒」

「横風は？　高度は？」

「横風なし。高度百五十メートルから降下中」

生から、死へ。

「安全装置を解除しろ」

「安全装置解除完了。起爆まで五十七秒」

大きな画面の中央にはいま、射撃用の標的ボードが映し出されている。少なくとも、そんなふうに見える。円がいくつも重なっているのだ。そして、いちばん内側の円の中に、家が一軒見えてきた。ドローンが接近し、それによってカメラも接近すると、家の外でなにかが動いていることもはっきりしてきた。おそらく人間の体が三つ、小さいのがふたつに、大きいのがひとつ。

スティーヴ・サブリンスキーは〝中止〟を意味するボタンに人差し指をそっと置いた。中止しろ、といつ命令されても対応できるように。

「起爆まで十秒」

エーヴェルト・グレーンスは、かさばるスーツケースを手に、いつもより少し足を引きずって歩いている。スーツケースは茶色で、表面はなめらかでなくざらざらしていて、なにでできているのかよくわからない。プラスチックなのかもしれないし、硬い厚紙に革を張ってあるのかもしれない。記憶のとおり屋根裏の物置にしまってあり、あそこにあるものの例に漏れず、盛大に埃をかぶっていた。けっして洒落たものではないし、ろくに使ってもいない。昔、いっしょに買ったものだ。というより、アンニがふたり分を買った。片隅に貼ってあるエッフェル塔のシールは、アンニがホテルの部屋で初日に貼ったもので、以来ずっと剝がしていない。

「エーヴェルト？」

スヴェン・スンドクヴィスト。机に向かっている。犯罪捜査部の廊下へのドアを開け放し、短い金髪の頭にヘッドホンをかぶって、頰杖をついて軽く前のめりになっている。自分が取調官の役目を引き継ぐ前に行われた事情聴取の録音に耳を傾け、検討するとき、彼はいつもそんなふうに座っている。

仕事のていねいさはあいかわらずだ。

「急いでるのかい」

「まあな」

エーヴェルト・グレーンスがそのまま歩いていく。長年にわたる付き合いを経て、最近はよくここで立ち止まり、ドアの枠にもたれて話をしていくようになったエーヴェルトが。彼があえて会話をする相手はそう多くないのだ。スヴェン・スンドクヴィストはドアへ急ぎ、廊下を去っていこうとする男の背中を目で追いかけた。

「エーヴェルト、なにをするつもりだ？」

「それは言えない」

「持ってるの、スーツケースかい？　どこかに……」

「悪いがな、スヴェン、おまえには関係のないことだ」

次の開いたドア。マリアナ・ヘルマンソンの部屋だ。彼女はエーヴェルト・グレーンスの姿に気づくと、大声で呼びかけてきた。

「クロノベリ拘置所の設備を視察してらしたそうですね！　何時間も！」

今度はグレーンスも立ち止まり、室内をのぞきこんだ。ヘルマンソンもスヴェンと同様、机に向かっているが、なにかに耳を傾けているわけではなく、代わりにテレビ画面に目を向け、面通しの場面を録画した映像を見ている。マジックミラーの窓の向こう側に、番号札を胸に下げた男が何人もいて、ひとりずつカメラの前を通っていく。おそらく初めて見る映像ではなく、裁判の証拠として使えるかどうか判断するため見直しているのだろう。あちらのスヴェンも、こちらのマリアナも、仕事は実にていねいだ。

エーヴェルト・グレーンスは、彼なりに、このふたりを誇らしく思っている。

「そんな話、おまえの耳に入るはずがない。そういう情報は極秘だからな。スウェーデンの警察官たるもの、極秘情報を漏らしたり、同僚の噂話をしたりはしない。違うか、ヘルマンソン?」

「そういう決まりなら、警部ご自身が率先して破ってらっしゃると思いますけど。部下を無能呼ばわりしてる声がいつも聞こえます」

「なんの話かわからんな……この階にいる連中に訊いてみろ、みんな口を揃えて言うはずだぞ。俺が大声を出したことは一度もないと」

グレーンスは微笑んだ。ヘルマンソンも笑っている。

グレーンスが立ち去ろうとすると、ヘルマンソンがスーツケースを目で示した。

「どこか行かれるんですか？」

「ああ」

「で？」

「おまえにこれ以上話せることはない。だがな、俺の机の上に、逮捕の近そうな事件の捜査資料を置いておいた。スヴェンと手分けして片付けてくれ」

「お帰りはいつですか？」

彼女もスヴェンと同様、去っていくグレーンスの背中に呼びかける。

「警部！」

「わからん。まだな。一週間後か。二週間後か」

振り返らずにそのままエレベーターに乗ると、地階に着いたところで降り、クングスホルム通りへの出口に向かった。そこでエリック・ウィルソンが待っていた。自分の私用車に乗って、エンジンをかけたまま、いつでも出発できる状態で。グレーンスは後部座席にスーツケースを放りこみ、車はしばらくラッシュアワーの続く首都を走りはじめた。バス専用の車線を使い、それがなければ中央線を無視して走った。ノルトゥルから街を出て高速E4号線に向かい、さらに少しスピードを上げた。

「あそこ」

ハーガ公園を通り過ぎたところで、エーヴェルト・グレーンスはサイドウィンドウの外を指差した。

「今日は、あそこに行く予定だったんだ」

柵の向こうに、ストックホルム北墓地が広がっている。長きにわたって彼のすべてだった人が、そこに眠っている。

「まあ、あそこに行く予定なのは、いまも変わらないんだろうが」

割れたボトル二本。この旅から帰ったら、また試みるつもりだ。

「首席検察官がクソったれなのも、変わらない事実だ」

そのあとは、ふたりともずっと黙っていた。ヘレーネルンドを、ソレントゥーナを通過する。ウップランズ・ヴェスビーが近づいてきたところで、ウィルソンがグレーンスの前に手を伸ばしてグローブボックスを開けた。

「エーヴェルト、このいちばん奥に入ってる、ビニール袋の中にね。緊急事態にそなえて、携帯電話が二台入っています。ホフマンとの連絡用に一台。僕との連絡用に一台。どちらの電話にも、ひとつの番号からしかかかってこない。どちらの電話からも、ひとつの番号にしかかけることはできない」

互いにかけるためにだけ使われる、匿名プリペイド式携帯電話が二台。だれかに調べられても、電話を奪われても、名前が明らかになることはない。匿名の利用者が、べつの匿名の利用者と電話をかけあっているだけで、たどってもなにも出てこないし、どこにもたどり着けない。

「そのそばに、あなたの仮のパスポートが入っています。有効期間は二か月。アメリカへの入国許可も用意しました。まあ、念のためですが」

エーヴェルト・グレーンスはピンク色のものを引っぱり出した。〝緊急旅券《エマージェンシー・パスポート》〟。ふつうのパスポートより薄い。めくってみると、自分の写真に行き当たった。警察の職員名簿から取ってきた写真だ。

「その下、クリアファイルの中に、ほかに必要なものが入っています」

グレーンスはそれも出した。いちばん上が、飛行機の予約証。出発時刻、十九時二十五分。経由地ロンドンで一泊。飛行時間は合計で二十六時間二十分だ。

「明日の十六時十分にボゴタ到着です。現地時間で」

次の書類は、ホテルの予約確認書だった。

「〈エステラル・ラ・フォンタナ〉。五五五号室。最上階で、静かそのものですよ。僕がいつも使っているホテルです」

それから、地図だ。グレーンスはそれを広げてみた。ボゴタ市街地の地図。地図帳に載っていたものに似ているが、もっと大きく、もっと詳しい。赤いフェルトペンで、大きな文字が三つ記されている。F——空港《フリューグプラッツェン》。H——ホテル。その中ほどに、P。

「パウラ。いまもそう呼んでいます。ここが待ち合わせの場所です。〈ガイラ・カフェ〉、十五時に。どの日になるかはまた連絡します」

エーヴェルト・グレーンスはパスポート、予約確認書、待ち合わせ場所の記された地図を手に持った。

「おまえ、ハンドラーの仕事はどのぐらいやってたんだ？」

「期間ですか？」

「ああ」

「十二年ですね」

「そうだろうな。技量は衰えてない」

皮肉も苛立ちもない。真剣そのものだ。エーヴェルトの声からそうと聞きとれた。エーヴェルト・グレーンスに心から褒められたのは、これが初めてにちがいない、とエリック・ウィルソンは考えた。

いい気分だ。

「まあ、そうですね。協力者候補が拘置所にいるときにスカウトするのも、昔から変わっていません」

ふたりとも笑みを浮かべた。今日はもう、何度かそうしている。

「最後の書類ですが」

ウィルソンがグローブボックスを目で示してうなずき、グレーンスは中を探った。別のクリアファイルに入った、ぎっしりと文字の詰まったA4用紙が、五枚見つかった。

「日誌を書きつづけることにしたんです。彼が生きているとわかった時点で。それは、そのコピーです」

「で、今回は……これがすべてだな？」

警察の同じ部署で、嘘と真実がまざりあっていた。犯罪を解決するために、ほかの犯罪が隠されていた。真相を語る極秘の報告書が書かれる一方で、登録簿の情報が捏造され、警部が誤った決断を下すはめになった。あのときはそうだった。そのせいで、あんなことになった。

「ええ」

エリック・ウィルソンは少しスピードを落とした。トレーラートラックがべつのトレーラートラックを追い越そうとしていて、追い越し車線全体が減速せざるをえなくなっている。着々と出発時刻の近づく飛行機をつかまえるのに、貴重な秒数が失われていく。

「グレーンス警部——約束します。秘密はいっさいありません」

こんなことをしたのは初めてだ。ハンドラーの第一の掟——潜入者に関することはなんであれ、いっさい他人に触れさせてはならない。自分はいま、その掟を破っている。クリアファイルの中には、潜入者の名前、ハンドラーの名前、ほかの連絡先の名前がある。戦略、会合場所、家族状況、住まい、外見、特徴の書かれた紙がある。そして、いまやテロリストの烙印を押されたゲリラ組織への、二年にわたる潜入捜査の成果を、五ページにまとめた書類も。かつて潜入者たちの相棒として生きていた時代には、こういう情報は手書きで残し、黒いファイルに保管していた。コードネームのあとに、日付と、その日行った短い会合の要約。そういう会合はかならず、二か所から入れる改装中のマンションの、だれもいない一室で行われた。会合ごとに一ページ。そして、日誌にはかならず封筒が添えてあった。中には潜入者の本名が入っていて、ハンドラーが任務初日につややかな赤い封蠟で密封する。ファイルと、封筒。それを、担当の情報提供元監督責任者の金庫に入れて、六桁の暗証番号と重い扉で隠していた。

これは、過去に学んだこと、従ってきたルールのすべてに反している。だが、ほかに道はない。ピート・ホフマンが生き延びるためには。

「ロンドンに行く飛行機の中で読んでください。で、ヒースロー空港に着いたら、セキュリティー検査に向かう前にトイレに行くこと。どの書類もできるだけ細かくちぎって、いくつかの便器に分けて、流してください」

アーランダ空港への出口。エリック・ウィルソンは右にハンドルを切り、制限速度をはるかに上回るスピードで残る道のりを走り抜けた。

「支払いはすべて、現金で立て替えておいてください。あとで、匿名の情報提供者への謝礼として確保されている資金から、支払いをしますから」

エーヴェルト・グレーンスは上着の内ポケットを探った。警察の紋章の入った革ケース、身分証、仕事用の携帯電話、すべてが空になったグローブボックスに投げこまれる。

「あなたは観光客として現地へ向かい、観光客として飛行機を降りる。さっき言ったことを繰り返します。警察官としての権限はない。保護もされない。いつであろうと、どんな状況であろうと、ここの人間があなたに任務を与えたと認めることはない」

第五ターミナル。到着だ。グレーンスは茶色いスーツケースを持って車を降りた。するとウィルソンがサイドウィンドウを開け、封筒を差し出してきた。

「五人分の航空券です。ボゴタからの帰りのチケット。すべてオープンです」

警部は上司を見つめ、次いで封筒を見つめた。破って開ける。一枚目に、自分の名前。次に、ペーテル・カール・ハラルドソンとある。それから、マリア、セバスチャン、ヴィリアム・ハラルドソン。

「なるほど、これが……いまの名前か？」

エーヴェルト・グレーンスは、顔に出したくはなかったが、心の中ではひそかに感銘を受けていた。ウィルソンはすべてを考え抜いている。最初からずっと、抜けたところはひとつもない。彼の責任である潜入者を守る網に、綻びはいっさいない。

だが、自由な発想力はいまひとつ欠けているようだ。

ＰＫＨ。

ピート・コスロフ・ホフマン。ペーテル・カール・ハラルドソン。

「かならず連れ戻してください、エーヴェルト。ピート、ソフィア、ヒューゴー、ラスムス、全員を。生きて帰すんです」

画面の映像は消えている。だが、スティーヴ・サブリンスキーは例の狭い部屋で、自分の席に座ったままだ。幸せを感じるべきだろう。内側は高揚感に沸き、外側では笑い声をあげていてしかるべきだ。ずっと長いあいだ、ここを目指して進んできたのだから。ついに実戦に参加できたのだから。それなのに、うれしいとはかけらも思えない。ただ……うつろな気分だ。現実だからだろうか。〝リスタート〟ボタンはない。まったく同じ一日を最初からやり直すことはできない。テレビゲームの世界を離れ、ほんものの世界に参加してしまった。そこで息をして歩きまわっていたほんものの人間は、もう息をしておらず、歩きまわってもいない。爆弾で吹き飛ばされたから。

起爆まで、残り十秒だった。背後から聞こえてくる声を、〝中止〟と叫ぶ声を待っていた。が、その声はついに来なかった。十秒は五秒になり、三秒になり、一秒になり、画面に映し出された画像は実に正確で、詳細で、ドローンが兵器を放つところも標的が爆発するところもはっきりと見えた。

「サブリンスキー」

戦闘指揮官。しばらく姿を消していた。着弾《インパクト》のあと、情報センターに行っていたのだ。

「はい、閣下《サー》」

「閣下、だと？　さっき私はなんと言った？　この部屋でのルールはなんだった？」

「覚えています」

「よし。閣下《サー》などという男はここにはいない」

戦闘指揮官はサブリンスキーの肩に手を置いた。ずしりと重い、温かい手で、話しながらがしりと強くつかんできた。

「これを見なさい」

もう片方の手に、写真を三枚持っている。指揮官はそれを、幅の狭い机の上、キーボードとジョイスティックのあいだに広げた。

「ほんの数分前の写真だ。うちの偵察者が撮影した」

一枚目の写真。斜め上から撮影された白黒写真だ。家が一軒。というより、ついさっきまで家だったもの。いま残っているのはコンクリートの土台だけで、その上に瓦礫が散らばって燃えている。

「成功だ」

次の写真で、視野が広がった。人の姿が見える。炎から少し離れたところで、地面に横たわっている。

動かずに。

「テロリストを倒したんだ」

スティーヴ・サブリンスキーは光沢のある写真紙の表面を人差し指でなぞった。ここ、これはどうやら……小さな遊び場のように見える。ブランコがふたつ、鋼鉄の枠に巻きついて、いちばん上に引っかかっている。

まず、爆発。それから、衝撃波。

三枚目の写真で、ふたたび接近する。それで、わかりやすくなった。自分が見ているものが、いったいなんなのか。地面に倒れているのは、女性がひとり、子どもがふたり。だが、どんなに探しても、標的が見当たらない。やがてその理由がわかった。標的は家の中にいたのだ。そして、その家自体が、もうなくなっている。

エリック・ウィルソンはまったく動けずにいた。ストックホルムに戻る途中、アーランダ市街からの入口そばで、高速E4号線に乗れるのをひたすら待っている。見たかぎり、車の列はいっさい途切れていない。こんなところで渋滞か？　視界はひらけていて、少なくとも一キロ先まで見えているが、何百台もの車が同じように動けずにいるのがわかる。そして、腹のあたりから、胸と喉を通って湧きあがってくるものがある——ストレスだ。もう焦る必要はないのに。ちゃんと間に合ったではないか。エーヴェルト・グレーンスは出発便のゲートに向かっている。いまやるべきことはもうなにもない。ニュース映像のあとに湧き起こってきた、あの御しがたいアドレナリン、アメリカ大使館へ行く途中で渋滞にはまったときにもほとばしっていたアドレナリンが、もう止められなくなっているように感じる。いや、ひょっとすると、自分が止めたくないだけなのかもしれない。なじみの感覚だ。本来の自分に戻ったような気がする。会議室や交渉とは遠く離れたところ。そして、このアドレナリンは、しばらくは消えてくれないだろう。自分でわかっているのだ。今日の夜も、夜中も。心臓が早鐘のように打ち、汗がにじみ出て、だれかに追われてひたすら逃げる、あのいまいましい悪夢がやってくるだろう。昔、これが日常だったころは、酒で感覚を麻痺させていた。今夜はそうするつもりはない。アルコールがもたらす効果にはもううんざりだ。気持ちがかたくなになり、攻撃的になってしまう。アドレナリンが封じこめられて、一時的にはおさまっても、夜が明ければ力を増し、不安や煩悶、胸騒ぎを連れて現れる。そんな連中とまた会いたいとは思わない。

「はい……こちら当直」

かけたのは登録されている番号だ。電話のマイク部分を口に近づける。

「犯罪捜査部のエリック・ウィルソンだ。アーランダから戻る途中で渋滞にはまっているんだが、なんの渋滞だかわかるか？」

「少しお待ちを」

雑音のまじった沈黙。次々と押されるボタン。

パソコン画面に視線を走らせているのだろう。

「大型トラックみたいですね。ブレッデンICのあたりで衝突事故があって、横転したそうです」

「車線を直角にふさいでいます。全車線を」

「横転？」

「処理が済むまでにはどのぐらいかかる？」

さらに雑音。ボタンを押す音。

「調べて、こちらからかけ直します」

ウィルソンはため息をつき、電話を手に持ったまま待った。

これが私用車でなければ、青色灯をつけて路肩を走れたのだが。

市街地を出るときに買った紅茶は、もうすっかり冷めてしまっている。紙コップまでもが凍えているようだ。ウィルソンはホルダーからカップを持ち上げ、残りを飲み干した。なんの役にも立たない。焦りは変わらずそこにある。体内の太鼓がめちゃくちゃな拍子で鳴っている。

同じ渋滞で動けなくなっている何千もの人々。いつ抜けられるかもわからない。たったひとりが判断を誤ったせいで、こんなにもたくさんの人々の夜が一変した。いや、明日も変わってしまったかもしれない。会うはずだった人に会えなくなって、チャンスが失われた、などといった形で。動きを求め、期待する気持ちが、二酸化炭素となって、車のアイドリングによって排出されていく。

ウィルソンは伸びをし、窓の外をぼんやりと眺めた。何滴か残った紅茶を飲み、ドアポケットに丸まって入っていた袋ののど飴をいくつかなめた。

そのとき、電話が鳴った。交通情報の当直か。ずいぶん早い。

「もしもし」

大気雑音。電子的な、パチ、パチ、という音。だが、だれの声も聞こえない。

「もしもし？　ウィルソンだが」

雑音、パチパチという音が、まだ聞こえる。だが、ほかにもなにかある。人の息遣い。

「用があるなら……」

「いま、ひとりですか」

頭を鞭で叩かれた。そんなふうに感じた。なにかが破裂して、安堵の波を放った。こんな感覚は生まれて初めてだ。

「ああ。ひとりだよ」

これまでの年月、電話はいっさいしなかった。そう決めたからだ。連絡を取りあうたびに痕跡が残る以上、リスクが大きすぎる。だが、殺害対象者リストが出てしまったいま、これは生きるための道だ。

「エリック、あなたの助けが要ります……」

接点はひとつしかなかった。これからホフマンに、行け、と命じる場所。

「……状況が変わったので」

「知っている」

「これまで四時間、スー・マスターソンにもルシア・メンデスにも連絡を取ろうとしたけど、応答がないんですよ。俺が電話できる番号、唯一の連絡手段が、もう使えなくなってる。片方の電話は、つい三十六時間前に受け取ったばかりなのに。要するに、ふたりとはもう話ができない」

〝ピート。パウラ。エル・スエコ。いま、きみの声を聞いている人間がほかにいるとしたら。この会話を盗聴している人間がいるとしたら。冷静で淡々とした声だと思うだろう。つまらない声だ、とすら思うかもしれない。

だが僕には、べつの感情が聞こえる。

恐怖。

こんな恐怖のにじんだきみの声を聞くのは初めてだ〟

「それも知っている。僕は……」

鋭い、しつこい雑音。そして、沈黙。通信が途切れたのだ。

エリック・ウィルソンは、前にも後ろにも動かない渋滞にはまったまま、沈黙した電話を握りしめている。

これまでは、ピートが全部知っているかどうか不明だった。この午後のうちに、もう情報が伝わっているのかどうか——彼が公に死を宣告された、という情報が。

だが、いまわかった。ピートは知っている。自分が出会った中でもっとも優秀な潜入者である彼は、これから生き延びるための計画を立て、準備を進めることができる。安堵の波がまた押し寄せてきて車内を満たした。

右手がまた震える。

ウィルソンは一回の呼び出し音で応答した。

「さっきは切れてしまった。僕は……」

「もう始まってるんですよ、エリック。ついさっき、最初の攻撃があった。アマソナス・ブロック司令官。家族全員がやられた」

「ハートのキングか」

「えっ?」

「そう呼ばれているんだ。殺害対象者リストでは」

「呼ばれていた、ですね」

恐怖。ウィルソンにしか聞こえない感情。それが、さらにありありと伝わってくる。

〝家族全員がやられた〟。いままでは一度も聞いたことのなかった恐怖だ。

「ピート、きみの身が危ないことは事実だ。しかし、差し迫った危険ではない。そういう展開にはならないはずだ。これは……正規の手続きにのっとった戦争ではない。テロ集団と認定された組織に対する戦争であって、そういう戦争はじわじわとゆっくり、順を追って進められるものなんだ。標的をひとりずつ狙っていく。イラク侵攻を思い出してくれ。殺害対象者を表すトランプの絵札が、五十二枚――もう十年以上経っている。ひとりずつ順番に、系統立てて狙っていったからだ。そして、まだ続けている」

「ドローンですよ、エリック。連中、ドローンを使ったそうです。次はなんだろう？　ミサイル？　車爆弾？　狙撃？　俺自身は、あなたも知ってのとおり、自分の身ぐらい自分で守れる。だが、ソフィアを、ラスムスを、ヒューゴーを守って、同時にPRCとの、サンチェスとの関係を維持するなんて、とても無理だ。この偽りの生活を続けるのは」

「そうするしかない」

「俺の身の安全だけの問題じゃないんだ！」

「きみが急に離脱して、PRCゲリラを離れようとしたら、連中にばれてしまう。すぐでなくとも、近いうちに。そうなったら、今度は連中の殺害対象者リストにきみが載ることになる。きみも。ソフィアも。子どもたちも」

息遣い。長い呼吸。エリック・ウィルソンは耳を傾け、待った。ホフマンがどこにいるのか、どんな顔をしているのか、いまはどんな仕事をさせられているのか、推測しようとした。

「エリック？」

「なんだ」

「どうすりゃいい？　俺が……殺害対象者だって？　冗談もたいがいにしてくれよ！　あんたも、スー・マスターソンも知ってるし、スーの上司だって知ってるはずだろう、それならなんで……」

「あさって。一番で待っていてくれ。いつもと同じ時刻に」

「一番？　まさか、エリック……ここに来るつもりですか？」

「いつもと同じ時刻だぞ、ピート」

はるか先のほうでなにかが動きだした。大型レッカー車が路肩を走って事故現場に割りこみ、トラックをつかんで、一メートル、また一メートルと引っぱっている。傷ついた獲物を咬みちぎろうとする肉食獣のようだ。やがて制服姿の警官たちが手で合図をして車を促し、左側の車線へ誘導した。

こうして、胸の内ではなにも感じなくなった。全身のどこでも、なにも感じない。破裂して、開いて、噴き出したものが――すべて尽きたかのようだ。
いまいましい渋滞――それなのに、不思議な穏やかさが入りこんでくる。
エリック・ウィルソンはいま、知っている。ピートが生きていることを。
グレーンスが現地に向かっていることを。
ふたりとも信頼できる人間であり、信頼できる能力の持ち主だということを。
いま、できることはすべてやった。

第三部

いつものブース、いつものテーブル――オーナー用テーブル。時刻は午前十時、〈ラ・カーサ・ヘヴン〉は開店したばかりだ。昨晩はジョニーが想定していたよりも客の入りが悪く、九十七人の〝ホステス〟――彼は雇用証明書にいつもそう記している――が売ったドリンクの数は、計千三百六十四杯。三階あるホテルの一室、赤いベルベットのカバーのかかったダブルベッドを訪れるひとりひとりに、かならず二杯は売ると決まっている。昼にもなっていないいま、一日の最初のシフトをこなしているのは十人ほどだ。この時間帯はたいていそれで足りる。全員が早くも仕事内容に合った服装をしている――黒のハイヒールに、薄い色のレースの下着、それだけだ。ひとりがオーナー用テーブルにコーヒーを運んできて微笑んだので、ピート・ホフマンも微笑み返した。彼も、この女も、芝居に参加しているのだ。雇い主に疑いを抱かれることのないよう、適切な行動をとり、適切な言葉を発する。ふたりとも、この雇い主に耐える以外の選択肢を持っていない。ホフマンは彼女の目を見た。陽気さを装っている目だが、実際は違う。せいぜい二十歳、いや、おそらくもっと若いだろう。夜になって、この化粧とプロの微笑を洗い落としてしまえば、残るのは幼い少女だけだ。

実際、そんな声が聞こえている。ここに腰を下ろしたときから、ずっと。

幼い少女の声。

まだだれもいない舞台、だれも使っていないストリップ用ポールのほうから、あるいはバーカウンターの向こうから——止まらないしゃっくりのようにしつこく続く、さざなみのような笑い声。パタパタという軽い足音。そして、ようやく姿が見えた。父親の職場のひとつで、家具のあいだを縫って走っている。アレハンドリーナ。ジョニーの娘だ。テーブルまで走ってきて、ジョニーが伸ばした両腕におさまる。ジョニーはなんとも幸せそうだ。アレハンドリーナは彼の心に届く。アレハンドリーナだけが。

「パパ？　パパ？」

「なんだ？」

「あたしがいまやりたいこと……なんだかわかる？　世界一やりたいこと」

「いや、おちびさん、わからないな……いちばんやりたいこと？　世界一？」

　ジョニーは娘を抱き上げ、いつものとおり手の甲で両頬を撫でてやっている。そして次の瞬間、アレハンドリーナはもっと高いところにいた。ジョニーが天井に向かって腕を伸ばして娘を持ち上げながら、どうだ、かわいいだろう、とでもいうように、ホフマンを横目でちらりと見やる。ホフマンはうなずいた。実際、かわいいのだ。

「うん、パパ、あのね……泳ぎたいの」

「泳ぐ？」

「パパのプールで」

　ジョニーは微笑み、ふたたび手の甲で娘の頰をゆっくり撫でた。

「なあ、おちびさん——パパはこれから仕事なんだ。ペーテルおじさんと」

「やだ、プール、プール、プールがいい！」

「いまじゃなきゃだめかい？」

「いまがいいの、パパ！」

　アレハンドリーナは、父親のがっしりとした両腿にそれぞれ足を置いてバランスを取りつつ、父親の額に、髪の生えぎわのあたりにキスをする。どうすれば自分の思いどおりになるか、ちゃんとわかっているのだ。

「お願い、ねえ、パパ、お願い」

今日最初の客たちがひとり、またひとりと席につき、いまだがらんとした広い店内でそれぞれ強い酒を注文した。ひとりは二杯を一気に飲み干したが、もうひとりはグラスを脇に置いたままで、飲もうとする気配がない。すぐに若い女の手を握らせろ、というシグナルだ。さっきオーナー用テーブルにコーヒーを持ってきてくれた彼女が、今回もやはりプロの微笑を浮かべ、男ともつれあうようにして階段を上がっていく。

「ねえ、だめ？ パパ？ パーパ？」

ジョニーは笑い声をあげ、降参のしるしに両腕を上げてみせた。

「アレハンドリーナ、こうしよう」

「どうするの、パーパ？」

「屋上に上がるんだ。そこで泳ぐ」

ジョニーは娘を抱きかかえて階段に向かう。そのあとに続いたホフマンは、手を取りあって階段を上がる男女の後ろを行くはめになった。さっきとはべつのホステスだが、彼女も二十歳ほどで、早起きの客を連れている。

「ジョニー？」

階段の途中で、下りてくる女とすれちがった。サネータ。アレハンドリーナと同じ笑顔だ――口元も、目元も。とても美しく、感じがよく、ホフマンは数回しか会っていないが、それでも好感を抱いている。サネータの夫は、彼女を抱擁し、キスをしてから、自分たちの娘を指差した。

「このお方が、プールに行くとお決めになってね」

「でも、ジョニー、予定では、私が……」

「ママ！　パパ、約束したんだよ！」

五歳の瞳は、怒ったふりをしながら、その瞳でコントロールできる父親と、コントロールしきれない決断を下すことのある母親を、じっと見つめている。

「プールに行く時間ぐらい、いつでも取れる。そうだろう、お姫さまがた？」

ジョニーは娘を肩に乗せ、四人は連れ立って階段を四階分上がった。鍵のかかった最後の扉をプラスチックカードで開け、屋上に出る。司令塔たる少女はあっという間に服を脱ぎ捨て、母親がそれを集める間もなく最初の水しぶきがあがった。

「パパ！」

塩素臭が鼻をつく水の中で、少女が飛び跳ねる。上へ、下へ。

「パパ！　パパ！　早く！」

ジョニーは今日、白い縞模様の入った黒いスーツに黒いシャツ、黒いブーツを身につけていた。が、すべてを脱ぎ捨て、同じく黒い靴下だけが残った――娘を喜ばせたいと思うあまり、脱ぐのを忘れてしまったかのようで、そのままプールの縁へ急ぐと、期待たっぷりに跳ねている五歳児に向かって、両腕をまっすぐに伸ばしてみせた。

「どうしようか……爆弾にするか？」

「バクダンがいい、パパ！　バクダン！　大バクダン！」

そうして……ジョニーが飛びこんだ。斜め上へジャンプしつつ、ひざを抱えて脛に両腕をまわし、左右の手を握りあって固定した。水中に飛びこんだというより、水面を鋤で掻いたようになり、そばにいるひとりひとりに大量の水が津波よろしく降り注いだ。ホフマンのズボンはずぶ濡れでは済まないほどで、完璧にセットされていたサネータの髪型も原型をとどめていない。

ピート・ホフマンはデッキチェアに腰を下ろした。これもズボン同様ずぶ濡れだが、パラソルが朝の日差しをさえぎってくれている。そうして観客となったホフマンは、いかにも楽しそうな顔で父親に水をかけている幼い少女、やり返している父親、べつのデッキチェアに寝そべってもうひとりの観客となった母親を眺めた。

ジョニー。エル・メスティーソ。

彼は十二歳を迎えた日にゲリラに加わった。五年後には訓練のため外国に送られた。完壁な兵士となるための訓練だ。実際そのとおりになった彼は、母国に戻ると順調に出世を重ねた。上層部まで登りつめた。フリオ・バルガスの右腕として働く側近、ふたりのうちのひとりとなった。〝エル・ロコ（「変人」の意）〟が金回りを担当し、〝エル・メスティーソ〟が人殺しを担当した。バルガスが捕らえられてアメリカに送られると、彼が去ったあとに権力の巨大な空洞が生まれ、側近ふたりのあいだで戦争が勃発した。数か月にわたる血みどろの抗争で、六百人の命が失われた。エル・メスティーソ側はその約三分の二にあたる四百人を殺し、逆に二百人を失った。抗争の最終段階でエル・ロコが警察に捕らえられて刑務所に送られたが、エル・メスティーソのほうは捕まらずに済んだ。金で買った友人が大統領レベルにまでいたおかげだった。

ジョニーはプールの縁まで泳いでくると、こともなげに腕の力で体を持ち上げた。水はぽたぽたと垂れるどころか、彼の巨体からほとばしるように流れていて、濡れた靴下が石タイルを踏むたびに、キュッ、キュッと音をたてる。

「パパ、もう一回！」

ジョニーはホフマンとサネータのあいだのデッキチェアに座り、娘に手を振った。

「パパはもう上がらないと」

「バクダン、バクダン、バクダン！」

「ママがまだここにいるから、もうしばらくプールに入っていていいぞ」

ジョニーは背もたれに体をあずけ、靴下を引っぱっている。靴下はしばらく抵抗していたが、ついにあきらめて足を離れていき、彼は水を絞り出すことができた。

「あなた……こんなところにいるの？」

屋上に出るドアのほうから、新たな声。ジョランダ──エル・メスティーソのもうひとりの伴侶だ。彼が所有するもうひとつの大農園《アシエンダ》、カリの西側のほうで暮らしている。この女たちふたりが同時に同じ場所にいるところを、ピート・ホフマンは初めて見る。ジョランダは若く、まだ三十にもなっていない。歩き方も若く、迷いのない、力強い足取りで歩く。その歩き方で、彼女はジョニーのほうへ向かった。彼を抱擁し、濡れたひざの上に座って、ワンピースも肌も自ら濡らした。ふたりとも笑い声をあげた。それからジョランダはとなりのデッキチェアへ、サネータのもとへ向かい、彼女の頬にキスをした。

「サネータ、あなた日に日に美しくなるわ。ジョニーは幸せね、あなたがいて」

やや年上のサネータも同じように、若いジョランダの頬にキスをした。

「やさしいのね、ジョランダ。そのままお返しするわ。ジョニーは幸せね、あなたがいて」

それで終わりだった。ホフマンは笑みを浮かべた。ほかではあり得ないことだろう。ここでしか見られないやりとりだ。

売春宿を経営する殺し屋が、靴下だけの姿になって子どもと水遊びをする。その妻と愛人が、プールの縁に並んで座っている。

ジョニーはジョランダにキスをし、サネータにキスをしてから、プールの縁に行ってアレハンドリーナを手招きした。少女が初心者らしくぎくしゃくと腕を動かして泳いでくる。ジョニーは身をかがめて娘をとらえ、水中から引っぱり上げてやると、両頬に、それから鼻の頭に軽くキスをした。

「明日の夜には帰ってくるよ」

「パパ、バクダンは？　あとちょっと、一回だけ、だめ？　お願い！」

「また明日な。ほうら、もうひとつ爆弾が落ちるぞ！」

小さな体をしっかりつかんで前後に大きく揺らしてやると、少女は甲高い叫び声をあげた。恐怖の悲鳴ではなく、期待あふれる歓声だ。ジョニーは手を離し、娘をかなり遠くまで投げ飛ばした。バシャン、ドボン、ほんの一瞬の小さな噴水ができあがる。娘が水面に上がってくるのを待ってから、手を振り、投げキスを送った。少女も手を振り返し、投げキスを返してきた。

車は売春宿の前、エル・メスティーソが自分専用の駐車スペースのしるしに立てさせた杭の前に駐めてあった。運転はエル・メスティーソがした。いつものことだ。けっして主導権を手放そうとしない。街を出て十キロほど走ったところで、彼は今日の仕事についてのブリーフィングを始めた。

「正確に言えば、今日の仕事はふたつある。まずはリバルド・トジャスのところへ、少々催促に行く。それから、檻へ行く。その檻に入っている男が話をするよう手伝ってやるんだ」

エル・メスティーソはいかにも満足げだ。さっきプールのそばで浮かべていたのとほとんど変わらない表情をしている。そして、質問を待っている。ふだんは必要な情報しか明かそうとしない彼が。

「檻？」

「ああ、檻だ、ピーター・ボーイ」

「で、そこに入っている人に、少々話をさせる？」

「そのとおり。今回はどこまでやってもかまわない。そいつの命を奪いさえしなければ」

ピート・ホフマンはじっと座っているのがつらいと感じた。ときおり追いかけてくる、この不安。準備は万端整っている、次のステップを踏むのは自分であって、他人ではない、そう確信できるまで、消えることはない。

檻。人質。それ自体は、過去に何度か経験している。だが今回、エル・メスティーソはこんなにも満足げで、こんなにも誇らしげだ。これは、そこらのふつうの拷問とは違うのだ。

「それは……例の、あいつか？」

エル・メスティーソはふだんなら、まだ半日ある、黙って待て、と告げてくるところだ。が、いまの彼は、話したがっている。一キロほど黙って走ったあと、彼はこくりとうなずいた。

「ああ、あいつだ」

すでに奇妙きわまりない人生が、ときどきさらに奇妙さを増す。ピート・ホフマンは短く浅い呼吸を繰り返した。自分が殺害対象者リストに載せられて死刑を宣告された、まさにその根拠、唯一の理由。全世界が話題にしている人物。自分たちはいま、その人のもとへ向かっている。今日の午後に、彼のもとを訪ねていって、説得するのだ。

もう耐えられなかった。

殺害対象者リストに自分の名前を見つけ、スー・マスターソンともルシアとも連絡が取れなくなってから、ドローン攻撃で一家全員が殲滅されてから、ずっと胸の中で脈打ち、燃えているもの。口に出すのは、ふたりきりになるまで待とうと決めていた。プール、娘、妻、愛人、そういったすべてが遠くなるまで。これまでの歩みのすべて、ここで実行してきたすべては、アメリカ政府のためだったのに、そのアメリカ政府にいま追われていることの馬鹿馬鹿しさを実感するまで。

急ブレーキ。だが、エル・メスティーソは罵詈雑言を口にしない。犬とともに羊の群れを誘導して道路を渡らせている老人に向かって、窓を開けて怒鳴り声をあげることもない。満ち足りている。そんな言葉がぴったりだ。もちろん、さっきまでアレハンドリーナと触れあい、遊んでいたからかもしれない。妻とも愛人ともキスをしたからというのもあるだろう。だが、隣人が同じ界隈でもっと大きな家を買ったのに、その事実を受け入れるのを拒んでいるようにも見える。隣人の名は、〝ラ・ムエルテ〟。死。

「ドローン攻撃は」

「ピーター・ボーイ、その話はなしだ。アメリカ人どもの遊びに付きあうつもりはない」

「もう付きあわされてるじゃないか。あんたも、俺も、俺の家族も、あんたの家族も。そもそもこれは遊びじゃないし、俺たちには選択肢もない。殺されたあいつにだって選択肢はなかった。アメリカ人どもはあいつをハートのキング呼ばわりして、人間じゃないものみたいに扱った。あいつと家族を心置きなく殺せるよう、トランプの絵札に変えたんだ！息子の名前、ホアキンだったよな。違ったか？」

ホフマンが横目でちらりと見やると、エル・メスティーソは羊の群れのせいで進めなくなっているあいだ、あきらめてハンドルから手を離していた。車にいつも置いてある薄い革手袋をはずし、素手を髪に差し入れ、生えかけたあごひげをさすっている。

「ホアキンだ。あの子のことは気に入っていただろう、ジョニー？」

ホフマンはその苛立った両手を目で追った。長い三つ編みにまとめた髪を引っぱり、紫の地に精緻な銀糸の模様の入った美しい紐を直している。反応はあった。怒り、不安。悪くない。エル・メスティーソにも危機感を持ってもらわなければならない。理性で片付けるのではなく、感じてもらわなければならない。あらゆる感情を理性で片付けて避けようとする男だ。自分や家族に危険が迫っているのだと実感すれば、実際にそれが襲いかかってきたときに、すばやく行動を起こせるだろう。頭で考えて大丈夫だと思いこんでいる状態では、そうはいかない。

背の曲がった老人が足を引きずりながら、最後の羊一頭を道路脇へ追いやると、エル・メスティーソはふたたびハンドルを握り、ギアを入れ、アクセルペダルを踏んだ。

「そうだな。確かに警戒はしたほうがいいだろう。だがな、ピーター・ボーイ、根本はなにも変わっちゃいない。警戒しなきゃならないのはいつものことだ。俺たちはいつだって危険にさらされてる。俺たちのものを狙ってるやつらはいつだっている。だがな、アメリカ人どもはひとつミスを犯した。こっちに――俺のジャングルに入ってきやがったってことだ！　準備をしてなかったせいで仲間が死んじまったが、俺は準備してある！　ここで俺に不意打ちは通用しない！　アメリカ人どものせいで日々の仕事をおろそかにするのは間違ってるぞ、ピーター・ボーイ。警戒はするべきだが、びくびく隠れるのは腑抜けのすることだ」

カルタゴ。カリとメデジンを結ぶ道路沿いにぽんと放り出されているこの街を、ホフマンはとても気に入っている。仕事のない日にはソフィアと息子たちとここに来て、混みあった広場で買い物をし、質素なレストランで食事をする。そうして白亜の大聖堂に立ち寄り、片方の手をヒューゴーと、もう片方の手をラスムスとつないで、果てしなく続く塔の階段を上がり、いっしょに大西洋の対岸を見ているふりをする。スウェーデンが、故郷が見えるかのように。

リバルド・トジャスは街の東側、十キロほど離れたところにある大農園《アシエンダ》で暮らしている。アメリカに大量の麻薬を輸出して一財産を築いた大富豪のひとり。〝悪魔《エル・ディアブロ》〟と呼ばれている。だが、今日、彼の農園を訪ねる用件は、売り上げの話でもなければ、密輸ルートの話でもなく、だれをなぜ賄賂で買収するかという話でもない。この富豪が急に支払いを拒んだからだ。コカイン一トン分の支払いが滞っていて、その額は利子がついてふくらんでいく一方だった。エル・メスティーソは車のスピードを落として塀に近づきつつ、ゲリラ上層部の断固たる姿勢を強調した――トジャスに警告を発するのはあと一度でじゅうぶんだ、と。ふたりの任務はつまり、最後通告を突きつけることだ。

門はずらりと並んだ鉄の棒でできていて、鏃《やじり》のような先端が空に向かって伸びている。守衛室から顔を出した警備員は、赤い仕着せを身にまとい、同じ赤い布の制帽をかぶっていた。エル・メスティーソをひと目見ただけでだれかわかったようで、こくりとうなずいてみせ、門があとずさるように開いて、ふたりは全世界をのみこんだかのような中庭へ車を進めた。この大農園《アシエンダ》は、芸術作品そのものだ。白い柱の立ち並ぶそばで、噴水から勢いよく水が噴き出し、鼻を鳴らす馬たちや整列したヤシの木のとなりで、金色のプールが輝いている。大理石の床のあちこちに、真っ赤な花を植えた鉢が置かれ、それぞれの区画を縁取っている。扇形をした石階段の支柱は黒く塗られていて、日差しにきらきらと輝き、象牙の丸い取っ手がいくつもついた欄干と融合している。この石階段が、邸宅につながっていた。

ふたりが入口の扉にたどり着く前に、リバルド・トジャス本人が扉を開けた。ボディーガードの群れが見当たらないのはいつものことだ。この男は、同業者の大半とは違って、自分は不死身だと信じていることを人に見せたがる性質だから。交渉を前にして、ふつうとは逆のやり方で、自分の力を誇示してみせている。エル・メスティーソはただの使い走り、成り上がりであって、ほんものの麻薬王に手を出せる肝っ玉《コホネス》の持ち主ではない、というわけだ。ピート・ホフマンは挨拶をしながら、この男は会うたびにますます、スウェーデンのテレビでちょくちょく再放送される昔の西部劇ドラマの登場人物に似てくるな、と思った。まっすぐに切った黒髪、薄くしわの見える頰、かすかに曲がった鼻、真っ白な歯、目元のしわ。布を切り刻んだように見える細長いフリンジのついたスエード革のジャケットも、ドラマと同じだ。あの登場人物はたしか、マノリートという名前だった。《ハイ・シャパラル》。それがドラマの名前だ。

「前にも言っただろう。払う金はない」

「一トン。千キロ。その分の支払いが残ってるぞ」

「払う金はないと言っている。マイアミの港に船が着いた時点でブツが没収されたからな。あいつらは……ずいぶんと正確に知っていた。まっすぐ筒に向かっていった。だれかがたれこんだんだ。そういうときには、俺は支払いをしない」

ピート・ホフマンは前回の訪問、トジャスに最初の警告を伝えるために来た時点で、すでに事情を察していた。自分がエル・メスティーソの助手として取り立てに来ているこの借金は、三週間前、自分がかかわって没収された容器のせいで生じたものだ！　あのときと同じ記憶の映像が玄関先を舞う。ラ・グアイラ港の職員や警察が目をそらして賄賂の札束をかぞえているあいだに、ホフマンはビニール包装されたコカイン一トンの入った筒型容器を、出航を待つ船の底にロープでくくりつけた。その一時間後に錨を上げ、数日かけてカリブ海を縦断し、メキシコ湾を北上してフロリダ半島の先を迂回し、マイアミに到着することになっている船だった。

「トジャス、冗談はよせ。金ならたんまり持ってるだろう。今回払う額の何倍もあるはずだぞ」

「まあな。だが、これに払う金はないんだ」

密輸というのは、どこでもそういう取り決めで行われる。売る側が責任を負うのは、ルートの前半、つまり港、空港、あるいは潜水艇までだ。ルートの後半、国境を超えた先のことは、買い手の責任になる。この積荷は、ホフマンと十人の部下たちの警備のもと、コロンビアからベネズエラまで輸送された。が、筒型容器が船にくくりつけられて、彼らの仕事が終わった瞬間、ホフマンは潜入者に変身した。ひとりきりでボゴタに向かい、十二時間後にルシアと三番で会って、船の名前、ルート、容器がどこにどのようにくくりつけられているか、あらゆる情報を余すところなく伝えた。というわけで、DEAはたっぷり時間をかけて準備をし、荷下ろし用のスロープが広げられた瞬間に手入れを行うことができた。

「というわけで、支払いはしない。今回もな」

横柄な大富豪が目の前で嘲りの笑みを浮かべる。彼の行動を規定するのは地位と権力だ。自分は絶対に負けない、そう思いこんでいる。

「おまえらがたれ込み屋を野放しにしているせいで没収されたんだ。そんなブツに金を払うつもりはない」

「一トンだぞ。いま、ここコロンビアでの値段は……一キロ当たり三千ドルだ。そうだな？　だが、おまえは大量に買った。いつも大量に買ってる。だから割り引きしてやった。五百キロ分は一キロ当たり二千五百ドル、あとの五百キロは一キロ当たり二千三百ドルだ。さっさと引き下がれ！　こっちはちゃんと届けたんだ。そのあとブツがどうなったかなんて知ったこっちゃない。そっちの問題だ。自己責任だな。警告はこれで最後だ」

エル・メスティーソは白ストライプのスーツに包まれた腕をひと振りして、トジャスを、彼の家を、塀の内外に広がる広大な農場を指し示してみせた。

「おまえはもう長いことこの業界にいる。こんな豪勢な大農園《アシエンダ》があって、一頭七、八万ドルはする馬を何頭も飼ってて、車庫にはフェラーリやロールス・ロイスがぎゅうぎゅうに詰まってる……確かに一トンってのはかなりの量だが、金はあるだろう！」

「まだわからんのか？　今回のブツに払う金はないと言っている！」

「なあトジャス、ブツはな、アメリカだろうとチリだろうとアルゼンチンだろうと、どこでも好きに送ればいい。スペインに送ったっていいし、ジブラルタルでもいい。心底どうでもいいことだ。俺にとって大事なのは、おまえがこっちの出した値段を受け入れて、ブツをここ、コロンビアで受け取ったってことだけだ……それをおまえの尻の穴に突っこもうと、おふくろさんの穴に突っこもうと、おまえの勝手だ。俺には関係ない」

「いったいなにがわからない？　おまえらが責任を負うべきところに金は払わない。生産者、売り手、買い手、配送業者、だれもたれこまないようにするのは、おまえらの責任だろう。話はこれで終わりだ」

トジャスは見せつけるように背中を向け、巨大な邸宅に足を踏み入れた。が、エル・メスティーソがその肩をつかんだ。顔が赤らんでいる。

「おまえ、頭おかしいな、トジャス。救いようのない馬鹿だ。自業自得だな」

そして――くすくす笑いだした。

「これが最後通告のはずだった。だがな、いま気が変わった。これは警告じゃない。俺が一週間後に戻ってくることはない。いますぐ金を払え。それしか認めない。あそこのテーブルの上に出せ。さもないと、トジャス、どうなるかはわかってるよな。おまえの家族の下のほうから始めて、そこから上へ上がっていく。上から下に行くより、下から食っていくほうが好みなんでね。で、おまえが払うまで続ける。下の娘。上の娘。かみさん、おふくろさん、兄弟、いとこ、仲間。おまえが金をあそこに置くまで続ける」

「なんだと……子どもに手を出すつもりか？」

「そういう仕組みだ」

リバルド・トジャスはエル・メスティーソの手を振り払い、大きく前に踏み出した。

「俺はな、ゲリラとは七年前から取引しているが、支払いを怠ったことは一度もないんだ。ジョニー・サンチェス、この能無しの混血、ちんけな雑種犬の分際で、俺の土地にずかずか入ってきて、俺の家の玄関先にまで、ヨーロッパ人のエスコートガールを連れてきやがって……俺の子どもを殺す、だと？　そっちが野放しにしてる裏切り者のせいで、こっちはブツを全部失ったってのに！　いいか、耳をかっぽじってよく聞け——次におまえらの仲間がここに来るときには、ケツじゃなくて脳みそでものを考えられるやつと話をさせろ」

エル・メスティーソの頬がさっと紅潮し、彼はさらに大きな甲高い声で笑った。耳障りな音になってきた。

「そうだよ。おまえの子どもを殺す。最初は娘だな。名前、なんだっけ？　ミルハ、だったか？　いい名前だよな」

エル・メスティーソは扉の枠に向かってトジャスを強く突き飛ばし、玄関の中へむりやり踏みこんだ。そこは玄関というより大広間のようで、前方に伸びる廊下は長く、広く、天井も高い。トジャスには反応する間もなかったのだろう。エル・メスティーソの大声が、〝ミルハ〟、大農園《アシエンダ》の心臓部のさらに奥へ進んでいったところで、〝出ておいで、かわいいミルハ〟、トジャスはようやく走りだし、同じように大声をあげたが、それはエル・メスティーソとはまったく違う、激しい怒りのにじんだ声だった。〝クソが……なにしやがる！〟やっとわかったのだ。表情からも声からもそうと伝わってくる。〝娘に手を出すな！〟ピート・ホフマンはあとを追うしかなかった。エル・メスティーソを警護することが自分の仕事だ。〝出ておいで、かわいいミルハ〟。エル・メスティーソが呼びかけつづける。恐ろしい声だ。穏やかでありながら、周囲をその逆の状態に追いこみ、焦らせる。その声に向かってまっすぐ走っていたトジャスが、急に進路を変えてキッチンに入り、大きな調理台に駆けつけていって、カトラリーの入った引き出しを開け、リボルバーを出した。〝ミルハ〟。安全装置を解除してから、ふたたびおぞましい声のほうへ。〝出ておいで、かわいいミルハ〟。ホフマンも自分の銃をショルダーホルスターから出した。〝そのリボルバーを捨てろ！〟狙いを定める。〝リボルバーを捨てろ、いますぐだ！〟撃つ。

弾はトジャスの腕と肩を貫く。ホフマンはひざをついてうめいている麻薬王のもとへ急いだ。〝そこを動くな、これからは口も開くなよ、静かにしてろ!〟

そのとおりになった。あたりがしんと静まりかえる。

エル・メスティーソの最後の〝ミルハ〟、トジャスの最後の〝娘に手を出しやがったらただじゃおかねえぞ〟、あたりにこだました銃声——すべてが消え、残響も消えた。ピート・ホフマンは遠く前方にエル・メスティーソの背中を認めた。警備員のいる他人の家に押し入っているというのに、一度も後ろを振り返っていない。ホフマンが守ってくれると信じて疑っていないのだ。

完全な静けさ。

そこに、幼い少女が走ってくる音がした。恐怖におびえ、息をはずませている。

「パパ!」

近づいてきていることは明らかだ。いまにも割れそうな高い声が、その足音の数歩先を行く。少女は、大農園《アシエンダ》にいくつもある居間のひとつを駆け抜けている。

「パパ、パパ……いま……すごい音がしたよ、ねえ……」

そして、はたと立ち止まった。褐色のポニーテール、白いサンダル、緑の花柄のワンピース。少女は、目にした光景の意味を考えている。最初は、知らない男の人、がっしりした強そうな人が、しゃがんで微笑んでいるだけに見えただろう。だが、知らない男の人の後ろ、キッチンから外に出る勝手口のあたりに、父親がいる。床にひざをついていて、すぐそばにべつの知らない男の人が立ち、ほんものの拳銃を父親に向けている。

「パパ……?」

「おお、かわいい、小さなミルハ……やっとお出ましだね」

「パパ!」

少女は、猫なで声で自分の名を呼び、両腕を広げて行く手を阻もうとする大男を、じっと見つめている。

「大丈夫だ、かわいいミルハ、怖いことなんかなんにもないぞ」

少女は巨大イカの足めいた長い腕をかわす道を探し、壁ぎわにすきまを見つけたが、男の動きはすばやく、その道もまた、踏切の遮断桿のような腕であっという間にふさがれた。

「やあやあ、ミルハ……おじさんの名前はジョニーだ。こっちに来なさい、怖くないから」

男は踏切の遮断棹を折りたたみ、その名残を使って少女を指差した。

「さあ、おじさんとふたりでゲームをしよう」

「あっちにパパがいるの! パパのところに行くの!」

ピート・ホフマンの足元から腹へ、胸へ、不快感が這い上がってきた。こんなふうに振る舞うエル・メスティーソは見たことがない。動き方、声の高さ、行動も口調もいつもと違う。彼はまたいきなり腕を伸ばして少女の体をつかみ、持ち上げて抱えこんだ。そうしてしっかりつかまえたまま、いまやヒステリックに叫んでいるトジャスの前に立たせた。まるで美しい影像を買って、ぴったりの置き場所を探しているかのように。

「この野郎……」

「トジャス、これは最後通告じゃない。そもそも警告はもうしない。金を出せ――いい、いますぐだ」

「……うすぎたねえ豚めが、娘に手を出すな！」

そして、ホルスターから気に入りの３５７マグナム・リボルバーを抜き出し、少女の額に押しつけた。

「さあ、ミルハ、ゲームの始まりだ。きみと俺のな。しばらく目をつぶってごらん。パパをちょっとからかってやるんだ」

「やだ！」

「ちょっとからかってやるだけだよ。さあ、目をつぶって」

「パパのところに行くの！」

エル・メスティーソは、身を振りほどこうと彼の両腕を引っ掻く子どもを、しっかりとつかんだまま離さない。

「今回はな、トジャス、すぐにこの子を撃つ。いますぐだ。それでも金を出さなかったら、次は下から二番目の子どもを撃つ」

ピート・ホフマンには彼の姿が見え、声も聞こえているが、理解が追いつかない。おかしい。エル・メスティーソは口を開くたびに、最後の警告だ、と言う。だが、こちらから目を合わせようとしても、目が合わない。すっとそらされていく。

「ジョニー……どういうことだ？」

エル・メスティーソはいっさいホフマンのほうを見ない。トジャスのほうを見ている。少女のほうを。

「おい、ジョニー！」

ホフマンは大声を出していた。

「決めたはずだぞ……絶対に、なにがあろうと子どもだけは、って！」

「おい。俺はな、俺の仕事をしてるだけだ。おまえはおまえの仕事をしろ」

それからは、あっという間だった。

エル・メスティーソは彫像を軽く前へ押し出してトジャスの目の前に立たせた。リボルバーの撃鉄を起こした。カチ、カチ、という音、シリンダーが右に一弾分回転する音が、全員の耳に届く。リボルバーの銃口の位置が変わる。少女の額から、頭頂へ。上から押しつけられた銃身が少女の髪に埋もれる。

引き金にかけた指。いつでも撃てる態勢だ。

この儀式のあいだ、トジャスはずっとなりふりかまわず叫びつづけていた。言葉は恐怖や無力感と一緒くたになっていて、なにを言っているかは聞きとれないが、それでもすべてが伝わってくる。子を持つ親の絶望だ。

「なんだ、トジャス、やかましいな。ミルハ、だよな?」

エル・メスティーソがトジャスの肩を蹴りつける。しっかり見ていろ、と。

「いい名前だったな」

引き金。いま、最後まで引かれた。

撃針が、薬莢の底を叩く。

だが、銃弾が発射される爆発音は聞こえなかった。

「なんてこった……弾を込めるのを忘れてたみたいだぜ」

エル・メスティーソは少女の右頰を撫でるようにしてリボルバーを下げると、シリンダーを振り出してエジェクターロッドを押した。実包が六つ床に落ちる。ホフマンには見えたし、トジャスにも見えた。実弾が五発。空薬莢がひとつ。エル・メスティーソが銃を向けたとき、発射される位置にあったのはそれだった。すでに発砲された、もはや危険のない銃弾。

「金は用意しておけ。一週間後にまた来る。ちゃんと弾を込めたかどうか確認してからな」

つかんでいた手を離すと、少女は父親に駆け寄り、となりにひざをついた。

「なあ、かわいいミルハ。いいこと教えてやろうか」

エル・メスティーソがまた、あの声を出す。

「次におじさんが来たときに、きみのパパが金を払わなくて、このリボルバーにちゃんと弾が入ってたら……きみは、いなくなるんだ。不思議だろう？」

彼は少女の両頰を手の甲で撫でてから、玄関のほうへ歩きだした。ピート・ホフマンはその場に立ったまま、自分の息子たちよりもやや幼い少女を、じっと見つめていた。少女は父親に寄り添って横になり、体を丸めた。

薄い革手袋がハンドルをやわらかく握り、車は制限速度を大きく上回るスピードで国道二五号線を走っている。予定より遅れているので、エル・メスティーソはいっさいアクセルを緩めなかった。ラ・エストレージャを過ぎた直後、日差しで色褪せたサボテンやしおれたミモザの木陰で小便休憩をするため、ようやくスピードを落とした。

運転中、ふたりは黙ったままだった。珍しいことではない。が、受ける感覚がいつもと違う。これからなにが起こるかわからない、そういう種類の沈黙だ。

「さっきはどういうつもりだったんだ？」

正体を知られるわけにはいかない潜入者にとっては、すべての終わりを意味するかもしれない、そういう種類の沈黙だ。

「どういうつもり、というと？」

そのままに——沈黙のままにしておくほうがいい、そういう種類の沈黙だ。

「幼い子どもは殺さないはずだっただろう」

「殺してないぞ、ピーター・ボーイ。殺すと脅しただけだ」

「殺すと脅すこともしないはずだった。あんなやり方はおかしい。あれじゃあ……」

これが初めてだ。エル・メスティーソのやり方に、真っ向から疑問を投げかけるのは。

言い返したことはある。だがそれは、そうするしかなかったから、言い返さなければ生き残れなかったからだ。彼のやり方に疑問をさしはさんだことはない。なぜなら、疑問をさしはさまないことが自分の仕事だから。

「……怖がらせる相手は、子どもじゃないはずだ」

「悪いがな、ピーター・ボーイ、それがここのやり方だ。取引のためなら子どもも使う。まだまだ勉強が足りんな」

「俺のやり方とは違う」

なぜなら、自分の仕事は、観察すること、暴くことだから。自らが暴かれることなく。

「だから、説明してくれ、ジョニー……」

絶対に、なにがあろうと、焦点を自分に向けないこと。向けてしまったら、俺の姿がこいつにも見えるようになるかもしれない。もしそうなったら、ほんとうに見えるようになってしまったら、俺は死ぬしかない。

それでも、ときどき耐えられなくなる。だれかが境界線を踏み越えるとき。

「……もう一度……」

「……いったいどういうつもりだった？」

革手袋がぐっとハンドルを握りしめる。エル・メスティーソはブレーキを踏み、道路の真ん中で車を停めて車線を完全にふさいだ。後ろを走っていたマイクロバスが同じように急ブレーキを踏み、その後ろの車、前で停まった二台に気づくのが遅すぎた大型トラックは、路肩のほうへスリップして、重い鋼鉄の車体の半分が植生のまばらな土地に投げ出された。そうしてホフマンのほうを向いたエル・メスティーソは、クラクションを鳴らしながら近づいてくるほかの車のことを、まるで気にしていなかった。

「さっき、おまえは自分の仕事を怠った。取引相手の前で俺に逆らいもした。だがな、見逃してやった！　おまえの質問にも答えたはずだ。それなのに、また質問か？　ふつうなら殺してるところだぞ。しかしな、ピーター・ボーイ、おまえは何度も俺の命を救ってくれたから、生きる価値がある。だから、今回は俺がおまえの命を救ってやる」

シフトレバーを一速から二速へ、そこから四速へ。さっきまでと同じスピードだ。

「おまえがいまも生きてるのは俺のおかげだ」

その言葉はピート・ホフマンにも聞こえているが、彼は耳を傾けていない。ただ、ひとりの父親のことを考えている。所有する売春宿の、ほとんど人のいない広間で、トジャスの娘を抱き上げたときと同じように五歳の娘を抱き上げ、ミルハの頬を撫でたのと同じように娘の頬を撫でた父親。

「アレハンドリーナは」

「なんだ？」

「かわいらしい子だ」

エル・メスティーソはまっすぐ前を見ているが、微笑んでいるのがはっきりわかる。

「ああ、そうだな」

「いい子に育ってる。ああいう娘が欲しいと思うよ。もし息子たちがいなかったら」

「すべてだ」

微笑み。まだ残っている。

「あの子は、すべてだよ」

アルカラ。小さな街で、市街地へ入る道がややこしい。いや、市街地から出る道というべきか。まもなくふたたび道がひらけてきた。

「父親に抱っこされて、遊んでもらって……アレハンドリーナは幸せだな」

「そうするのがふつうだろう」

「そうするのがふつう？」

「ああ」

「どういう意味だ」

「抱っこしてやる。手の甲で頬をそっと撫でてやる」

「そうするのがふつうだから」

「そうだ。俺は子どもの愛し方を知ってる。利用のしかたも」

ピート・ホフマンは話に追いつき、頭を整理しようとした。いや、むしろ、のぞきこんで整理したいのはエル・メスティーソの頭の中かもしれない。ああいう振る舞いは訓練で身につけたものなのだと、ときに見せつけられることのほうが、暴力をふるわれるより、殺すと脅されるより恐ろしい。そういう行動に溶けこみたくはないし、真似したいともコピーしたいとも思わない。それは、真の感情を持たない人間がすることだ。自分はまだそういう人間ではないし、そうならないために、いま自分の命を危険にさらしている。

「ミルハ。あの子も、すべてなんだ。トジャスにとっては」

エル・メスティーソの声が小さくなり、首が縮まった。いつものことだ。

「おまえの狙いはもうわかった」

「あいつもあの子を抱っこして、いっしょに遊んでやってる」

ハンドルがぎくしゃくと動き、エル・メスティーソに乱暴に引かれたシフトレバーがきしむ。車はモンテネグロへふたりを導く灰色の壁を通過したところだ。国道上にあるせいで迂回できない、つまらない小都市。

「もうしゃべらないほうが身のためだぞ」

「あの子はあいつの娘だから。あんたの娘と同じだ」

「まだ言うか、ちくしょう!」

エル・メスティーソが急ブレーキをかける。またもや。狭い、急な坂道で、片側は店じまいした薬局《ドロゲリア》、その反対側はがらんとしたアイスクリーム店《エラデリア》だ。そして、エル・メスティーソがリボルバーを抜く。安全装置は解除せず、構えもしない。ただ、手に持っているだけだ。

「ふざけるのもいいかげんにしろ! 説明したはずだぞ。しなかったか? おまえは俺の命を救った、だから生きる価値がある、だからおまえの命を救ってやる、と。おまえがいまも生きてるのは俺のおかげだと!」

リボルバーを指先でいじり、ひざの上に置いてから、また車を発進させた。

「だが、これで貸し借りなしだ。おまえはたったいま、俺への貸しを無駄に費やした」

スピードを上げる。街と人々と建物でしばし途切れていた田舎の風景が、また周囲に広がった。

「あとでその貸しが必要になっても、もう無効だからな」

それから一時間強、車内には沈黙が、車外には田舎の風景が広がったままだった。もしどちらかが窓を開けて、風が吹きこんできたとしても、外の空虚が中の空虚と交換されるだけで終わっただろう。そのころに、エル・メスティーソが四度目にスピードを落とし――小便のために休憩した一度と、怒りにまかせて急ブレーキをかけ交通を遮断した二度のあと――進行方向を変えた。国道四〇号線からイバゲの南で狭い道に入り、大きく枝を広げたマホガニーの木々のあいだに隠されたヘリコプターへ。操縦士が待機していて、いつでも出発できる状態だった。移動時間が長く単調になりがちなこの国では、空路を使うと時間の節約になるが、実際に利用されることはめったにない。ゲリラも、エル・メスティーソも、まず使わない。安全を確保しきれないからだ。あちこちの小さな空港に頼って移動ルートを決めることになるので、簡単に足取りをたどられてしまうし、レーダーや人工衛星で発見される可能性も高い。地上から肉眼で見えてしまう危険すらある。ヘリコプターは最後の手段だ。たとえば今回のように、四時間後にはもう、次の任務を行う場所——ジャングルの奥地の檻に閉じこめられている人間のもとにいなければならないのに、車で行くとその三倍はかかる、という場合。

こうしてふたりはいま、蛇行する道路や小さな村々のはるか上を飛んでいる。実り豊かな広い果樹園のある豪勢な地所《フィンカ》が、ときおり見え隠れする。

「あそこ、見えるか？　あそこも。ほんものの大富豪が持ってる、とてつもない値段の私有地だぞ」

エル・メスティーソがガラス窓越しに、はるか下に広がる風景を指差した。娘とプールに入っていた今朝のような、うれしげな表情だ。ホフマンのとなりの席に座っているこの体には、いくつものバージョンが入っている——幼い少女の髪にリボルバーの銃口を突っこんで笑っていたエル・メスティーソ、相手を信頼して話しかけるジョニー、愛する娘の期待に応えて靴下をはいたままプールに飛びこむパパ、道路の真ん中で車を停めてボディーガードの命を脅かすゲリラメンバー。いまの彼は陽気なバージョンで、ピート・ホフマンにはその理由がまだよくわからない。それでもエル・メスティーソがバタバタと振ってみせる手の先を目で追う。彼の言うとおりだった。果てがないように見える広大な農園、実にすばらしい地所だ。

「ここにも麻薬王が何人もいるわけか。トジャスみたいなのが」

「トジャス？　トジャスだと、ピーター・ボーイ？」

エル・メスティーソはまず操縦士の座席を叩き、次いでその背中を叩いた。

「インターコムを切れ」

そして、操縦士がダッシュボードの中央にある小さなつまみをまわすのを、じっと待った。

「トジャスみたいなの、だと？　おまえ……本気か？　ピーター・ボーイ――俺だって、あのぐらい……トジャスだと？　トジャスだと！……俺だってな、あの野郎に引けを取らない大きな家を持ってるんだ。いや、こっちのほうが大きいぞ！　二倍だ！　大農園《アシエンダ》をふたつ持ってるんだから！　雑種犬にしては悪くない縄張りだ、そうじゃないか？」

「女もふたりいるしな」

あいかわらずの陽気さで、からかわれているのかと思うほどだ。これほど顔を輝かせている彼はめったに見ない。

「そのとおりだ――女もふたりいる！　腑抜けのトジャスとは違ってな。あの野郎、自分の子どもすら守れやしない。いや、あいつの子どもかどうかも怪しいな！　どうせインポに決まってる、それで男の恋人といっしょに養子を取ったんだろうよ、千ドル賭けてもいい」

果てしなく広がる美しい農園が、飛行を続けるにつれてジャングルに変わっていく。波のようにうねる広大な森。何百もに枝分かれして水を供給する、まるで血管のようなアマゾン川の支流。

「大農園《アシエンダ》ふたつだ、ピーター・ボーイ。車もトジャスよりたくさん持ってるし、家畜の数も、子どもの数も俺のほうが勝ってる。金のたっぷり入った銀行口座だって、俺のほうがたくさん持ってる。コロンビアとパナマにあるんだからな」

ほんとうに、顔が輝いている。いかにも幸せそうで、高揚のあまり饒舌になっている。エル・メスティーソがこんなふうに心の内をあらわにするのは初めてだ。見ていると、むしろ……戸惑いを、嫌悪を覚える。なぜなのか、ホフマンにはよくわからない。

上には灼熱の太陽、下には緑の海のような熱帯雨林。一行は飛行を続けた。全世界が彼らのものだった。

「もうすぐだ、ペーテル。さっき話した、例の檻だが」

「ああ」

「中の男を手伝ってやると言っただろう？　そいつが話をするように。言うことをきかないから」

「ああ」

「そいつはな……ペーテル、例の殺害対象者リスト……あれに俺やおまえの名前が載ってるのは、そいつのせいだ！　そいつが責任者だ！　だから、責任を取らせてやる！　ホアキンが死んだのはそいつのせいだ！　これからさらに何人もが消されるはめになるのも、そいつの責任だ！　どこまでやってもいいんだとよ、ピーター・ボーイ！　死なせないかぎり、なにをしてもいいんだ」

戸惑いを、嫌悪を抱かせる、この高揚感。

ピート・ホフマンは、いま理解した。

これはほんとうに、ふつうの拷問とは違うのだ。

何百キロと続く、鬱蒼としたジャングル。村は見当たらず、人もいない。相当な距離だ。誘拐犯たちは考え抜いたうえで下院議長を閉じこめる場所を選んでいる。ホフマンは空中を漂いながら目を閉じた。スウェーデン、ストックホルムの南の穏やかな郊外で、核家族の長男として過ごしていた少年時代に、将来はこんな人生が待っていると知らされていたら、いったいどう思っただろう？　〝ピート、よく聞きなさい。おまえは将来、南米のコロンビアという外国に住むことになる。大人になったおまえは、ある日は密輸品の輸送を警備し、次の日にはコカイン・キッチンを警備し、その次の日にはアメリカ政界の有力者を拷問するため、ジャングルの上を飛ぶだろう。なぜそんなことをするかというと、それしか道がないからだ。長い懲役刑から逃れてきた身だからだ。スウェーデンの警察のためポーランド・マフィアに潜入していたのに、警察に見捨てられて正体をばらされたせいで、そのポーランド・マフィアから死刑宣告が下ったからだ〞。もしそう言われたとしても、なかなか悪くない物語だが少々現実離れしすぎている、としか当時は思わなかっただろう。信じられる程度の嘘でなければ真実味は生まれないものだ。

ヘリは、アマゾン川の支流であるバウペス川のさらに支流、その川辺の草むらに着地した。支流の支流とはいっても幅の広い立派な川で、茶色と青と緑のまじったその水は、手を浸してみると生ぬるく感じられた。

ボートの操縦士はクリストバルと名乗った。グアビアーレ県でのPRCゲリラの水上輸送を担当しているという。クリストバルは、川を少し入ったところに半ば横たわるように生えている木へ、ふたりを案内した。そこに、ボートがあった。船尾から伸びたロープは弓なりになった木の幹にくりつけられ、船首からのロープはそれとはまたべつの倒木、川辺から突き出て太陽と水にさいなまれている木の幹に結ばれていた。完全武装した兵士が五人は乗れるスペースがあり、エンジンは百馬力でかなりのスピードを出すことができ、岩場に上陸しても引っかからないよう底が平らになっている。ピート・ホフマンとエル・

メスティーソがボートに乗ると、クリストバルはイグニッション・キーをまわしてロープをほどき、バックしながら水路に出て、そのまま流れに乗って西へ進んだ。ホフマンはクリストバルをじっと観察した。原生林の中で船を操っている彼は、迷彩柄の軍服姿で誇らしげに背筋をぴんと伸ばし、実弾の入ったカラシニコフを背負っている。こういう兵士にしては少々歳が行っているかもしれない。おそらく自分と同年代だろうとホフマンは思ったが、判断は難しい。ゲリラ暮らしでの歳の取り方はふつうと違う。いずれにせよ、川の速い流れに彼がどう対応するかを見ているのは興味深かった。航路を保って前に進みながらも、ギアはバックに入れてあって、ときおりスロットルを開けたり、渦が勢いよく戯れているあたりではレバーを完全に離したりして、ボートの速度をコントロールしている。

一キロ、また一キロと川を進んでいく。周囲では襲いかかってくるかのように植物が茂り、動物たちのたてる音も揃ってこう告げてくる——ここは自分たちの場所、自分たちが生き、支配している場所だ。例外は青い空と、容赦のない太陽だけだ。

一時間、落ち着かないまま蛇行する川を移動したのち、ようやくなじみの音がホフマンの耳に届いた。ボートのエンジン音。操縦士が左岸にボートを向け、〝座って〟と呼びかけて二秒待ってから、スロットルを全開にした。ボートはプロペラを半分水上に出した状態でまっすぐ陸へ向かい、川でも陸でもない数メートル——密生した葦と木の葉の絨毯、あてもなく伸びるマングローブの枝から成る中間地帯を滑った。ボートが川底の泥、石、いくつかの丸太をこするのを感じながら、岸へ。それからボートを飛び降りて上陸した。周囲には、バルサの木の幹をくり抜いてつくったカヌー、いわゆる〝ポトリージョ〟が四台見えた。

クリストバルが先頭に立ち、通行人をつかまえようとする木々の枝をマチェーテで切り落としながら進んだ。悪臭が漂う。地面は沼地のようだ。暑さ。虫。地獄のような湿気。夜明けの豪雨で、小道はひどいぬかるみに変わっている。数百メートル歩いたところで、一行はベースキャンプにたどり着いた。こういうキャンプはかならず、きわめて接近しにくい場所にあって、コロンビアの正規軍も警察も尻込みする。攻撃を仕掛ければ、自分たちは多くの人員を失うことになる一方で、ゲリラの連中はうまく逃げおおせて生き延びるとわかっているからだ。ここは、ゲリラが自宅の裏庭のごとく知りつくしている土地だから。

一行はキャンプの端に駐まったトラックを迂回して歩いた。二十人ほどの若いゲリラ兵士をここまで乗せてきたトラックで、彼らはいま自分のリュックサックにもたれて地面に座り、なにかを待っている。

彼らの前に広がっているひらけた場所を、クリストバルが目で示してうなずいてみせた。

小屋やテントに囲まれていて、板切れでつくった質素なテーブルがいくつか置いてある。まるで街中の広場のようだ。

「あそこでテレビも見られるんですよ。わりにうまく受信できることもあってね」

木の枝にくくりつけられた小さなテレビ。コカイン・キッチンのキャンプにも、似たようなテレビがあった。

その先、小屋の向こうに、べつの男たちのグループが見えた。兵士たちと同じように地面に座り、なにかを待っている。

「囚人です。ふつうのね」

ピート・ホフマンがかぞえてみると、十二人いた。ぼろぼろに破れ汚れた服、長く伸びた髪とあごひげ、首に巻かれた鎖。

「さほど価値はない。だが、人質交換に使えるから、いると便利です。こいつらはべつのキャンプに移す予定です」

だから兵士たちがここまで運ばれてきたのだ。その兵士たちがいま、囚人たちひとりずつに近寄って首の鎖をつなげていく。こうして一列になった人質たちが、これから自身の少ない荷物を持って、ジャングルを抜けていくことになる。藁のマットレスと、何年も前に誘拐されたときに持っていて、その後の日々の身体検査でも没収されずに済んだ、数少ない私物。

クリストバルが低木の茂みをマチェーテで指し示した。そろそろ先を急ごうという合図だ。ピート・ホフマンはこの小休止のあいだに、ベースキャンプの位置と住居の配置、右端の急な下り斜面を頭の中にスケッチし、記憶に刻みつけていた。クリストバルが鋭い刃でリズミカルに木々を切り払いながら進んでいくと、やがて森の中に空き地が現れ、一行はしばらくのあいだ木々の屋根から解放されて青空に没頭し、鳥たちの動きを目で追った。白鷺にちがいない、とホフマンは考えた。歩数をかぞえながら進む。二百、五百、千二百、一定の歩幅で進みながら、だんだん暗く、じめじめとした中へ。ついに到着した。〝カンポ・インポルタンテ〟、重要エリア。ここも囚人を収容するキャンプだが、閉じこめられているのは四人しかいない。ジャングルのあちこちのキャンプに散らばっている、数千人ものコロンビア人兵士や警察官とは、桁違いの価値がある、政治的な人質だ。特別な取引をするときの交換材料となる人間。交換できなければ、ゲリラは彼らを手もとに置きつづける。取引に使えるようになるまで、何か月も、何年も保管する。貴重な宝石というのは、金庫の奥にしまっておいて、ときおり出してきてその輝きを眺め、自分がこれを所有しているのだという喜びに浸ってから、またしまって鍵をかけるものだ。それを身につける、あるいは売る日が来るまで。

「それじゃ、ここで失礼しますよ」

クリストバルがまたたく間に茂みの向こうへ消えたかと思うと、同じように突然、まるで手品のごとく、背の低い男がその中から現れた。頭に赤いスカーフを二重に巻いていて、泥まみれのブーツについた拍車がチリン、チリンと鳴り響く。いつもこれを履いて歩いているのだろうか、それとも自分たちの訪問のためにめかしこんだつもりなのだろうか、とホフマンは考えた。

「ようこそ」

男の握手にはまったく力がこもっていない。ただ手を差し出すだけでいいと思っている、そういうたぐいの人間だ。

「マクシミリアーノ・クベロといいます――PRCの特別戦線を率いる立場で、司令官と呼ばれてますが、あなたがたにはマクシミリアーノと呼んでいただけるほうが名誉なことだ」

その握手のしかたは、彼が装っている外面とまるで釣りあっていない。

「ここは俺のキャンプで、ここにいる兵士たちはみんな、しっかり訓練を受けていつでも戦闘に対応できる、選り抜きの連中です。PRCの精鋭だ。で、あれが……」

彼は向きを変え、キャンプの奥の隅にある檻を指差した。

「……あなたがたの任務です」

檻。

こんなにも近い。

エル・メスティーソは司令官のもとにとどまったが、ピート・ホフマンはふたりのもとを離れ、キャンプ内を歩きはじめた。ずらりと並んでいる若い兵士たちのそばを通る。女もかなりいる。コロンビアの中でもとりわけ貧しい、売春宿かPRCしか選択肢のない地域からスカウトされてきた女たちだ。ホフマンはベースキャンプのときと同じように、だれにも見られない頭の中に地図を描き、その中に小屋を配置した。床はすきまだらけの板、壁はヤシの葉、空になった米袋がドア代わり、そういう小屋の数々を。そうしているうちに、たどり着いた。汚れていて、ぼろぼろで、目は疲れきっている。それでも、『エル・エスペクタドール』紙に載った写真で見た、クラウズ下院議長の面影を認めることはできた。首には、さっきの囚人たちよりもさらに太い鎖が巻かれ、手首や足首の鎖とつながっている。それに動きを制限されながら、彼は板の床に直接座り、ボウルの中身を食べている。パンとは名ばかり、粉と水を油で焼いただけの代物だ。

すぐそばまで近づいてみると、ほかのことも見えてきた。

顔や腕、見えるところにある皮膚のすべてが腫れてでこぼこになり、青あざや赤い斑点だらけになっていること。相当な暴力をふるわれたしるしだ。そして——下院議長の右足。爪がすべて引き抜かれていて、残っているのは肉があらわになって膿んだ傷痕だけだった。だから床に座っているのだ。ここにいる連中はすでに仕事を始め、失敗した。その仕事を終えるため、エル・メスティーソが急遽呼ばれた。だから彼は、ここへ向かう車やヘリの中で、ひどく満足そうにしていた。

この拷問がなにを目的に行われるのか、ピート・ホフマンにはまだ全体像が見えていない。下院議長になにを言わせようと、あるいはさせようとしているのか。エル・メスティーソが仕事を終えるとき、下院議長はなにを言うことになるのか。なにをすることになるのか。

竹の格子のついた檻から、一、二メートル。

ついに下院議長がこちらのたてる音に気づき、ボウルから顔を上げた。彼の目——苦しんではいるが、まだ壊れていない人間の目だ。

ティモシー・D・クラウズはボウルから手を離した。だれかが檻のすぐそばに立っている。見張りをしている下っ端兵士でもなければ、その上に立つ司令官でもない、だれかほかの人物。軍服ではない服を着て、軽蔑ではない目つきをしている。いったいだれなのか、クラウズは目を凝らしたが、息をするたびに右足が不規則に激しく脈打ち、鋭利なナイフをいくつも全身に送りこんでくる。ぎらりと光るそのとがった刃に比べたら、首や背中や腰から伝わってくる衝撃など、弱々しい陣風のようなものだ。連中はそのあたり、上半身のほうから始めたのだった。握り拳や木を編んだ杖が武器だった。

関節や筋肉、神経経路を貫く苦痛、それ自体は我慢できる。何度襲ってこようが耐えられる。だが、その帰結が耐えがたい――だんだん明晰な思考ができなくなるということ。意識がぼやけていくのに抗うばかりで、鋭く分析的に考えることができない。自分の人格が失われていく。

檻の外にいる男がだれかわからないのも、きっとそのせいなのだろう。見覚えはあるのだ。以前、どこかで見たことがある。

それは間違いないと思った。

この動き方。若者というわけではないが、それでもまだ鍛え抜かれた体をしている。頭に入った刺青。蜥蜴か、それとも蛇か、緑の尾がうなじのほうへ伸びている。

右脚を伸ばして上に向けると、痛みは消えなかったが一瞬和らぎはした。もう一度、試してみる。訪問者をじっと見つめ、意識を集中する。思考が頭の中にとどまるように。

すると、見えた。見えてきた。

〝おまえか〟

NGAの大画面に映し出された、衛星画像の男。

おまえの動きのパターン、その頭——上空からのぼやけた画像でも、そういうものはちゃんと見える。偵察衛星を使って何千時間と見張った結果わかることだ。

〝おまえか〟

オペレーターも調査官も、ついに身元を突き止められなかった男。

私はおまえを見たことがある。だが、おまえはそのことを知らない。おまえの力は、私のもとに届かない。だが、私の力はおまえのもとに届く。ここにいる連中はみな同じだ。だれの力も、私の奥底にまでは届かない。

おまえは観測されるとき、ほぼかならず、ある男といっしょにいた。

相棒である凶暴な男のほうは、身元がわかっている。ジョニー・サンチェス、エル・メスティーソ。

おまえにはいままで顔がなかった。だがいま、その顔がここに現れた。私は見ている。

知っている。

おまえを。

ピート・ホフマンは下院議長の視線を受け止めた。初めは濁ってぼんやりしていた目が、やがて明瞭そのものとなり、牙が、刃が現れて、まるでこちらを突き刺してくるかのようだ。その目に向かって、言いたい。格子に顔を近づけて、こうささやいてやりたい。〝なあ、クラウズさん、あなたは知らないだろうが、俺たちは同じ側にいるんですよ。俺はあなたの国の連中に、あなたの部下に雇われて、あなたのプロジェクトのために働いてる。いまあなたを人質にとって傷つけてる、この組織、ここに潜入するのが俺の任務なんだ〟。だが、言えない。格子扉の反対側で兵士が見張っていて、距離が近すぎる。彼女が聞いて、見て、察してしまったら、すべてが終わる。

ひょっとしたら、あとで。

連中に見られずに、近くに来ることができたら。

そうしたら、あなたにも知らせよう。

「オムツ下院議長」

クラウズの目つきが変わった。あいかわらず苦しげではある。だが、それだけではない。同じくらい強い感情が、ほかにもある。嫌悪感だ。

「あんたは俺たちにとって、とても大事な人だ、オムツ下院議長」

司令官と、エル・メスティーソ。ふたりとも近寄ってきてホフマンの両側に陣取り、檻の中をのぞきこんでいる。首に鎖を巻かれて床に座った人間を見ている。

「そんなわけで、こちらの立派な紳士方が、あんたのためにわざわざここまで足を運んでくださった。街からはるばるな。あんたと話をするためだ。あんたが俺たちと話したがらないから」

下院議長は、檻の奥へ退くことも、隅へ逃げようとすることもなかった。チリン、チリンと拍車の鳴るブーツの男から離れようとはしなかった。が、答えもしない。ただ動かずに座ったまま、一行をじっと見ている。これからなにが起こるか、彼らがなぜここに来たのか、わかっているにもかかわらず。

「このとおりですよ。ろくに話もできやしない」

だが、ここに来て気が変わったのか、難儀そうに床にひざをついた。痛いのだろう、顔が真っ赤に燃え上がり、あごは張りつめ、目に涙が浮かんでいる。そこから両手を床板について上半身を起こし、勢いをつけて格子扉の棒を二本握りしめると、それを支えに体を引っぱり上げて立ち上がった。

いま、クラウズは一、二メートル離れたところに立っている。爪のなくなった足も含め、両足に体重をかけるよう気をつけているのがよくわかる。それから彼はくるりと向きを変え、まっすぐに伸びた背を訪問者たちに向けた。

見張りの兵士たちはいま、全員退いている。ＰＲＣゲリラにとって現在もっとも重要な任務――なにに代えてもこの財産を守り、ＰＲＣの手から離さないこと――を遂行するため、自分たちが選ばれたのだと何度も口にしていた彼らだが、いまは遠ざかっている。退がれと命令されたからではない。徐々に、自然にそうなったのだ。クラウズ下院議長を拷問しているエル・メスティーソが一歩進むごとに、兵士たちは一歩退いた。もうこれ以上は退がれないところまで来ると、彼らは顔をそらした。両耳を手でふさいでいる者もいた。

昨日はある兵士がクラウズを素手で殴ったが、成果なしだったという。二十歳ほどの兵士で、エル・メスティーソに促されて、自分がふるった暴力を誇らしげに実演してみせていた。激しいシャドーボクシングのあいまに、木を下院議長の胸に見立ててハイキックもいくつか繰り出していた。そして今朝は、べつの兵士がクラウズを笞で打ったが、やはり成果なしだったという。エル・メスティーソはここでも、どこをどんなふうに笞打ったのかと説明を求めた――プロとしては、これまでに行われた仕事のレベルを知り、それを前提にしたうえで続きの準備をしなければならない。笞は血まみれで、一方の端がほつれてぼさぼさに割れており、下院議長の背中や尻や腿の裏側に、赤く腫れた線がいくつもくっきりと残っていた。この仕事を任された若い見張りの兵士は――三つ編みのお下げ髪をして、明るい赤の口紅をつけた口で微笑み、なんとふたりの前で挨拶代わりに仰々しくひざを折ってみせた——咎をふるうことでクラウズの背にPRCの文字を残そうとしていた。ぎくしゃくと角張ったその文字を見て、ホフマンはストックホルムの郊外で見かける下手な落書きを思い出した。まだ歳若い少年たちが、自分の属するギャングの名前を建物の壁にスプレーペンキで繰り返し記していく、あれだ。さらにそのあと、これまたべつの人間が、クラウズの右足の爪をペンチでひとつずつ引き抜いたわけだが、やはり成果なしに終わった。司令官はエル・メスティーソの求めに応じてペンチを見せ、クラウズの脚を押さえておくのに副司令官の力を借りたことは事実だが、爪を抜いたのはこの自分だ、と語った。そのようすを実演するのに、両手でペンチを握っているふりをして、ホフマンと自分のあいだで前後に動かしてみせ、下院議長の悲鳴を真似て短く甲高い叫び声をあげたりもしたので、キャンプ内のゲリラ兵士たちはみな顔を見あわせて笑っていた。ほかの全員が笑っているのがわかったから。司令官にも、笑うことを期待されているから。

今回こそ、成果が求められている。

ピート・ホフマンはエル・メスティーソとともに檻へ向かった。ホフマンは、そこから先へは進まないことになっている。格子扉の向こうへ行けるのは、拷問を行う人間と、医者だけだ。いつものとおり、なんとかこの時をやり過ごすため、初めてこういう仕事にかかわったときのことをむりやり思い返した。こんなのは大げさなほら話にすぎないと思っていたころのこと。街中でときどき行われる拷問しか知らなかったころのこと。あの当時も拷問自体はホフマンの仕事ではなかったが、それでもやらせてくれとしつこく頼みこんだ。実際にやってみせて、信頼に値する男だということを周囲に示したかったのだ。雇われてからまだ数か月、エル・メスティーソの数いる部下のひとりにすぎず、〝ヨーロッパ人なんか使えねえ〟という周囲の目と闘うのにうんざりしていたころだった。刑務所に入っていたこともある、コロンビアに来る前にもう二人は撃った、どんなにそう説明しても無駄だった。死なせるのは簡単なんだよ、と怒鳴られた。ゆっくり死なせるのが難しいんだ、と。

あれから、ホフマンはエル・メスティーソのやり方を徐々に学んだ。

素手で殴り、笞で殴り、爪を引き抜いたあとは、電気だ。

だからいまも、若いゲリラ兵士がふたり、鉄パイプ四本をつなげたフレームのようなものを檻に運び入れている。短い辺を先にするとかろうじて中に入った。横二メートル、縦一メートル、斜めに傾けると天井にぶつかりそうになる。それから兵士たちは床板を二枚はずし、電気が流れやすくなるよう用意してあるアース板をあらわにした。そこから長さ十五センチほどの鉄の棒が四本、一列になって生え、上へ伸びている。それが、鉄のフレームの下部にあらかじめあけてあった四つの穴にぴったりはまる。フレームは棒の上に載った形で、檻の中央にどっしりおさまった。

エル・メスティーソの合図で、見張りの若い女兵士が、下院議長のスーツのズボンを腰に留めていた紐を切り、ズボンを下着もろとも足首まで引き下げた。

鉄のフレームを立てた兵士ふたりが、クラウズをそちらへ突き飛ばした。手首に巻かれていた鎖を解き、彼の両腕をフレームに固定する。クラウズは両手を頭上に上げさせられ、右手首と鉄フレームのまわりに長さ十メートルの銅線をぐるぐる巻かれた。銅線はそこから横へ移動し、左手首と鉄フレームを固定する。対角線を描いて右足首を固定し、そこから左足首に移動して、また何度か巻かれる。

電気を使うのはいつものことだ。

そして、最初はかならず、全身に流す。

ホフマンは見ているべき立場だから、見ているふりをした。が、ほんとうはその横を見ていた。そこだけを凝視していれば、ほかにはピントが合わず、ぼやけた人間がぼやけた動きをしているだけになる。

雇われてまだ間もなかったころ、周囲の信頼を得るため、街中での拷問には自ら志願して参加しつづけた。そういう拷問はたいてい、借金を負った人の体のあちこちを銃で撃つ、というものだった。ナイフで切りつけることもあった。だが、腹や胸の底まで響いてくる悲鳴を聞いたことはなかった。そこまでさせられたことは一度もなかったのだ。たいていはカリ川に行くだけで、ごみを捨てに処理場まで行くような感覚だった。軽く撃って、軽く切るだけだった。片方の目になにかしたこともあったかもしれない。もちろんみんな悲鳴をあげる。が、その叫び声は、ジャングルでの悲鳴には遠く及ばない。

クラウズ下院議長の叫び声には。

エル・メスティーソが今朝のうちに注文しておいたバッグが狭い檻の中に運びこまれ、彼はそこからケーブルを二本出した。車のブースターケーブルにしては少々太すぎる、といった感じのものだ。赤いほうの端を圧着端子で鉄フレームに固定する。こちらがプラス極。黒いほうの端、マイナス極は、下院議長のすでに痛めつけられた爪のない足の親指につけた。そして、赤いケーブルも黒いケーブルも、兵士ふたりが取ってきたガソリン発電機まで伸ばした。スターターロープを何度か引くと、発電機が芝刈り機や古いボートエンジンのような音をたてて始動する。赤いケーブルの端を発電機のプラス極に、黒いケーブルの端をアース板のマイナス極に。そうして二秒間、ケーブルを固定していた。鉄フレームがフラッシュのような光を放ってシューッと鳴り、クラウズの体から火花や電弧が放たれる。頭が胸のほうへがくりと垂れ、筋肉が痙攣して悲鳴があえぎに変わった。

　ここで医師が割って入り、拷問を中断させた――エル・メスティーソがあらかじめ指示しておいたとおりに。この医者はPRCの医者にしてもかなり若いほうで、医学部の二学期目を終えたところでスカウトされた男だ。PRCの医者がそれ以上の教育を受けていることはめったにない。道具でしかないからだ。雑な手当てをしながら、こうささやきかけるのが彼らの仕事だ――〝ねえ、どうして黙ってるんですか、あの男は狂ってる、拷問はまだ続きますよ、だから言われたとおりにカメラの前で話しなさい〟。人質を生かしておいて、味方になってやり、悪党と対照的な善人を演じるのが、この医者の仕事なのだ。

〝ねえ、あなたがこんな目に遭ういわれはないでしょう、協力したほうが身のためですよ、あの男が引き下がることはありませんからね〟

　若い医者はぶら下げていた聴診器をクラウズの胸に当て、肺と心臓の音を聞いた。

「電気は……全身に流したんですか？」

「そうだ」

　それから、片方の足を調べはじめた。クリップが皮膚に咬みついていた場所から煙が出ている。

「どうやって……どういう経路で？」

「つま先から上へ、腕から出ていくように」

この若い医者は演技が下手だ。焼けた肉のにおいを吸いこんでぎょっとしていたし、覚えさせられたセリフをエル・メスティーソに向かって言うのも、台本を棒読みしているようにしか聞こえない。

「心臓のリズムが少々不規則ですね」

「ほう?」

「電流の量を少し下げれば続けられます。この人の心臓が止まらないほうがいいのであれば。つまり、この人に生きていてほしいのであれば」

エル・メスティーソは芝居がかった大げさなしぐさでクラウズのほうを向いた。

「聞いたかい、下院議長さんよ? そういうことなら、ケーブルの位置を変えるとしようか。精子はろくにつくれなくなるだろうが、もう少し生き延びることはできる」

赤いケーブルの端、鉄フレームに固定されていたほうをはずし、掲げてみせる。

「なあ、下院議長さん?」

クラウズの頭は胸のほうへがくりと垂れたまま動かず、口の隅から唾液が漏れている。

「そろそろ話をするころじゃないか?」

そして彼は、黙ったままだ。

「そうかい、下院議長さんよ。あんたが自分で選んだ道だ。意地を張って馬鹿な道を選びつづけるのも、あんたの勝手だ」

エル・メスティーソは、どこにもつながっていない赤いケーブルを、下院議長の体へ、裸にされた下半身のほうへ、ゆっくりと伸ばしていった。ケーブルが初めて睾丸に触れ、地獄の叫び声が木の檻から放たれてジャングルを駆け抜ける。悲鳴は途絶えず、さらに大きくなった。ホフマンがどんなに横を凝視していても、耳に届く音までは止められなかった。すべてが聞こえた。

エル・メスティーソが収容キャンプ内を歩きまわりはじめて、もうすぐ十分になる。小屋《カレタ》から小屋《カレタ》へ、あてもなく歩きまわっているように見える。中に入ったり迂回したりを繰り返し、いくつかの小屋では屋根にまで登っていた。そこから、このキャンプの設営時にルールにしたがって掘られた、深さ三メートルの大きな穴へ。一見しただけでは墓穴のように見えるが、近寄ると悪臭が襲いかかってきて、共同便所なのだとわかる。そこから、キッチンへ、物干し場へ、食料庫へ。そしてエル・メスティーソは檻に戻り、中に入って、また満足そうな顔になった。長い旅を経て、探していたものをようやく見つけた、そんな表情だった。

「下院議長さん？」

クラウズの手首と足首に巻かれていた銅線は切られ、本人も鉄フレームから解放された。が、見張りの女兵士に蹴られ、殴られてなお、彼は床に座ることをかたくなに拒んだ。胸のどこかに隠していたなけなしのエネルギーを使って、格子を握りしめ、こちらに向かってうなだれながらも立っている。

「これ以上電気を使ったら、あんたは死ぬ。だが、あんたを死なせるつもりはないんだ。痛めつけるだけだ。話をする気になるまで」

エル・メスティーソは両手を差し出し、キャンプを一巡して取ってきたものを見せた。片方の手のひらには、プラスチックチューブ。もう片方の手には、錆びた有刺鉄線が載っている。

「電気のあとは熱湯を使うのが好みなんだ。水責めも悪くない。だが、あんたは特別待遇で、直接これに行こうと思う」

うなだれたクラウズの顔の前で、プラスチックチューブと有刺鉄線を振ってみせ、人質にも見えていることを確かめた。

「もとはヨーロッパのやり方で、俺が初めて見たのもヨーロッパでだった。チューブはどこにでもあるポリ塩化ビニル製で、長さは十五センチ、キッチンの冷蔵庫の下で見つけた。これを、あんたの肛門から直腸に入れる。しっかりおさまったら、あとは有刺鉄線だ。これは人質を入れる檻の屋根にあったんだが、これがなかなか珍しい種類でね。ほら、ご覧のとおり、よくある短い棘じゃなくて、もっと長い、先が細くなって軽く曲がった棘がついてる。通称〝スパイク〟。ふつうよりダメージが大きい」

鋭い棘をクラウズのあごから片頬へ走らせると、血が勢いよく首筋へ流れてシャツの襟を汚した。シャツの襟はもう、あまり白くはない。

「ここまではべつに、たいした痛みはないだろう。チューブにはたっぷり軟膏を塗っておいてやるから、体温計とか、前立腺の検査とかと似たようなもんだ。だがそのあと、この有刺鉄線が出てきたら、あっという間に不愉快なことになる」

エル・メスティーソは血に濡れた有刺鉄線の先を、クラウズのシャツの袖でぬぐった。

「あんたの直腸におさまったチューブの中に、この有刺鉄線を突っこむ。初めはなにも感じない。プラスチックがちゃんと守ってくれるからな。そこでもう一度質問させてもらう。カメラの前で、司令官が用意した文言を読みあげる気になったかどうか。それとも、俺にそのまま続けてほしいのか。そこでも馬鹿な選択をして、俺たちの期待する答えを返してこないとなると、ここにいる全員がしんどい思いをすることになる。俺は有刺鉄線をそのままに、プラスチックのチューブだけを抜かなきゃならなくなる。そうしたら、あんたの腸の中でこの棘が全部あらわになって、俺が引き抜くときには腸壁に穴があく。下院議長さんよ、そうなったら、傷は一生治らないぞ。この錆びついた有刺鉄線を引き抜いたら、あんたは死ぬまで腹に袋を抱えて暮らすことになる。ずたずたになった腸の中身を出そうとするたびに泣き叫ぶことになる」

カメラは高価そうには見えないが、それでも静止画像だけでなく、短めの映像も撮れるものだ。司令官が自ら撮影を担当し、クラウズ下院議長は檻の床に座ったまま、まっすぐカメラに向かって言葉を発している。エネルギーはもう完全に失われ、抵抗のしるしとして立っていることすらできなくなっていた。だれかが書いた手書きの文言を、ぼそぼそと読みあげている。その文言は、高い教育を受けたことをうかがわせる正しい英語で、いったいだれが書いたのだろうとホフマンは考えた。こんなふうに英語を使いこなせる人間はこのキャンプにいない。そもそも英語を話せる者が少ないし、話せても訛りがきつく、語彙も限られている。

クラウズ下院議長はプラスチックチューブが皮膚に触れた時点で降参した。観念し、状況を受け入れた。そもそも、連中が彼に言わせたがっている言葉を発することによって、だれかほかの人に危害が及ぶわけではなかった。ただ、こいつらに勝たせたくなかったし、勝ったと思わせたくもなかった。だが、有刺鉄線が入るチューブを体に当てられて、一生治らない傷を負うことになると悟ると、彼は両腕を上げて〝ストップ〟と叫び、向きを変えて、カメラを立てている三脚を指差した。

初めての会見。だが、いつものような達成感はない。ふつうなら、これまでに費やしたすべての時間、これまでについたすべての嘘、経験してきたすべての恐怖が、この瞬間に報われたと感じる。ついにたどり着いた、成功した、と思える。自分が有能だと思えて、少し気分がよくなったりもする。だが、今回は違った。ピート・ホフマンはこの二年で、金をもらって潜入している組織の中枢までたどり着いた——が、遅かった。雇い主と連絡がつかなくなった。切り捨てられ、殺害対象者リストに移された。つまり、すべてを危うくしてまで仕えた相手に、速やかに殺されようとしていた。

クラウズは与えられた文言を読みあげ終えたところだった。この映像は明日、都会へ、インターネットにつながったパソコンへ運ばれていくだろう。司令官はカメラを三脚からはずして回収していた。そのとき突然、一行が出入りを許されていなかった唯一の小屋《カレタ》から、女が出てきた。カタリナ・エラドル・シエラ、別名モナリザ、ハートのクイーン。長身痩軀の美しい女で、年齢は四十歳ほど、周囲と同じ軍服を着ているが、ホフマンが初めて見る階級章をつけている。ＰＲＣゲリラ幹部の中では上から三番目の地位にあり、ＰＲ

Cの最高意思決定機関のメンバーにも選ばれた人物。どの資料を見ても、アメリカの仇討ち作戦を報じるニュース番組で言われていたとおり、組織を思想面で支える理論家だとされている女だ。

〝影〟のひとりとの会見。

ピート・ホフマンはこれまで、エル・メスティーソに付き添ってある程度のところまでは行けたにせよ、そこから先へは進めず、同じように最奥部までは行かせてもらえない連中と寝泊りするのが常だった。〝影〟。最高幹部たちはそう呼ばれている。彼らがどこにいて、どうすれば会えるのか、知っている人間はかぞえるほどしかいない。会える場所はたいてい、ジャングルのどこかのキャンプだ。いまのように。

前回、これと同じことがあったとき。ホフマンはスウェーデンでポーランド・マフィアに潜入していて、いきなりワルシャワに呼ばれた。当時もいまと同じで、かなり奥深くまで潜りこんではいたものの、絶対権力の持ち主と直接会うことまでは許されていなかった。だが、空港からタクシーに乗って、ヴォイテク・インターナショナルの本社に行き、ズビグニエフ・ボルツとグジェゴシュ・クシヌーヴェックに会った。それで、すべてが変わった。何年も計画どおりに進めてきた仕事が報われた、初めての会見だった。本社の連絡窓口だったヘンリックを通じて――彼もホフマンを信用しきっていて、嘘をつかれているとは夢にも思っていなかった——副社長と組織のトップに紹介された。ワルシャワのモコトゥフ地区の黒い建物で、本社の舵取りをしていた男たちに。

いまはエル・メスティーソが連絡窓口だ。ホフマンは彼をうまく操って、ここまで——ハートのクイーンのもとまでたどり着いた。彼女は偽りのなさげな笑顔で、エル・メスティーソからクラウズの独白の入ったメモリーカードを受け取り、彼を抱擁した。信頼している相手、価値観を共有している相手に贈る、心のこもった、力強い抱擁だった。

「で、あなたが……エル・スエコ。会うのは初めてね」

ハートのクイーンが、ホフマンに手を差し出してくる。

「でも、戦争となると事情は変わってくる。殺害対象者リストとなると。そこに載っている私たちはみんな、お互いを心の底から信用する道を選ばなければならない。ジョニーがあなたを心の底から信用して、あなたのことを保証すると決めたように」

そして、ピート・ホフマンがその固い握手に応えると、彼女は一歩近寄ってきてホフマンのことも抱擁した。

〝ジョニーがあなたを心の底から信用して、あなたのことを保証すると決めたように〟

ホフマンはこの権力者を抱擁しながら、ふと考えた——どんな初めての会見にも、そこに至る道のりがあり、始まりがある。エル・メスティーソがまだ〝ジョニー〟ではなかったところ。知りあってから数か月が経ったところで、彼は新たに雇ったこのヨーロッパ人を、自分のボディーガードに指名しようと決めた。こんなにも凶暴なのに、それでも好感の持てる相手、向こうも自分を好いているらしい相手と親しくなったのは、ピート・ホフマンにとって初めての経験だった。今回の初めての会見につながる始まりは、ジャングルで人質を収容しているべつのキャンプに到着して、エル・メスティーソが、散歩しよう、ここを見せてやる、と告げてきたときのことだ。その時点ではほんとうに、ただの散歩なのだと思っていた。だが、実は逆で、ホフマンを周囲に見せるための巡回なのだと気づいた。この新入りはエル・メスティーソの朋友だと、キャンプ全体に知らしめるため。今後エル・スエコに手出しをするのは、エル・メスティーソに手出しをするのと同じことだ、とわからせるため。

そこまで寄せられた信頼を、自分はもうすぐ踏みにじり、打ち砕くことになる。あそこにある、あの檻。あの中に閉じこめられている、傷だらけのアメリカ人政治家こそ、自分とソフィアとラスムスとヒューゴーの逃げ道にほかならない。

ジャングルの夜は魔の世界だ。人間にはコントロールできない世界、動物の王国に棲みついている、音、におい、エネルギー。硬い小枝のように丸めて置いてあった蚊帳が広げられ、紐で固定されて、闇の中を飛びまわる虫たちの群れを押しとどめる。鳥がバタバタと羽ばたき、真っ黒な空に向かっていつもの金切り声をあげる。そして、あっという間に肌寒くなる。昼間の暑さと似たり寄ったりの激しさで迫ってくる寒さだ。

ピート・ホフマンは数時間前、夜明けまで自分の家となる小屋《カレタ》を探し当てると、地面に敷くシートに藁マットレスを載せただけの質素なベッドに沈みこんだが、眠りはしなかった。代わりに、待っていた。キャンプのあちこちにいる見張りが全員、仲間のいびきに合わせて肩の力を抜いていくまで。何度も自分の小屋を出て、衛星電話で長話をしていたエル・メスティーソも、同じように肩の力を抜いていくまで。彼がなにを話しているのかは聞こえなかったが、声の調子がいつもと違っていた。エル・メスティーソはいつも、与えられた任務やそのときの状況がどんなに危険で切羽詰まっていようと、小声で抑えぎみに話すことを心がける男だ。それが、いまは大声を出している。脅迫と絶望のあいだを戸惑いながらさまよっている声だ。

ホフマンは硬くごつごつしたベッドを離れ、逆さに置いてテーブル代わりにしている木箱のそばに座った。ベストのポケットからペンを出す。トイレットペーパーの切れ端がメモ帳代わりだ。

そして、書きはじめた。

座標

計画。これが始まりだ。まず、これを確保する。もうしばらくして、外にこっそり出られたら。見張りがこちらを見ていないときに。エル・メスティーソが電話の電源を切ったあとに。

地球低軌道

計画の、次なるステップ。目的は、リストに載った名をひとつ、あいつらに削除させること。死を逃れること。

時間の切れ目

そして、その次。

セシウム137

次。

成形炸薬弾

次。

磁石そり

紙切れを折りたたむ。四角がさらに小さな四角になり、狩猟用ナイフを入れる革製ホルスターの底におさまった。それから、ホフマンは外に出た。肌寒さがまるで苛立った動物のようにまとわりついてくる。悪臭がもろに漂ってくる便所の穴へ、まっすぐに向かった。ここが最初の目印だ。そこから斜め右、クラウズの檻とキッチンのあいだへ。格子扉の前に見張りの兵士が座っているが、実弾の入った自動銃のすぐそばを人が通り過ぎていることには、まったく気づいていない。第二の目印――三十メートル近い高さのあるサプカイアの木。そこから伸びる、クリストバルがマチェーテで整えた小道に着いたころにはもう、あたりは濃い暗闇となっていた。黒がさらに濃い黒になった。だが、懐中電灯をつけるわけにはいかない。マッチ一本ですら論外だ。ここで明かりをつけたら、その光は生き物となって、鬱蒼と茂る緑を切り裂くだろう。

六百十二歩。

着いたのは、森の中の空き地だった。人質収容キャンプとベースキャンプのあいだ、密に絡みあった木の葉の屋根のない、ひらけた場所。太い木の幹やあちこちへ伸びる根につまずき、棘のせいでズボンに穴があいたのを感じる。さわさわと揺れる低木に触れると、手の皮膚がひりひりした。スウェーデンでよく側溝のそばに生えているイラクサに似ていた。

ここで、コカイン・キッチンそばの川岸でしたのと、同じことをした。防弾ベストの布ポケットからGPS受信機を取り出し、〝マーク〟のボタンを押して、十進経緯度を読みとった。この場所の正確な緯度と経度を、暗号プログラムにかけて調整した座標だ。

68.779812, 22.3529645

やっていることだけを見れば、いつもの情報収集と変わらない。コカイン・キッチンの場所、コカイン輸送の場所、倉庫の場所を記録する。そして、DEAのハンドラーにその情報を渡す。

だが、今回は違う。

この数字列は、自分で使うものだ。檻の格子扉を開けてくれる、命と命の交換を可能にする数字だ。

荒野の乾いた草むらからヘリが離陸し、雲ひとつない空に戻るとき、不思議な音が生まれる。鈍い、脈打つような音だ。笞に似たローターブレードが空気を切り裂き、不快感に胸をつかまれる。ピート・ホフマンは正直、ヘリコプターが好きではない。組み立てられた金属板とプラスチックが、広大な面積の上を移動したかと思えば、高さ数百メートルのところで静止したりもするなんて、理屈に合わないと思う。だが、ここでは——こちらの都合など考えない、連絡経路のまったくないジャングルの中では、ごうごうと轟く川のそばでふたりを拾ってくれたこのヘリのほかに、移動手段はひとつもない。それに、なにがあっても弱みを見せるわけにはいかなかった。ホフマンはボート操縦士のクリストバルに礼を言い、ハートのクイーンをもう一度抱擁して、互いの幸運を祈る仲間のひとりを演じた。彼らはそれぞれ空飛ぶ機械に乗り、それぞれべつの方向へ向かった。

エル・スエコとエル・メスティーソは、昨日車を駐めた場所に着陸した。帰路の次なる段階に向けて、それぞれ同時に車のドアを開けると、息の詰まりそうな淀んだ空気が襲いかかってきた。もうもうと煙をたてる乾いた砂の上を、十キロメートルほど走る。それが徐々に、湯気をたてるアスファルトの膜に覆われはじめたところで、ようやく一方が口を開いた。

「メデジンに寄るぞ、ピーター・ボーイ」

「メデジン？」

「ああ」

エル・メスティーソの声に含まれた、不安。ピート・ホフマンがこれまで聞いたことのなかった不安が、またにじみ出ている。〝メデジンに寄るぞ〟。昨夜と同じ不安。二度の電話のあいだ、熱帯雨林の湿気と人質たちの苦悶の叫びに埋もれて、だれにも聞こえないだろうと確信しているようだった声。

「かなりの遠回りだぞ、ジョニー。千キロ以上あるんだが」

「そうだな」

「十九時間だ」

「問題でもあるのか？　どこかべつの場所に行くとか？」

〝そのとおり——問題は大ありだ。そのとおり——まず家に帰って、家族が元気でいることを確かめてから、まったくべつの場所に行かなきゃならない。ボゴタのカフェで、エリック・ウィルソンに会うんだ。昔のハンドラーで、あんたの組織に潜入するこの仕事を斡旋してくれた男に。いや、ひょっとすると、エリック・ウィルソンがよこした代理に会うのかもしれない。俺がこのいまいましい死刑宣告から逃れられるよう手助けしてくれる、だれかに〟

もちろん、口に出すわけにはいかない。

エル・メスティーソのほうも、なんの用事で行くのか話すことはできるにしても、話したくない、と態度ではっきり示している。そしてホフマンは、とうの昔に決めている——この関係をかき乱したり、壊したりしないこと、真の雇い主のために情報収集を続けることを優先しよう、と。ボディーガードとしては、警護対象がこちらを信用してくれないことには百パーセントの警護などしようもないのだが、そうしつこく説明するのはやめておこう、と。

いつもどおり、二百キロ進むごとに車を停めて体を伸ばし、運転を交代した。いや、そうする予定だった。今回は、途中でエル・メスティーソが眠ってしまった。ぐっすりと。大いびきをかいて、ときおりホフマンの肩に頭をあずけてきた。そしてホフマンは、時間を稼ぐためにスピードを上げつつ、すでに漠然と察していたことを、あらためて実感した

――ひとつひとつの呼吸につきまとう微風のような不安、それが、ほんとうにあるのだということ。雇い主が眠っているところを見るのは初めてだ。ジョニー・サンチェスという男は、これまでともに過ごしてきた二年半、だれの前でも油断なく身構えていた。周囲に警戒の目を向けていた。ピート・ホフマンは最初、雇い主が眠っているという事実に、頭の中で理屈をつけて納得しようとした。エル・メスティーソはただ単に、ひどく疲れているのだろう。さすがの彼も、人の悲鳴には神経をやられるのだ。娘の話をしているとき以外、けっして感情を表に出さない彼だが、ひょっとすると、あのおぞましい拷問の記憶をいまだに引きずっているのかもしれない。となりに座っている、顔も体も角張ったこの男、これまでに何度も人を殺し、拷問し、傷つけ、従わせてきたこの男にも、それなりに人の心があり、ときには胸を揺さぶられることもある。そういうことだろうか？　あるいは……ただの酸素不足だろうか？　空のすぐ下に広がる街を目指して、坂を上がっていく十キロごとに、空気がとらえがたくなっていくことは事実だ。

ゆっくりと日が暮れていく。対向車は数少なく、集落もほとんどない。ホフマンが車の窓を開けると、何時間か前に暑さが外へ出ていったのと同じように、静けさが入りこんできた。ラジオをつける。FMボゴタ、94・9。男性政治家がふたり、互いの話を聞こうともせず興奮状態で議論していて、女性司会者が発言のチャンスを公平に配分しようとしてはいるが、どちらもそれを尊重する気配はない。Wラジオ、99・9。この局でもなにやらどうでもいいことを話しているが、こちらのほうが静かだ。話をしている人たちはいまのところ、だれも耳を傾けていなかったら自分たちの言葉は無意味になってしまう、と気にしているように聞こえる。

ホフマンはラジオを消した。エル・メスティーソの規則正しい呼吸だけを道連れに、濃い暗闇の中を走る。フロントガラスの内側をうるさく飛んでいた蠅が自分の額に移ってきたときには、どこかうれしいような気持ちになって、のんびりとそこを歩かせてやった。どんなに理屈をつけても納得しきれない、エル・メスティーソの不安。昨夜の口調を思い出す。そして、いま……彼は、となりで眠っている。関連しているにちがいない。それはわかる。が、どう関連しているのかは、まだわからない。

延々と続く道のり。夜が夜更けになる。プエルト・トリウンフォのあたり、国道四五号線が六〇号線になったところで、助手席の男が目を覚ました。びくりと体を震わせて覚醒し、子どものように目をこすっている。そして、突っかかるような口調で尋ねてきた。

「くそっ……いったいどこだ?」

油断せずにいることに慣れきっている男が、いま、すっかり油断していたのだ。

「ラ・エスペランサを過ぎたところだ」

コーヒーを入れた紙コップが、口をつけないままプラスチックのホルダーに入れっぱなしになっている。エル・メスティーソは縄のような長髪を揺らしてヘッドレストに頭をあずけ、すっかり冷たくなったその液体を飲み干すと、紙コップを念入りに丸めた。いつも警戒を怠らない自分が、なぜいきなり油断してしまったのか、理解しようとしているのだろう。一時的とはいえ、別人になってしまった。他人を信用する人間になってしまった。車の中に閉じこめられているというのに。そして、彼は激怒した。ときおり見せる、こめかみを脈打たせるほどの執拗な怒り。恥じているのだ。自分自身を。あけっぴろげに弱みをさらしてしまったことを。

「停まれ」

「ここで？」

「停まれと言ったら停まれ！」

暗い、だれもいない田舎道。アスファルトも、乾ききった野原も、まだ延々と続いている。

「ここからは俺が運転する」

エル・メスティーソは力まかせに車のドアを開け、重い体を座席から押し出すと、ずかずかと車の前をまわって反対側に向かい、いやに力の入った動きでホフマンの顔に人差し指を突きつけた。

「ぐずぐずするな！」

自分が指を突きつけている相手がほんとうは何者か、まったく知らないくせに挑みかかってくる男。人を踏みにじって虫けらのように扱う権利をわがものとし、挑発してくる。昔であれば、ピート・ホフマンも反射的に振る舞い、暴力で迎え撃っていただろう。いまはもう、そういうことはしない。スウェーデン警察の潜入者として過ごした九年——成人してからの人生の半分を、組織犯罪ネットワークの最奥部で、犯罪者として、法に保護されない人間として過ごした。あの九年で、衝動をコントロールする力が育まれた。ゴールを、目的を決めて、つねにそのために行動することを学んだ。

だから、エル・メスティーソの指をつかんで折ったりはしなかった。ナイフを抜いて、第三肋骨と第四肋骨のあいだに突き刺してやることもなかった。ただ、黙っていた。そのまま立ち上がり、警護対象であり捜査対象でもある男に向かってこくりとうなずいてから、おとなしく車の反対側へまわった。生暖かい微風が汗ばんだ背中を冷やしてくれた。

「シートベルト」

エル・メスティーソはすでにイグニッションキーをまわしている。ホフマンがベルトを締め、ピーッ、ピーッというけたたましい警告音がやむまで、待っているのだということをあからさまに見せつけるようにして待っていた。たくましい両手でハンドルを握りしめ、アクセルを踏んでスピードを上げる。相当なスピードだ。速すぎる。自分をさらけ出し、他人の接近を許してしまった。ぐっすり眠っている状態では、いつ押さえつけられて、警察に、軍に、民兵組織に引き渡されてもおかしくなかったのに。殺されてもおかしくなかったのに。

エル・メスティーソはさらにスピードを上げた。ひたすら速度を上げ、また上げて、車が不安げに傾いたところで、窓を開けた。流れこんできた空気が彼の呼吸とぶつかった。

こんなふうに他人を信用するのは彼らしくない。信用するとはつまり、リスクを冒すことだ。

裏切られるリスクを。

「ジャングルでは、泣いたってだれにも聞こえやしない」

あいかわらずの猛スピード。あいかわらずの暗闇、田舎道。

エル・メスティーソは、だれにともなく話しはじめる。

「祖父がよくそう言ってた。〝ジャングルではな、泣いたってだれにも聞こえやしないんだ、だから一人前の男らしく行動しろ。下をさわってみろ、ジョニー。さわってみろ！

金玉ふたつ、ちゃんとついてるか？〟俺が十歳のころ、売春宿に俺を連れていったのも祖父だった。いまは俺の持ち物になってる、あの売春宿」

会話ではない。ふたりは互いを見てもいない。

「おまえにも子どもがいるな、ピーター・ボーイ」

車がまた傾く。さっきより大きく。サンチェスがなんの前触れもなく、体にしみついた機械的なほどの動きで、腰のホルスターからリボルバーを抜いた。

「ふたりいるだろう。おまえは父親だ。だから、わかるはずだ」

片手だけでハンドルを握り、銃を自分の額に向ける。親指を撃鉄に置き、カチリと音がするまで後ろに引いてから、金属の銃口を薄い皮膚に押しつけた。

「父親なら、わかるはずだ。子どもが生まれる前、俺は……まったく、自分の命すら大事にしてなかった！　バーで飲みながら、ロシアンルーレットで遊ぶことだってできた。弾をふたつ入れて、こんなふうにまわして……引き金を引く。パン！　パン！　金を払わないやつをとっちめるにしても、わざわざ話をする必要はないと思ってた。選択肢なんか与える義理はないと思ってた。〝クソ女房でもクソガキでもなんでも目の前で撃ってやれよ、そうすりゃわかるだろ〟、そう言い放つのが俺の役目だった。最近はちゃんと選択肢を与えてやってるし、前もって警告もしてやってる。けど、それでも言うことを聞かなければ

「……ペーテル、パン、パン、だ！」

制御できないほどにスピードが上がり、銃声を模した声が響く。

彼は安全装置をかけ、ホルスターに銃を戻した。

そして、上着のポケットから緑の百ドル札の束を出し、太い輪ゴムで束ねられたそれをぐっと握りしめた。

「ドル札《ドラレス》！」

自分の前で、助手席の前で、その札束をバタバタと振ってみせる。

「結局、すべては金なんだ！ 金、ドル札こそ、権力そのものなんだ、ピーター・ボーイ！ 金と、暴力……それが力《ポテンシア》だ！」

急な上り坂だった道路がそっと下降を始めているが、標高が高いことに変わりはなく、息がしにくい。

「銃のライセンスを金で買える。警官も軍人も政治家も金で買える。人を撃っても、四千ドル払えば自由の身になれるとわかってる」

額に当てられた銃口。バタバタと振られたドル札の束。

彼はそれ以上、なにも言わなかった。

メデジンの郊外を通り抜け、街の中心、旅の終わりに近づくまで。

「当然だろう。このいまいましい金ってやつが……」

だが、いまの彼は大声でもなければ、突っかかるような口調でもない。

「……こいつが、すべてになっちまうのは」

その声はやわらかく、ささやきかけるようで、聞きとりにくい。となりの席に座っていても。

「わかるか？」

だからホフマンは、これが聞き間違いでないという確信が持てなかった。いま全世界を敵にまわしているこの男、麻薬の縄張り争いで何百人もの人間を自ら血浴に沈めた男が、ほんとうにこんなことを言ったのかどうか。だから、千キロの道のりを経て初めて雇い主のほうを向き、彼と目を合わせようとした。

「わかるって……なにが？」

だが、やがてはっきりした。目を合わせることはできそうにない。

「なにがだ？　ジョニー？」

なぜなら、その瞬間はもう過ぎ去っていたから。不安、睡眠、エル・メスティーソのこれまでの言動とは似ても似つかないすべてが、すでに過去のものとなっていた。

いま走っているこの街は、ピート・ホフマンが日々恋しく思っている出身地ストックホルムに比べると、約二倍の大きさだ。貧しさに始まり、豊かさで終わる街路を抜けていく。スラムがあふれんばかりの富と交わる街。殺人事件発生率の高さでは世界有数の街でもあり、ホフマンはなるべく近寄らないようにしている。この地域では、同じスウェーデン人やスカンジナビア人がたくさん人質に取られ、コカインから得られる利益だけでは足りないときに、支払い手段として使われてきた。

メデジン。

ここで始まり、かたちづくられたのだ。

すべての発端となった、縄張り争い。

ある場所の支配権、そこで麻薬を売る権利をめぐる争い。

ホフマンがいま家族と暮らしているカリの麻薬カルテルが、メデジンの麻薬カルテルと戦争状態に入った。発端となった縄張り争いの、初めのころ。当時のほうがものごとは単純明快だったように思える。だが、時とともに混乱が増した。いまやここだけでも十五に及ぶさまざまなグループが入り乱れて争っている。麻薬の縄張りをめぐる戦争は、病気のごとく、伝染病のごとく広がった。世界のあらゆる地域、大小を問わずあらゆる国や街で発生して、その地域を破滅に追いこみ、そのまま棲みつく病だ。

ふたりは広場のそばに車を駐め、沸き立つような群衆の海に飛びこんだ。屋台が不揃いな列を成して果てしなく並ぶ中、そのまま屋内市場に入っていくと、山積みになった新鮮な果物や野菜、あちこちの小食堂から漂ってくる香ばしいにおい、ぎらぎら輝く装飾品をつくっている男、夜のあいだに染めた布を編んでベルトをつくっている女がひしめきあっている。ピート・ホフマンは、子どものころに訪れた南スウェーデンのシーヴィクの市場、大人になってから訪れたストックホルム中心街のヘートリエット広場の市場を思い出した。市場というものが生み出す豊かさの感覚、双方が満足するまで、しかし満足していることはおくびにも出さずに続ける、値段交渉の儀式。とはいえ、記憶にあるスウェーデンの市場はここまでぼろぼろではないし、ここまで混雑してもいない。ここでは一歩進むごとに脇腹に肘鉄をくらい、他人の汗ばんだうなじを見つめるはめになる。

なにより強烈なのはたぶん、このにおいだ。しかも奥に分け入るほどひどくなる。長いこと放置されすぎた魚など。ここに着いたとき、ホフマンは空腹と闘っていたが、もうおさまっている。

左腕をぐいとつかまれて振り返った。老人がやわらかな革製の財布を売りつけてこようとする。それを追い払うタイミングが遅すぎて、今度はこの老人の妻かもしれない女がホフマンの右腕をつかみ、樹皮を編んでつくった小さなかごを差し出してきた。彼は身をふりほどき、雇い主を見失わないよう、狭い通路をできるかぎり急いだ。

やがて市場が途切れた。

最後の屋台を過ぎると――片側ではカリフラワーとキャベツ、もう片方ではなにかの肉を売っていた――そこにはもう、がらんとしたアスファルトの空間しか残っていなかった。木の板を組み立ててつくったテーブルと椅子が置いてある。そこに、少年が十二人いた。幼いほうはホフマンの息子たちと同じぐらい、九歳か十歳ほどだろう。最年長らしき少年たちはもっと上だが、十三歳、せいぜい十四歳といったところだ。

少年たちはそこに座って、なにをするでもなく、ただ待っていた。

それが全員、同時に、エル・メスティーソに気づいた。

十二人の少年たちが別々に、それでいていっせいに立ち上がり、背伸びしながらエル・メスティーソに向かってこようとする。年長の何人かは、ズボンに拳銃を忍ばせているのが外から見てもはっきりとわかって、ピート・ホフマンはショルダーホルスターから自分の銃を抜きつつ駆け寄った。が、エル・メスティーソが振り返り、大丈夫だ、と手を振ってみせた。自分のボディーガードに、それから少年たちの群れに、止まれ、と合図したので、編んだ縄のような長髪が揺れた。それで、全員が立ち止まった。ホフマンはあと五歩のところで、少年たちは座っていた木のベンチの前で。

少年たちはそこでじっと立ち、大人のふりをしようとしている。みなが痩せていて、何人かは少々にきび面、鼻の下にしおれた茎のようなまばらなひげをたくわえているのもいる。全員が選ばれたがっていて、エル・メスティーソと目を合わせようとしている。ついにエル・メスティーソがうなずき、さっきまで真ん中のベンチに座っていた少年を指差した。小柄だが、大きなリングピアスをしているのが自慢らしく、長い髪をていねいに耳にかけてピアスが隠れないようにしている。やや大きすぎる黒のTシャツに擦り切れたジーンズという姿で、年齢は十二歳ぐらい。まだ思春期を迎えてはいないが、そう遠いわけでもなく、始まりかけた声変わりのしるしが聞きとれる。どこにでもいそうな、ふつうの少年だ。が、動くと違った。歩き方、挨拶のしかた、笑うときに頭をのけぞらせるしぐさ――彼の動きも、振る舞いも、ごく自然な自信に満ちている。自惚れているわけではなく、競争相手に勝とうとしてそういう態度を取っているわけでもない。そんな必要はないのだ。十二歳とは思えない威厳がある。エル・メスティーソが差し出したもの、タオルに包まれた銃と弾倉を受け取ったときにも、怖がるようすはいっさいなく、それでいて銃にふさわしい用心深さをもって受け取っていた。さっきと同じ、自信に満ちた態度。同じものを何度も受け取ったことがある人の態度だ。

「カジェ3S。カレラ52に近いところだ。十七番地のマンションの五階。ドアにはロドリゲスとある」

十二歳の少年は真剣に耳を傾けている。ペンも、メモ帳も使わない。情報はすべて暗記するのだ。捜査官や遺族に、状況証拠としてつかまれることのないように。

「髪は薄くて白髪まじり。赤いフレームの眼鏡だが、たいてい首から紐で掛けている。七十六歳。名前はルイス・ロドリゲス。かならず確かめろよ。相手の名前を。やる前に」

質問はない。ためらいもない。背筋をまっすぐに伸ばし、十二歳の少年の両腕を埋める大きさの包みを、なんの不安もなく抱えている。少年に与えられた任務は、ホフマンとエル・メスティーソが訪ねていったときに、ホフマンが思わず感動したほどの態度で息子をかばった、あの父親を殺すことだ。息子のいないところでエル・メスティーソを脅しさえした、あの老人を。

「銃弾は二発だ。弾倉に入っている」

少年は笑顔になった。しっかり手入れされた白い歯があらわになった。

「わかってます。胸に一発、額に一発ですよね」

見るほうも思わず微笑んでしまうような笑顔のまま、少年は初めてピート・ホフマンに目を向け、それからエル・メスティーソに向き直った。

「友だちですか」

「そうだ」

腕は細いが、手には力がこもっている。ふたりは握手を交わした。

「カミロです。殺し屋《シカリオ》です。二十四回やりました。あなたの友だちと、三年前から仕事してます」

少年はなかなか手を離さず、大人である相手の目をまっすぐに見つめた。こういう目を、ピート・ホフマンは前にも見たことがある。スウェーデンの刑務所で服役していたころのことだ。人を殺したことがあり、また殺すことを厭《いと》わない、底知れない瞳。なにも受け止めず、だれも受け入れない。すべてが底無しの奈落へ落ちていく。

「パパイヤはくれてやらない《ノー・ダール・パパジャ》。いいな？」

エル・メスティーソは輪ゴムでとめた札束から、百ドル札を二枚引き抜いた。

「パパイヤはくれてやらない《ノー・ダール・パパジャ》」

少年がまた笑顔になる。油断しない、無駄な危険を冒さない、毎回約束していることだ。そして、彼は去っていった。背の低い、軽い体が、果物売りの屋台や食堂、さまよい歩く人々のそばを通り過ぎていく。ホフマンとその警護対象がさっき通ってきたばかりの道、もうすぐ通って戻ることになる道。そこを歩く十二歳の少年を、ホフマンは見送った。少年は人混みの中をまっすぐに歩いていて、一度たりとも道を譲らない。譲るのは、彼とすれちがう人々のほうだ。

「今日のあいつはな、ピーター・ボーイ、ベテランのひとりなんだ。だから任務の前に金を払ってやれる。あいつはかならずやり遂げて、戻ってきて、銃を返してくれる。使う弾は毎回二発だ。初めて雇ったときからそうだった」

ふたりは板を組み立ててつくったテーブルの置いてあるがらんとした空間を去った。狭い通路がさらに狭くなり、右に急カーブを描いているところで、ピート・ホフマンは振り返り、次の任務が自分のものになることを期待して日がな一日待っている少年たちを、あらためて眺めた。

車のドアを開け、乗りこむ。来たときと同様、エル・メスティーソが運転席に座った。

「用事がもうひとつある」

用事がもうひとつ？

ホフマンは時計を見やった。

ウィルソンとの会合まで、あと二十四時間もない。

「ここまで来たついでだ。銃が返ってくるのを待ってるあいだに行く。〈クリニカ・メデジン〉はカレラ7にあるから、さして遠くない」

ジョニーの声。不安が戻ってきている。それで、ピート・ホフマンは確信した。雇い主が急にこんな遠回りをすることにしたのは、このためにちがいない。ほんとうの目的地はこちらなのだ。〈クリニカ・メデジン〉。病院。二十四回やったベテランのカミロは、主な用事でもなんでもなかった。そちらのほうが〝ここまで来たついで〟だったのだ。

不安。

なにを怖がっているのだろう？

ホフマンが知りあい、ともに仕事をしてきた、ボディーガードとして仕えてきたエル・メスティーソは、人を脅し、傷つけ、殺す人間だ。恐怖や悔恨を見せることはけっしてない。

「俺の父親は、淫売宿の客だった」

だが、このバージョンの彼は〝ジョニー〟でしかない。そして、数時間前もそうだったが、ジョニーがこんなふうに話すとき、その言葉は内面のはるか奥、それ以上は行けないほど奥深いところから発せられる。

「で、母親は売春婦だった。母は……何度か、俺に火をつけて燃やそうとした。わかるか？　俺を消そうとしたんだ。タンクに入ったガソリンを俺にかけて、火をつけた。それで、ときどき……俺は、たぶん……母が謝ってくれるんじゃないかと思ってた。だが……なにもなかった。だから、他人が母代わりになった。俺たちがいまやってることをやってる連中。そいつらが俺に、生きるすべを教えてくれた。俺たちが昨日やったこと、さっきやったこと、こんな病んだ世界の中で……そういう連中が、俺の面倒をみてくれた。わかるか？　俺にとっては、それがすべてだった。だから、そいつらにやれと言われたことは全部やった。言われた以上のこともやった。〝あそこにいる野郎を撃つのか？　やめろよ、俺が代わりにやってやるから。なぜって……あんた、俺が目立つチェーンの首飾りをしてたり、リボルバーを変なふうにベルトに突っこんでてすぐに出せなかったり、演技がうっかり大げさになったりすると、クソみたいに怒鳴るだろ〟。俺はそういう連中のために撃った。何度でも撃つつもりだった。いや……いまもまだ、そういう連中のために撃ってるのかもしれない」

街は動いていて、ふたりも街とともに動く。二度、急ブレーキをかけた前の車に突っこまないよう急ブレーキをかけた。ほかの運転手に向かってクラクションを鳴らすと、クラクションが返ってくる。だれも曲がってこないだろうと決めてかかっている自転車や歩行者を避けて走る。

そして、到着した。

病院の入口を示す大きな看板。幅の広いアスファルトの道路が、二十階建ての真っ白な建物へ延びている。ずいぶんと清潔だ。ホフマンはそう考えた。しみひとつない外壁は、まるでだれかが包装を解いて組み立て、そこに建てたばかりのように見える。

「カリにある、あの淫売宿。俺はあそこで育ったんだ。母の職場で。生まれたのもあそこだ。母の仕事用のベッドで、神父が分娩を手伝った。八号室。いまは空き部屋で、だれにも使わせてない。俺がこの世に生まれ落ちたベッドがまだある。シーツは替えたが。母はときどき言ってた。〝寝具は替えてほしいって頼んだよ、あんたが生まれるときに汚くないように〟って」

乳白色の建物のすぐ前に、障害者用の駐車スペースが二台分ある。エル・メスティーソはその真ん中に車を駐めた。前輪が片方のスペースに、後輪がもう片方に入っている。ふだんの彼ならこういうことはしない。残忍な男だが、つまらない悪さはしないし、いじめっ子のような振る舞いもしない。当然のように権力を握っている男が、そんなことをする必要はない。やたらと幅を利かせようとするのは、自分の地位や権力に自信のない人間だけだ。まるで知らない男のようだ、とホフマンは思った。自分がいまもいつもの自分なのかどうか確信が持てず、欠けたところを埋めあわせようとしている。

荷物スペースにクーラーボックスが置いてあり、昨日の朝カリを発ったときからずっと、車の電源にプラグのつながった状態でブーンと音をたてていた。売春宿で出す密売酒は毎週、メキシコの船で運ばれてくるものを買っているわけだが、このクーラーボックスも同じ船で運ばれてきて、ジョニーがブエナベントゥラの港まで取りに行ったものだ。かならず自分の手で船から運び出し、いまも自ら手に持って、〈クリニカ・メデジン〉の明るい入口ホールを抜けていく。カフェテリアや案内カウンター、小さな花屋のそばを通って、エレベーターへ。

十八階のボタン。あっという間に上へ運ばれる。胃をつかまれるような感覚のあるエレベーターで、ホフマンはふと、ストックホルムの美しいユールゴーデン島にあるグレーナ・ルンド遊園地で味わった感覚を思い出した。ラスムスとヒューゴーを連れてときどき行くと、家に帰るまで笑いが絶えなかった、あの遊園地。

まぎれもない病院のにおいがする。長い廊下に足を踏み入れただけで、けっして慣れることのない、いやなにおいがまとわりついてきて、ここでは希望が病気や死ととなりあわせで暮らしているのだと告げてくる。ジョニーはだれかに道を尋ねることも、きょろきょろと周囲を見まわすこともない。目的地の位置をちゃんと把握していて、ボディーガードも当然あとをついてくるものと思っている。

ベッドのひしめく病室をいくつも素通りした。諦念のにじむ疲れきった瞳が彼らを迎える。こっちに来て、ここから連れ出して。そう言っている。見ればそうとわかるし、ありありと感じられもする。みんな帰りたがっているのだ。彼らもこのにおいに慣れることはないだろう。

少し歩調を速める。そうしてほぼ横に並ぶと、エル・メスティーソの顔が見えた。不安はもうない。いまあるのは、もっと、はるかに大きいものだ。恐怖を知らない男が見せる、恐怖に近いもの。

その部屋は、廊下の果てでふたりを待っていた。患者はひとりしかおらず、たっぷりスペースがある。キャスターのついた金属製のベッドに女性が横たわり、目を閉じている。眠っているのかもしれない。仰向けで、シーツがしわだらけになっている。汗をかいていて、額や頬に髪が貼りつき、皮膚がところどころ赤くなっている。エル・メスティーソが窓を開けると、生暖かい風がすうっと入ってきて空気を循環させた。ピート・ホフマンは女性を見つめた。年齢を推測するのは難しい。やつれ、疲れたようすだし、生き急がされた肌がどんなふうに見えるものかは知っている。六十歳ぐらいだろうか。ベッドと同じ種類の金属でできた不安定なスタンドから、左腕とビニール袋をつなぐチューブがぶら下がり、ためらいがちに滴り落ちる液体を、一滴ずつ運んでいる。栄養補給のための点滴ではないようだ。休息中の体に、なにかの薬が送りこまれている。

皮膚に貼りついている髪は、地肌のほうが染まっておらず、白くなっているのが明らかだ。右ひじの裏には、べつの種類の針を刺した痕がいくつもくっきり残っている。さらにその腕をたどっていくと、むらのある模様が見える。薄い刃でつけた傷痕――はるか昔に、何度も何度も、自分で自分を切りつけた痕だ。手の甲は両方とも足の裏と同じように、無数の穴、針で刺した痕が何百とあり、青ざめ膿んだ傷痕と化している。これで名札が紐で足首にくりつけてあったら、遺体安置所にいてもおかしくない姿だ。

エル・メスティーソは女性のベッドに近寄ると、その手を探し、握った。すると、女性が目を覚ました。いや、ひょっとすると最初から起きていて、目を開けただけなのかもしれない。

「やあ、母さん」

天井の蛍光灯が放つ強烈な明かりに、目をしばたたいている。

「ジョニー」

ざらついた声。もうほとんど声を出せないのだろうと思わせる弱々しさ。ところが、声は出た。ボリュームが上がり、鋭くなった。

「私のお金はどこ？」

エル・メスティーソは彼女の手を両手で握り、開いた窓を、その向こうの空を目で示してうなずいてみせた。

「母さんの金の行方は神のみぞ知る、だよ。そうじゃなくて、俺の金、だろう？」

か弱い患者はそれまでじっと横たわったままで、生まれたての雛のような頼りなさだった。それが、変わった。はっと上半身を起こし、かぼそい腕に力を込めて、彼女は指差し、叫んだ。

「この汚らしい、あさましい混血め――私のお金を返せ！　いますぐ！」

同時にホフマンの背後でドアが開き、白衣姿の中年男性が入ってきた。胸につけたプラスチックの名札で、医師だとわかった。

「これはどうも」

エル・メスティーソに挨拶している。初対面でないことはひと目でわかった。クーラーボックスを受け取り慣れているようすからも。

「昨晩お知らせした急性感染症は抑えました。ほんの何時間か前におさまりましてね」

医師はエル・メスティーソと話していて、彼のほうしか見ておらず、ベッドに座って真っ赤な顔で息を荒らげている女とは目を合わせようともしない。このうるさい患者が嫌いなのだと態度で示している。患者の息子、金を払ってくれる男としか、話をするつもりはない、と。

「患者さんの容態を考えると、今後もこのように速やかに持ってきていただくことが不可欠です」

医師はエル・メスティーソとホフマンに目礼し、クーラーボックスを持って廊下の向こうへ消えた。

「母さん、これで必要なものは手に入ったぞ――俺が金を払ったおかげで」

エル・メスティーソはまた叫びだそうとしている母親を見据え、先手を打った。

「だが、欲しいものは手に入らない」

彼は母親の頬にキスをし、病室を去った。ピート・ホフマンもあとを追った。最後にもう一度、かぼそい雛とはもはや似ても似つかない女を、ちらりと見やる。彼女は白人だ。ということは、先住民の血を引いているのはエル・メスティーソの父親だったわけだ。女の鋭い声が、閉ざされたドアの向こうから追いかけてくる。スペイン語での罵詈雑言。ホフマンが市場で耳にしたことのある、だが理解はしきれていない、南米独特の表現ばかりだったが、最後のひとことだけはわかった。この母親なりの〝地獄に落ちろ〟だ。

十八階下まで運んでくれるエレベーターを待つ。すべてがはっきりした。例の不安。車内でぐっすり眠っていたこと。あれは、人を傷つけることになんらかの感情を抱きはじめたからでもなければ、暗いジャングルで拷問された人のおぞましい悲鳴に耐えられなかったからでもなかった。原因は、この叫び声、母親の軽蔑のほうだったのだ。

ふたりはエレベーターで下降する。黙ったまま。だが、やがてピート・ホフマンは黙っていられなくなった。

「あんたの……おふくろさんか？」

「ああ」

「あんたにガソリンをかけて、火をつけた？」

「ああ」

「十一歳のあんたを追い出して、縁を切ろうとしたおふくろさん？」

「ああ」

「なのに、あんたは……そんな母親のために、ここまでしてやるのか？」

「俺の母親だからな。血を分けた家族だ。おまえの国じゃ、そういうことは理解できないか？」

音の反響する入口ホール。壁沿いに車椅子が並び、白い入院服を着た患者たちが外の空気を吸いに出たり、カフェテリアでの面会に向かったりしているのが見える。出口に向かって歩きだしたところで、エル・メスティーソが急に立ち止まった。

「母はな、いつもは俺が買ってやった小さな家に住んでるんだ。俺はクーラーボックス持参で定期的に見舞ってる。ここでは手に入らない抗ＨＩＶ薬を持ってきてやってるんだ。食べ物もやってる。食べ物を買う金じゃなくて、食べ物をな」

ピート・ホフマンは目をそらし、視線を落とした。それ以上は話さなくていい、という合図のつもりだった。が、エル・メスティーソは話しつづけた。話したいのだ。

「もっと与えてやることともできなくはない。おまえも見聞きしたとおり、母はあのとおり、もっと、もっと、と要求してくる。だが、母がクスリや酒で死ぬのを手助けするつもりはない」

ふたりはホールを横切り、ガラス張りの自動ドアを抜けた。地上ではほとんど風が吹いていない。駐車スペースを無視して駐めた車にたどり着いたところで、青い回転灯をつけた救急車がそばを通り、救急搬入口に向かっていった。エル・メスティーソは車のキーをポケットに入れ、小走りに救急車のあとを追った。ふたりいる救急隊員のうち、片方がバックドアを開けてストレッチャーを出そうとしているところに追いつくと、その前に割りこみ、救急隊員の腕をつかんだ。

「なにがあった？」

「それは言えません」

救急隊員が最後まで言う間もなく、エル・メスティーソは丸めた札束を出し、輪ゴムをずらして百ドル札を抜き取った。

「もう一度訊く。なにがあった？」

救急隊員は肩をすくめ、相手に顔を近づけた。

「いいでしょう。あの人にはどうせ聞こえないわけだし」

ストレッチャーを、毛布の下に横たわって動かない人間を、目で示してみせる。

「銃撃事件ですよ」

「重傷か？」

「まあそうですね、亡くなったってことは」

「どういう銃撃だ？」

「どういう……というと？」

「何発撃たれた？」

「二発です。胸に一発、額に一発」

エル・メスティーソはストレッチャーをちらりと見やり、それからホフマンに目を向けた。これで用事が両方とも片付いた。

ピート・ホフマンは、〈ラ・カーサ・ヘヴン〉の入口前にあるエル・メスティーソ専用の駐車スペースふたつのうち、手前のほうに駐車して、ここコロンビアでの雇い主を降ろしてから、その奥の駐車スペースで待っていた自分の車の運転席に乗りこんだ。エンジンをかけ、ギアを一速に入れたところで、エル・メスティーソが助手席のドアをいきなり開け、身を乗り出してきた。

「いっしょに来い」

「マリアに会いたいんだ。息子たちにも」

「ちょっとだけだ。コーヒーは？　ビールのほうがいいか？　若い女もタダでやるが？」

エル・メスティーソはいつも強引で、声や視線で詰め寄ってくる男だが、いまのこれは、仕事を控えているときの態度、他人を脅し、脅しが効かなければ殺す、そういう力を求めてくる厳しい態度とは違っている。いまの彼は、むしろ……陽気だ。舞い上がっているとすら言ってもいい。そして、人との交流を求めている。仕事がうまくいって、その成功にあらためて浸りたい、そんなようすだ。そういう喜びを分かちあう相手を求めているのかもしれない。まだ夜は浅く、あの中にはざっと八十人ほど女がいるが、それでも彼はひとりきりだ。女たちは、同じく中にいる男たちに商品とみなされているから、投資をすれば見返りがあると思われているから、そこにいるにすぎない。

「悪いが、ジョニー。マリアと約束したから、帰らなければ」

ふたたびエンジンをかける。このときになってようやく――エル・メスティーソの求めを退け、売春宿の建ち並ぶ街路を離れたいまになってようやく、物語が心の奥底にまで入りこんできた。車で、ヘリで、ゲリラのキャンプで、エル・メスティーソがとなりにいたあいだは、耳を傾けまいとしてきた物語。だが、こうしてひとりきりで帰宅の途についていると、もう拒むことはできなかった。檻に閉じこめた人間に電気を通したり、有刺鉄線を突っこんだりする物語ではない。そういう物語は、いま彼が生きている現実の中では日常の一部だ。ソフィアがずいぶん前からスウェーデンに帰るべきだと主張している理由も、まさにそこにある。そうではなく、まったくべつの物語。大きく口を開けて襲いかかってくる漆黒の脅威を語った、始まったばかりの物語。ドローンと殺害対象者リストの物語だ。ウィルソンも、エル・メスティーソも、こういう戦争はゆっくり進むものだと言っていたが、わずか一日でひとつめの名前が抹消された。爆弾で吹き飛ばされた一家。瓦礫、炎、煙。歯形とDNAで身元が確認された、男と、その妻と、子どもふたりの残骸。

「もしもし……俺だ」

車から電話するのはよくない。だが、彼女の声。恋しくてたまらない、落ち着きをもたらしてくれる声だ。

「生きてるのね」

その声は脆く、いまにも割れてしまいそうだ。どんなに本人がそのことを隠そうとしていても。

「ああ、生きてる」

「ピート？」

「なんだい」

「話さなきゃいけないことがある」

丸一日。もちろんわかっている。ソフィアは、夫に向けられた死刑宣告、自分たち家族に向けられた死刑宣告を、丸一日ずっとひとりで抱えこんでいた。ふたりだけで話をする機会はなく、いっしょに抱えることもできずにいた。あのニュースを見て、あるいは聞いて、一、二分後、死ねと言われているのが自分の夫だと気づいたとき、彼女はどこにいただろう？　その瞬間、自分は妻のそばにいて、その手を取っているべきだった。ふたりでしっかり抱きあっていれば、しばらくはほかのことを頭から追い出せるのだから。

「ラスムスとヒューゴーは、俺が迎えに行くよ、ソウ」

自分の声は、いったいどう聞こえているだろう？　もっとショックを受けているべきで、こんなふうに反応するのがふつうでないことは自覚している。命を脅かされているのだから、恐怖を覚えたり、怒りを感じたり、逃げようとしたりしているべきだ。その全部の組み合わせが、おそらく正しい反応だろう。だが、もうずいぶん前から、自分はこういう人生を生きている。依頼されて人を殺す子ども、人の頭を狙って撃つ自分、拷問、数千ドルの報酬で人を埋める連中。感覚がすっかり麻痺して、病んでしまっているのだ。ソフィアがいつも言っているとおり。

「あなたが迎えに行くのがいちばんまずいと思うんだけど」

「ソウ、セニョーラ・ベガのところから家に帰るまで、あの子たちの安全を保証できる人間は、俺しかいない」

一年目、ソフィアは息子たちと家の中に隠れて日々を過ごしていた。自分で勉強を教え、教材を出版するどこかの会社が出したCDでいっしょにスペイン語を学び、ほどなく息子たちはふたりとも両親より流暢にスペイン語を話すようになった。とはいえ、ずっとそうしているわけにもいかず、ほかの策を探さざるをえなくなった。ソフィアは外の世界に出たがっていたし、ラスムスとヒューゴーにも、彼女には教えきれない知識を授けてくれる人が必要になった。やがてソフィアは英語教師としての職を得て、ふたりは子どもたちのために個人教授を雇った。ハンドラーのルシア・メンデスによる身辺チェックを突破した人物だ。セニョーラ・ベガ。平日は毎日、自宅アパートでラスムスとヒューゴーに勉強を教えてくれている。そのアパートも、ピート・ホフマンが警護の際にいつも行うとおり、動機、意図、能力、機会に注目してリスクを分析し、自ら安全と判断した場所だ。というわけで、六歳と八歳の兄弟は、教師と密に接しているおかげで学業面では同年代の子どものはるか先を行っているが、社会性の面でははるかに遅れていた。ほかの子どもと親しく接していないことの弊害が、徐々に表れはじめている。ピートが家族に強いたこの生活のせいで、子どもたちも高い代償を払わされているのだ。

「わかった。迎えはお願い。でもそのあとは、ピート、絶対に話さなければ」

電話では話せない。自分たちが死ぬということ。父親の行いのせいで、幼い少年ふたりも死ぬということ。

「うん。あとで。だが、ソフィア、まずはふつうの夜を過ごそう。四人で、いっしょに。食事をして、テレビを見て、子どもたちを寝かしつけて、それから……」

彼は電話を切った。

まったくの不意打ちだった。

ふだんは泣くことなどない自分が。

三階建ての建物の共同玄関。ホフマン一家が住んでいるのと同じコムーナにある、きちんと手入れされた建物。白と黄色の外壁は磨かれたばかりで輝いている。

ホフマンは車を駐めて外に出ると、狭い道路の反対側に駐まっている古いフォルクスワーゲン・ゴルフに向かった。たどり着き、運転席のスモークガラスをノックする。一、二秒の間があり、窓が開いた。民間警備会社の武装警備員に挨拶をする。初めてルシアと逃げ道の話をしたときに、彼女が推薦してくれた警備会社だ。警備員の腰にリボルバーを留めているストラップがはずれている。人が近づいてきたので反射的にはずしたのだろう。

ホフマンはすぐに、警備員のロットワイラーが期待している犬用おやつの小袋を、後部座席の期待に満ちた瞳に向かって差し出してやった。

「今日も異状なしかい、サカリアス？」

「はい、異状ありません」

「よし。今日はもう帰っていいぞ。パルミラによろしくな」

ピート・ホフマンはまた道路を渡った。周囲を見まわし、読みとり、すべてふだんどおりだと判断した。入口の暗証番号を押しつつ、監視カメラがいつもの位置にあること、きちんと周囲を見張っていることを、無意識のうちに確かめていた。三階への階段。最上階、いちばん奥のアパートだ。

ドアを開けたのはラスムスだった。いつも先にドアにたどり着くのはこの子のほうだ。

「パパ！」

そして、いまだに抱きしめてやれるのもこの子のほうだ。まだ父親を恥ずかしがる歳ではない。

「それ……どうしたの？」

「それって？」

「そこだよ、パパ」

腕の中のラスムス。六歳児のやわらかい指先が向けられ、突っこまれたのは、ベストの左側、胸のあたりにあいた細長い穴だ。その煤けた裂け目に、ピート・ホフマンはいままで気づいていなかった。拷問に使われる電流の量が最大だったときに、エル・メスティーソのまわりを舞っていた小さな火花が、ここに着地したのだ。

「この穴か。これは……木に引っかけた跡だよ。たちの悪い棘だらけの木があってね。ほら、おまえもよく引っかけてるだろう」

好奇心たっぷりの人差し指が、さらに穴の奥へ入っていく。やがて指の数が増え、小さな指が三本、穴に突っこまれたところで、ホフマンは抵抗する腕をそっとどかした。このベストは忘れずに捨てて、新しいのと換えなければ。

「パパ？」

ようやくヒューゴーも玄関まで出てきたが、ヘッドホンをかぶったままだ。抱擁はない。だが、首をかしげている。

「なんだい」

「あのさ……僕が運転しちゃだめ？ 前みたいに。ラスムスが病気で家にいて、パパが僕だけ迎えに来てくれたとき」

ほかの車が入ってこない、閉鎖された横道。ヒューゴーはあのとき、父親が急にハンドルを切ってその道に入り、警告標識のついたフェンスをうまく避けて進んでいくのを見て、心配そうな顔をしていた。だが、やがてその理由がわかると、腹の底から大声を出して笑っていた。

「ヒューゴー、今日はちょっと急いでるんだ。それに、今日やるんなら……ラスムスにも運転させてあげないと不公平だ。そうだろう？」

「ラスムスは小さすぎるよ」

「おいおい、ヒューゴー君？」

「なあに？」

「小さすぎるのはおまえさんも同じだぞ」

十四分。車はべつの建物のそばで停止した。彼らの家。ここからでも窓辺に彼女の姿が見える。距離があっても、その表情の意味は難なく読みとれた。落ち着いた雰囲気を放とうと努めているものの、内心はパニックに追い立てられている顔。ホフマンが出かけたときから一睡もしていない、そういう顔だ。きっとかなり前から窓辺に立っていたのだろう。こちらに気づいて走り出てきた。

「みんな、お帰りなさい」

ラスムスとは力いっぱいのハグを。ヒューゴーとのハグはもっと控えめだ。母親のことも少し恥ずかしがる年齢だから。それからふたりは夫婦として抱擁しあう。いまこの瞬間は、この場所しか、自分たちしか存在しない——抱擁、穏やかさ、安らかさ。そして彼女は思い出す。夫についていこう、ともに逃げようと決めた日のこと。その決意には、ひとつだけ条件があった——これからはなにもかも包み隠さず話してほしい。果てを知らない嘘の奥にあるすべてを教えてほしい。だが、これまでの年月で、嘘の形も内容も変わり、次なる現実に合わせて新たな嘘が生まれていった。

夜。一家はピートが望んだとおりに過ごした。話さなければならない唯一のこと――ふたつの胸の中でどくどくと脈打ち、外へ放たれようとしている話題については、ひとことも話さなかった。ごくふつうの夜だった。食事をし、遊び、宿題をしなさいとしつこく促し、みんなでソファーに座ってテレビを見た。そしていま、ピートは読み聞かせを終えたところだ。ベッドの上、彼の両側にラスムスとヒューゴーがいて、どちらも目を閉じ、軽くいびきをかいている。そんなふつうの夜だったが、一度だけ現実がやってきた。二階からいきなり、パン、と甲高い音がして、度を越した緊張状態のホフマンは本能的に反応し、銃を抜いて階段を二階まで三歩で駆け上がったのだ。が、そこで待っていたのはラスムスと、台から落ちて割れた植木鉢だった。そして〝パパごめん、落としちゃった〟という言葉。植木鉢が割れると銃声のような音がするのだと、それで知った。

眠る息子ふたりのもとをこっそり離れて下りてくると、ソフィアはキッチンのテーブルに向かって座っていた。まだ解けていないクロスワードパズルを広げたまま、ぼんやりとペンを手に握っている。ボールペンだ。いつもは書いてまた消せるよう、鉛筆を使っているのに。よく見ると、ペン先を出してすらいない。

今夜、クロスワードパズルが解かれることはないだろう。

ホフマンはソフィアの頬にキスをし、手を取った。

待った。

彼女がペンを置き、こちらを見るまで。

「もう始まってる」

説明は要らなかった。なんの話か、ふたりともわかっていた。

「しかも本人だけじゃない。一家全員。ピート、知ってた？」

「ああ。知ってるよ」

するとソフィアは、キッチンテーブルの少し離れたところに置いてあったフルーツの大皿に手を伸ばし、そこに埋もれていたリモコンを取ると、地域ニュースにチャンネルを合わせた。ドローン攻撃の結果を映した露骨な映像、ホワイトハウスの資料映像、トランプの絵札のとなりに並んだ名前を、スローモーションで上から下まで映した映像。チャンネルを替える。全国放送のセニャル・コロンビア。同じ映像。ＣＮＮ、ＢＢＣ、アルジャジーラ・ワールド――どこも同じ映像だ。ピートが帰宅したときも、ついさっきも、彼女はまだ混乱したようすだったのが、すっかり霧散している。いま、ソフィアの瞳は晴れ、冴えわたっていた。

「見た？　これが現実よ。いま起きてることなのよ、ピート」

叫んではいない。パニックと怒りを意識して追い払い、穏やかに、ゆっくり、大げさなほど明確に話している声だ。事務的。そういうふうに聞こえる。

「あなたは探されてる。私たちは探されてる。あなたが〝エル・スエコ〟と呼ばれてること、北ヨーロッパ人らしい容貌をしてることも知られてる。どこかのニュースでは、スカンジナビア人らしい容貌、とまで言ってた。スウェーデン人か、デンマーク人、ノルウェー人、アイスランド人の可能性があるって。コロンビアの登録簿を検索して、カリのコムーナ5に住んでる、公式にはペーテル・ハラルドソンという名前の人を見つけだすのに、どのくらいかかると思う？」

ソフィアはようやくピートの手を受け入れ、強く握りしめた。いまも残っている、三本の指を。

フランクフルトのホテルの一室――スウェーデンを、重警備刑務所を、潜入先だったポーランド・マフィアを逃れたあとの、最初の逗留地。あのときもソフィアはピートの手を握ったが、触れた指は炎症を起こしていた。四日間身を隠していた換気パイプを出ようとして、金属の縁をつかんだときに、ほとばしるアドレナリンのせいで気づいていなかったが、指先が切れて骨が見えるほどになっていた。ソフィアはそれを見て、うち二本の指の傷があまりにもひどく、もう治らないだろうこと、したがって切断せざるをえないことを悟った。死んだ組織を慎重に削ぎ落とし、滅菌した布で切断面を包んでその布を一日に何度も替え、相当な量の抗生物質を彼にのませた。八日後、感染症のおそれがなくなったと判断できたところで、骨をさらに短くした。野菜用の長い包丁を沸騰した湯に浸し、モルヒネの錠剤を五錠、ピートの口に突っこんだ。骨の表面をなめらかにし、余った皮膚を折りたたんで、組織接着剤でくっつけた。やわらかい部分は包丁で切っていたが、やがて切れなくなってガリガリと音がしはじめると、包丁を剪定ばさみに持ち替え、それで骨を切り落とした。

「私はもう、ここに――コロンビアに、南米に残るつもりはない。子どもたちもここには残らない。私たちがふだん会う人たちはみんな、ごくふつうの親切な人ばかりだけど、しかたがない。あなたが会う人たちが、死を軽く考えてるんだから」

「だめだ……俺は帰れない。帰ったら終身刑なんだ、ソウ、それは無理だ。俺には耐えられない。俺たちには耐えられない。きみたちを――家族を捨てるなんて」

「私の考えは変わらない」

ソフィアはすべての言葉を強く、苦しいほどにゆっくりと発音した。じっくり考えてほしい、というように――彼女がいま言っていることは、ふたりのこれからの人生を一変させることだ。

「少なくとも終身刑は死とは違う。ここで死ぬのも、ピート、ある意味家族を捨てることよ」

「ソウ、俺は……」

「追っ手はいつ来るかしら？　あなたに逃げるつもりがないなら……私たちだけでも逃げる。帰る。永遠に」

「これはふつうの戦争じゃない。ひとりずつ居場所を絞りこんでいくのには時間がかかる。俺だけは、あいつらにはっきりした身元を知られてない」

ピートはソフィアの頬を撫でた。彼女がその手を避けようとする。ほんの少し。

「なあ、ソウ。ひとつずつ片付けていこう――まずは安全を確保することだ。もう子どもたちをセニョーラ・ベガのところに通わせるわけにはいかない。きみも学校で働きつづけるわけにはいかないし、俺たちはもうここでは暮らせない。ここに人が来たことは前にもあるし、ゲリラが住所を知ってる以上、ほかの連中が突き止めるのも簡単だ。明日の夜明け前にはここ、ロス・グアジャカネス街区から出ていこう。仮住まいに移るんだ。俺がなんとかするまで」

仮住まいとはつまり、彼がカリのべつの地区に用意した隠れ家《セーフハウス》だ。コムーナ6の最貧地区にあるアパートで、そのおかげで安く手に入った。街路は狭く、欠陥だらけの住居がひしめく界隈で、そもそも建っているのが川のすぐそばなので、どんなに頑張って堤防を建てたところで、つねに災害のリスクにさらされていることに変わりはない。そんなアパートに、ピートは細部に至るまでさまざまな改造を加え、脅威削減レベル9に相当する要塞につくりかえた。アメリカ合衆国大統領の住居に近いレベルの安全性だ。この隠れ家を、これから初めて使う。

「ピート、まだわかってないのね。べつの家に引っ越そうっていう話じゃないの。逃げること自体をやめるの。帰るのよ」

「一週間。なんとかするから、一週間だけ時間をくれ。計画を立てたんだ、ソフィア。信じてほしい。明日にはもう、その第一歩になるミーティングを予定してる。ウィルソンに会うんだ。ボゴタで。きみも明日、職場に電話して病欠してくれ。それからセニョーラ・ベガに連絡して、子どもたちが病気だと伝えるんだ。荷造りする必要はないし、食料の買い出しもしなくていい。隠れ家に着いたら、きみがしなければならないことはただひとつ、俺がこれから伝える方針にしたがって行動することだけだ。それと、どうしても必要になったら、用意してある銃と弾薬を使うこと。きみも、もう使えるようになったはずだ」

あのアパートの安全レベルを考えると、そういう状況にはなりえないと断言できる。それでも、こう伝えることで、彼女が少し安心できるのではないかと思った。

「銃ですって？」

その目論見ははずれた。

「ソフィア、聞いてくれ。俺はもう、この計画に取り掛かってるんだ。約束するよ――俺たちはかならず生き延びる」

「それがいやなの。生き延びる、なんて。前にも言ったでしょう」

ついに。

ついに、彼女は叫びはじめた。

「言ったはずよ、生き延びるんじゃなくて、生きたいんだ、って！　あなたと、子どもたちと、いっしょに生きたいの！」

絶望の叫びは痛みをもたらし、家の中に反響するのと同じ強さで、ピートの中にも反響した。彼はその残響がおさまるのを待ってから、あらためてソフィアを抱擁した。

「ソウ、俺は……」

「一週間。閉じこもって暮らすのね」

ソフィアは二階をちらりと見やると、声のボリュームを下げ、ささやくような声で言った。

「でも、ピート、それが過ぎたら、私はもう待たない。あなたのことすらも」

二時二十七分、通信局の当直が大統領首席補佐官に電話し、起こしてしまって申し訳ないと謝罪した。そして、たったいまホワイトハウスの公式アドレスに送られてきたメールに、自分が判断したかぎりではただちに対応しなければならないファイルが添付されている、と報告した。

一分四十三秒に及ぶ動画だった。

NGAの調査官がのちに突き止めたところによれば、送信者は最初の連絡とはべつのインターネットカフェ、べつのIPアドレスを使っていた。が、場所がボゴタの中心部で、宛先が大統領になっているのは、最初と同じだった。

カットなし、編集なしの動画だ。

映像はずっと安定していた。撮影者はおそらく三脚を使い、閉ざされた檻の扉から二メートル離れたところに、それを据えたのだろう。

ペリー大統領首席補佐官とトンプソン副大統領はいまもなお、会話をするエネルギーを失っている。映像が静止して固まってからしばらく経ってようやく、ふたりはそれが動画の最後のコマだったのだと理解した。そして、ローテーブルに置かれたパソコン画面の前にじっと座ったまま、ゆっくりと、リズムを合わせるようにして呼吸し、待った。どちらかが待つことに耐えられなくなって身を乗り出し、タイムラインの出発点にカーソルを戻して、ふたたび映像を再生するのを。

再生回数、七回。

そのたびに、新たな細部が目にとまる。

藁のマットレスと赤いプラスチックのボウルは、クラウズ下院議長がまだ生きている証拠として前に送られてきた写真、あれに写っていたのと同じものだと、ふたりともすぐに気づいた。奇妙なことに、クラウズの首に巻かれた鎖には、ふたりとも二度目の再生の途中まで気づかなかった――あごの先から胸の上端まで陰になっていて、よく見えなかったのだ。四度目の再生で、首席補佐官の目は下院議長の右足に、爪があるはずの場所にできた深い傷に釘付けになった。五度目で、両手や腕の腫れと皮膚の青あざや裂傷が見分けられるようになった。そして七度目、ついさっき、ふたりは檻の床にアース板と電気ケーブルらしきものを認めた。こういう拷問のしかたがあると聞いたことはあったが、実際にその結果を目にしたのは初めてだった。

写真には当然、音がなく、要求もなかった。

今回は、映像だった。

音がある。

要求がある。

ペリー首席補佐官は最後にもう一度カーソルを動かした。タイムラインを三十二秒進んだところ。そこで、クラウズ下院議長は竹の格子を強く握りしめ、ささやくような小声で、カメラのレンズのそばに掲げてあるらしい文章を読みあげた。疲れた目がぎくしゃくと左右に動き、やや官僚的な堅苦しい英語の文字列をたどっている。

《私、ティモシー・D・クラウズは、すこぶる元気です。敬意あるていねいな扱いを受けています》

ペリー首席補佐官もトンプソン副大統領も、友人であり仕事仲間でもあるこの男が吐き出す言葉のひとつひとつを、すでに記憶している。彼の体をさいなむ苦痛は、こうしてホワイトハウスの立派な執務室で、やわらかいひじ掛け椅子に座っていても、ありありと伝わってくる。

《大統領閣下、私は生きています。ですが、いつまで生きられるでしょうか？　すべてはあなた次第です》

ティム・クラウズは強靭な、頑固な人間だ。芯が強く、骨太で、けっして折れることがない。

だが、皮膚には激しい殴打の痕がある。腕や胸や腿の筋肉が不規則に痙攣しているのは電気のせいだ。うつろな視線は、それ以上の拷問を受けたことを物語っている。

連中はこの男を、少しずつ壊していったのだ。

《私が自ら立ち上げ、コロンビアでの活動基盤を整えたクラウズ部隊を、ただちに解体していただきたい。コロンビア国民に対するわれわれの帝国主義的な侵略および挑発をやめていただくよう、お願い申しあげます》

これが目的だったのだ。この拉致の背景は、そこにあった。

クラウズ部隊。

製造ライン全体を破壊する取り組み。コロンビアのコカイン・キッチンをしらみつぶしに爆破し、輸送された品を没収し、銃器の輸送を止め、倉庫を破壊し、コカの栽培地を焼きつくす。コカイン製造のインフラを打ち砕く。

《あなたが協力してくだされば、私はこれからも生きていくことができる。愛する人々と。あなたがそうしているように》

匿名で送られてきたメールには、クラウズ下院議長が自らの意思で行ったこの懇願の映像は、午前中のうちに厳選された報道機関にノーカットで拡散される、とだけ記されていた。

《大統領閣下、迅速な行動がきわめて重要です。お返事をお待ちしています》

ペリー首席補佐官が再生を中断し、パソコンの電源を切った。ハードディスクがたてる雑音にはもう耐えられない。それに、この映像がどういうふうに終わるかはもうわかっている。クラウズの顔や体がつぶさに映し出されるのだ。彼もトンプソン副大統領ももはや見ていられないほどのおぞましい傷だった。

ふたりは言われたとおり、迅速に行動するだろう。誘拐犯たちは返事を得るだろう。アメリカ合衆国は、脅迫に屈する道など検討するつもりもない、と。

追跡と攻撃の手を緩めるどころか、むしろ強めることになる、と。

したがって、ホワイトハウスはただちに次の攻撃の準備を始める。前回のメールを受け取った直後と同じように、リストの次なる名前を抹消するべく動きはじめるだろう。

最後の旅。

一度しかできない。やはり一度きりである最初の旅と同じく、唯一無二で、鮮烈だ。そのあいだにある残りの旅はすべて、ただ漫然と行われるものでしかない。

バーナード・グレンは船の心臓部で、点滅するコンピュータ画面を注視している。わりあい質素な机に向かい、わりあい質素な椅子に座って。階段を三階分下ったところで、装甲用の鋼鉄に囲まれて。空母ドワイト・D・アイゼンハワーの戦闘司令本部、巨大な航空母艦の心臓部は、彼自身の心臓と同じように、まわりを囲むものによって守られていて、デリケートながらも力強く、彼を生かしてくれている。少し離れたところに、オペレーターと話をしているノートン大佐の背中が見え、べつの一角ではエリック・セン少佐が電話を手にして立っている。しんとした、静かな空間だ。狭い空間に十八人分の作業スペースがあり、二十四時間態勢でいつでも人がいるにもかかわらず。ふたつの鍵が同時にまわされ、発射ボタンの蓋が開けられるまで、あと百八十秒しか残っていないにもかかわらず。

最初の任務は二十二歳のときだった。〝砂漠の嵐〟作戦、ペルシア湾で過ごした奇妙な数か月。そう、当時はそういうふうにしか思っていなかった。まだ現実感が薄く、スリルを感じていた。いまはそんな高揚感には近寄らないようにしている。歳をとったのに加え、自分たちが撃っているのはほんものの人間なのだという実感が強まって、少しずつ見方が変わってきた。そうは言っても、イラクの飛行禁止区域を監視する〝サザン・ウォッチ〟作戦で、二十九歳の顔に吹きつけてきた乾いた熱風を、彼はいまでもありありと感じることができるし、その七年後、ジブチからソマリアまでアルカイダを追っていたときの、うなるインド洋の波の音も聞くことができる。

あっという間だった。死に彩られた職業人生だ。だからこそ、最終的に専門士官の階級まで昇進もできた。地対空ミサイルと巡航ミサイルの誘導方式を融合させて新たなハイブリッド兵器を開発する、そういう研究者や技術者たちのサポートをしてきた。それを使ってまた人を撃ち、殺せるように。

「百二十秒――準備はいいか？」

エリックセン少佐がしんとした静けさを破った。バーナード・グレンはうなずいた。

「はい、閣下《サー》」

この最後の旅は、九十六時間前、ゴーサインが出てバージニア州のノーフォーク海軍基地の桟橋を出発したときに始まった。四十八時間前、コード・オレンジに移行。デルタフォースの一隊が、ハートのクイーンとハートの十がラ・クチージャという村の小さな建物にいることを突き止めた。二十四時間前、コード・レッドに移行。狙撃手が三百五十メートル離れたところから炭酸ガスカートリッジを発射し、監視対象である建物の芝生にめりこませた。そして、中に仕込まれていたマイクロチップから、あらかじめ設定された周波数で情報が送られてくるようになった。

「九十秒——現状は？」

「目標捜索追尾装置、システムに合わせて調整済み。位置座標も標的の座標に照らして確認済み。発射装置およびミサイルの発射コードも準備できています」

カリブ海。

最後の旅の目的地はここになった。

甲板に上がれば、コロンビアの海岸線、カルタヘナという街の輪郭が見えるだろう。そしていま、目の前のモニターに映っているのは、左下にひしめいている数字によれば約二百七十八海里先、想定されている標的だ。

ワシントンはまず、太平洋のコロンビア沖でいまも待機している空母リバティーに、ふたたびドローン攻撃を行うよう指示を出した。だが、殺害対象のふたりがいる建物は、デルタフォースの偵察員によれば、その種の攻撃をかわせる強力な電波妨害設備をそなえているらしい。それで結局、グレン自身も開発に参加した巡航ミサイルを使うことになった。改良された自動航行装置をそなえ、衛星航法、慣性航法、画像誘導に対応できる。そして、これを発射するのは、駆逐艦でもコルベット艦でもない。自分だ。この空母から、バーナード・グレンが発射する。

「六十秒」

最後の旅。そのあとは？

考えなければと思いつつ、そこまで考える気力があったためしはない。

ほかにやりたいことなど、ろくにないのだ。

目的がわからなければ、目的地を知りたいという気にもならない。

「四十五秒」

教える側に移る？最近そういう話がいくつか舞いこんできたことは事実だ。実際に試したこともある。穏やかな環境なら心の内も穏やかになれると思って、陸に上がり、教鞭をとった年があった。今回の最初の攻撃、ハートのキングへの攻撃を行ったスティーヴ・サブリンスキーも、あの一年のあいだに自分が教育した中のひとりだ。だから、自分にも少しかかわりがある、という気がしている。

初めて発射する人間と、最後に発射する人間。

いや。もう教室には戻るまい。それは確かだ。内と外は同じではなく、むしろ逆だった。ついにそうとわかったのが自分の学びだ。穏やかな環境なら心の内も穏やかになれる、ということはない。むしろ不安が増す。

「三十秒」

弾薬を取り扱う担当者が発射装置を離れる。

巡航ミサイルの先についたカメラが空を探る。

発射コード、二十四桁に及ぶ番号とアルファベットの組み合わせが、戦闘用コンピュータに入力される。

「十五秒」

マ、マ、マミー。

名前のなかったこの真新しい巡航ミサイルを、だれかがそう名付けた。アイゼンハワーの妻の名だ。

いい名前なのかどうかはよくわからない。

「十秒」

バーナード・グレンはゆっくりと息をしつつ、カウントダウン中の一瞬をそのまま凍りつかせて、その中にとどまろうとした。が、できなかった。次の瞬間が割りこんできて、その一瞬を追い払ってしまう。

「五秒」

そして、このときの彼はまだ知らないが、のちに懐かしく思い出すことになるのは、ずっと馬鹿にしていた内輪のジョークだ。まるで恰好をつけている思春期の子どものようで、情けないと思っていたのに。

〝さあ、ポーカーの時間だぞ、グレン。カードを切って配れ、グレン〟

「四秒、三……」

もうすぐまた、同じジョークが飛んでくるだろう。これが終わったら、すぐに。

〝ナイスプレイ、グレン——ハートのキングに、クイーンと十も手に入れたな〟

「……二、一……」

〝あと二枚だ、グレン、あと二枚でロイヤル・ストレート・フラッシュだ〟

「……発射」

ボゴタまでの距離はもうあまりない。音楽をかけてみたが、ラジオのチャンネルを次々と替えても、歌はすぐに彼の中で、耳障りな叫び声や当局からの迫りくる脅威に変わってしまい、メロディーは調和からほど遠い音の連なりにしか聞こえない。沈黙も試してみたが、どんなにフロントガラスの向こうを見つめて無の中に身を置こうとしても、彼女の声がなにもかもかき消してしまう。

〝一週間。閉じこもって暮らすのね。でも、ピート、それが過ぎたら、私はもう待たない。あなたのことすらも〟

黒い布が頭をぴたりと覆っている。全体が確実に隠れるようにきつく巻いてあるせいで、皮膚呼吸が妨げられ、暑く、かゆくなってきて、彼はうなじの結び目を緩めた。向こうに知られている唯一の具体的な情報が人相で、その主な特徴が頭に入れた蜥蜴の刺青である以上、これをなんとかしなければならない。これからは髪を伸ばすつもりだ。ペーテル・

ハラルドソンではなく、ピート・ホフマンの外見になったほうが、いまは危険が少ない。

　朝から午前中にかけて、かならず毎時のニュースを聞くようにした。ソフィアとそう約束したからだ。いまはふたりとも、そうしてつねに最新情報を手に入れながら生きなければならない。時計の針が十一時を指し、車が街を囲む郊外のいちばん外側に近づいたところで、その必要性がさらにはっきりした。のんびりしていたニュース番組が突如、勢いのある声にさえぎられたのだ。ミサイル攻撃がどうのと言っている。少なくともホフマンにはそう聞こえた。ミサイル攻撃、死者ふたり。そうだ、間違いない。攻撃は成功したとする米国側の声明が続き、殺害対象者リストの残る十人の捜索がいまなお続いている、としてニュースは締めくくられた。この作戦はいまや〝対麻薬最終戦争《ファイナル・ウォー・オン・ドラッグス》〟と呼ばれているらしい。

　ニュースキャスターの声が沈黙し、天気予報の声に変わったところで、電話が鳴った。

「聞いた？」

　ソフィア。このうえなく愛している女。

「ああ」

「次は、ピート……」

「俺がなんとかする。約束するよ。俺たちは生きる。生きる」

前回来たときと同様、テルセル・ミレニオ公園から西に一ブロック離れたところに駐車し、そこから広大な公園を横断した。バスケットボールのコートに入ってしばらくプレーしたいという衝動を抑え、あさっての方向に飛んだテニスボールを止めてくれてもよかったのに、と文句を言ってきたふたりには、黙って肩をすくめてみせた。公園の東側からふたたび車の行き交う道路に出る。〈ワールド・オービタル・システム〉のボゴタ支店、世界各地の首都にある四十七の支店のひとつが入っているのは、情報技術を専門とする企業を集めた新築ビルの最下階だ。やや太りぎみで、口ひげをたくわえた支店長は、下調べのため一度ここに来たことのあるホフマンを見ても、前にも来たことのある客だとは気づかなかったが、それでも愛想よく微笑んでみせた。今回もたっぷり時間をかけて、いろいろ説明したり、いっしょに解決策を探したりしてくれそうだ。

「ご覧のとおり、われわれはスパイ衛星と呼んでいます。昔はそう呼ばれていたものですしね。それに、正直に申しあげると、そう呼んだほうがよく売れるんですよ」

支店長が軽くウインクをしてみせる。この話はあなたにしかしていませんよ、とでもいうように。

「動き方は、軌道に乗って地球の周囲をまわっているほかの衛星と同じです。が、距離が近いのです。地球低軌道といいます。したがって、周回のスピードがふつうよりもはるかに速い。そうしないと落ちてしまうので。うちの衛星が地球を一周するのには一時間もかかりません」

こういう態度は悪くないとピート・ホフマンは思っている。顧客を獲得するコツは、自分は特別なのだと顧客に感じさせることだ。信頼関係を築き、親しくなることが大事なのだ。そう理解しているセールスマンは、いいセールスマンだと思う。ホフマン自身、潜入者としての仕事をそうやって進めている。だから彼もウインクを返した。

「時間はどれぐらいかかるんでしょうか？　たとえば……いまここで、座標と代金をお渡ししたとしたら」

「時間、とおっしゃると？」

「私の衛星が打ち上げられるまでの時間。その衛星を使えるようになるまでの時間です」

「そうですねえ、だいたい……五営業日ぐらいでしょうか」

「今日にはもう打ち上げてほしい、と言ったら？」

「それは難しいですよ。できないことはありませんが」

「代金を二倍お支払いしたら？」

およそ三百キロ上空で、ロケットから放たれる個人衛星。全長十三センチ、重量七百五十グラム。寿命は三か月、じゅうぶんすぎる長さだ。

「それでしたら……いま申しあげたとおり、できないことはありません」

支店長はパソコン画面に視線を走らせていたが、どうやら目的のものを見つけたようだ。

「衛星。今日には打ち上げる、と……さて……打ち上げを予約しているお客さま三十名のうち、お一方を移動させると、ほら、穴があいた。空きスペースができました。おや、ちょうどいい……あなたがここにいらっしゃる。運がいいですね。どうせだから、このスペースを予約なさいますか？」

また、ウインク。

「では、あとは目的を書きこむだけです」

「地表のようすを録画するため、と」

「それは……表向きにも、ですか？」

客のニーズに応える巧みなセールスマンは、こういうことにも長けているものだ。人や物を監視するために個人衛星を買う客の考えを読み、慎重に接してくれる。

「なんと書いてくださってもいいですよ」

「地磁気の測定とか？　電子機器のテストとか？　アマチュア無線の中継局として使うとか？　生物学の実験とか？」

「なんでもかまいません」

口ひげを生やした男は微笑みを浮かべ、最初の選択肢を選んだ。地磁気の測定。

「ご存じでしょうが、衛星には荷物を積むスペースもありますよ。二百グラムまでですが」

「録画ができればじゅうぶんです」

ピート・ホフマンは支払いを済ませた。通常の代金である一万ドルが二万ドルになったが、支店にとどまって支店長のパソコン越しに打ち上げを見守ることもできた。こうして、ホフマン自身がボゴタの中心地で、ボール遊びに興じる子どもや若者たちのあいだを縫って公園を横断し、車に戻っているあいだに、彼の個人衛星はロケットに載って、太平洋に浮かぶトンガ王国の数ある島のひとつから打ち上げられ、空中を移動していた。ソフィアに約束した仕事——生き延びるため、生きるための条件を整える仕事は、これからもまだ続く。〝あさって。一番で待っていてくれ。いつもと同じ時刻に〟。メデジンへ予定外の遠回りをするはめになったが、それでもなんとか間に合った。あとは、竹の壁と緑のドアのあるカフェへの短い道のりを行くだけでいい。

会合の相手は、かつて彼を殺そうとした人物だ。が、彼はまだ、そのことを知らない。

（下巻へ続く）